Leipziger Affären

Sylke Tannhäuser, Jahrgang 1964, wurde in Leipzig geboren, wuchs in Zittau auf und kehrte nach dem Abitur nach Leipzig zurück. Sie hat Betriebswirtschaft und in einem zweiten Studium Verwaltungswirtschaft studiert. Vorwiegend schreibt sie Kriminalromane, aber auch Kurzgeschichten, die in verschiedenen Anthologien und Literaturzeitschriften erschienen sind. Mehrfach mit Preisen ausgezeichnet, hat Sylke Tannhäuser mit ihren Kurzkrimis an den jährlich stattfindenden Ostdeutschen Krimitagen teilgenommen. Im Emons Verlag erschienen »Leipzig im Sumpf« und der historische Kriminalroman »Die Osterländische Gräfin«.

Dieses Buch ist ein Roman. Handlungen und Personen sind frei erfunden. Ähnlichkeiten mit lebenden oder toten Personen sind rein zufällig.

SYLKE TANNHÄUSER

Leipziger Affären

KRIMINALROMAN

emons:

Bibliografische Information der Deutschen Nationalbibliothek
Die Deutsche Nationalbibliothek verzeichnet diese Publikation in der Deutschen Nationalbibliografie; detaillierte bibliografische Daten sind im Internet über http://dnb.d-nb.de abrufbar.

FSC
www.fsc.org
MIX
Papier aus verantwortungsvollen Quellen
FSC® C083411

Umschlagmotiv: photocase.de/fuzzy
Umschlaggestaltung: Tobias Doetsch
Druck und Bindung: CPI – Clausen & Bosse, Leck
Printed in Germany 2012
ISBN 978-3-89705-908-5
Originalausgabe

EINS

Seit zwei Tagen regnete es ununterbrochen. Der Boden war aufgeweicht und zu einer Mischung aus Schlamm, Wasser und grobem Dreck geworden. Die Baugrube lag trostlos in der matten Morgendämmerung. Doch an einer Stelle wuselten Menschen umher, die meisten trugen weiße Overalls. Es waren Mitarbeiter des Erkennungsdienstes, die darauf spezialisiert waren, am Tatort alle möglichen Spuren zu sichern.

Kommissar Heinrich Heine, genannt Henne, kämpfte sich durch die Baugrube bis zu der Stelle, an der man die Leiche gefunden hatte. Die Kollegen hatten eine Zeltplane gespannt, damit der Regen keinen weiteren Schaden anrichten und Spuren wegspülen konnte.

»Optimisten«, knurrte Henne und beschleunigte seine Schritte.

Hagen Leonhardt, sein Assistent, stapfte nicht weniger trübsinnig hinter ihm drein. Erde und Lehm klebten in einer dicken Schicht an den Sohlen seiner hellen Wildlederslipper, die mittlerweile fleckig wie ein Tarnanzug waren.

Henne trat unter die Plane. Er kannte die meisten der Anwesenden. Der Chef der Spurensicherung, Harald Fischer, hatte Urlaub. Statt ihm war Günter Beuthe, der korpulente Leiter des Labors, gekommen. Gewöhnlich drückte Beuthe sich um Vor-Ort-Untersuchungen. Sein Metier war die Auswertung von Sachbeweisen, fern von Leichen oder dem, was von ihnen übrig geblieben war. Vermutlich hatte die Zentrale keinen anderen Ersatz für Fischer finden können, oder Beuthe musste ohnehin Bereitschaft schieben. Jetzt stand er am Rand der Gruppe. Sein missmutiger Gesichtsausdruck ließ nur eine Deutung zu: Das Szenario widerte ihn an.

Neben ihm standen zwei Männer, der eine groß und massig wie ein Walross, der andere klein und dürr und mit einem ausgebeulten Filzhut auf dem Kopf. Sie erinnerten Henne an Pat und Patachon, die Komiker aus seinen Jugendtagen, als er sich mit Vorliebe Slapstickfilme angeschaut hatte.

Henne gesellte sich zu den beiden, murmelte einen Gruß und zückte seinen Dienstausweis. »Oberkommissar Heinrich Heine. Wie der Dichter, aber ich halte es mit der Wahrheit. Und wer sind Sie?«

Er registrierte den Blick des Dicken, aus dem Abneigung pur

sprach. Nichts Neues. Henne erlebte oft, dass die Leute spontan etwas gegen dunkelhäutige, knapp zwei Meter große Männer hatten. Im Falle dieses Zeugen konnte die spontane Abneigung allerdings nicht an Hennes Größe liegen. Vermutlich war es dann die Hautfarbe, das Erbteil von Hennes äthiopischem Vater.

»Wenn Sie glauben, wir haben König abgemurkst, liegen Sie falsch«, sagte das Walross.

»Immer schön langsam, ich habe nur nach Ihren Namen gefragt.« Henne tastete über die Narbe, die seine linke Gesichtshälfte teilte. Es war ein Andenken an einen Unfall, der schon lange zurücklag, doch er konnte die Tage zählen, an denen sie Ruhe gab. Auch heute brannte sie wie Feuer. Stressbedingt, hatte ihm Thomas Kienmann, sein Freund und der Polizeiarzt bei der Leipziger Kripo, eingeredet und ihm eine Salbe verordnet. Geholfen hatte sie bislang nicht.

»Gerd Gordemitz, Bauleiter. Ich habe ihn gefunden. Das ist Manne, er geht mir zur Hand.« Der Dicke schob den Dürren vor.

»Manne wer?«

»Manfred Heiligenbrand«, ergänzte der Dürre eilig. »Ich habe wie immer meinen Rundgang gemacht und gar nichts bemerkt.«

Henne nickte. »Gibt es hier einen ruhigen Platz, an dem wir reden können?«

»Die Baubude.« Gordemitz klang wenig begeistert.

»Gehen Sie mit Kommissar Leonhardt voran, ich komme gleich.« Henne wollte zuerst noch den Fundort unter die Lupe nehmen.

Viel gab es nicht zu sehen. Der Tote war bereits in das Rechtsmedizinische Institut gebracht worden. Die Spurensicherung hatte seinen Umriss mit kleinen Fähnchen abgesteckt, von denen die Hälfte im Matsch versunken war. Akribisch nahmen die Kollegen Bodenproben und steckten alles in Tüten, was sie im Umkreis von mehreren Metern fanden.

»Hast du ihn gesehen?«, fragte Henne Beuthe.

»Erinnere mich nicht daran. Jetzt kann ich wieder tagelang nichts essen.« Beuthes empfindlicher Magen gehörte zu seinen Lieblingsthemen. »Als ich kam, wurde er gerade weggebracht.«

»Was haben die Herren Bauleiter und Konsorten erzählt?«

»Der Tote soll ein gewisser Dankwart König sein.«

Henne pfiff durch die Zähne. »Der Baulöwe! In Leipzig stolpert man alle naselang über seine Häuser.«

»Deshalb kam mir der Name bekannt vor.« Beuthe zog am Reißverschluss seines Overalls.

»Der war oft genug in der Zeitung.«

»Hoch lebe die Presse. Ich weiß bis jetzt nur, dass er ein richtiges Schwein gewesen sein muss.«

»So, so.«

»Frag diesen Koloss von Gordemitz, der hat mir einiges geflüstert. Lohndumping und Überstunden waren an der Tagesordnung. Einen Sklaventreiber hat er den König genannt.«

»Hat das dieser Heiligenbrand bestätigt?«

»Das und eine ganze Menge mehr. Der Mann quatscht ohne Unterlass, eine wahre Fundgrube für dich.« Beuthe verzog den Mund.

»Dann will ich den Herren mal auf den Zahn fühlen.« Henne winkte Beuthe zum Abschied zu.

Er schlitterte durch den Matsch zu dem Anhänger, den Gordemitz wohlwollend als Baubude bezeichnet hatte. Dabei trat er in eine Pfütze und fluchte, als Wasser in seine Schuhe schwappte.

Heiligenbrand hatte Kaffee gekocht. Der Duft versöhnte Henne ein wenig. Unaufgefordert füllte der Dürre eine Tasse und schob sie ihm über den Tisch.

»Wo ist Gordemitz?«, fragte Henne.

»Er setzt den Rundgang fort, das muss sein. Bald kommen die ersten Handwerker, da muss alles seine Ordnung haben. Ihr Kollege begleitet ihn.«

Henne bezweifelte, dass an diesem Tag auf der Baustelle weitergebaut wurde, doch er nickte nur und nahm einen Schluck von dem heißen Kaffee. Um sie herum waren überall Baupläne zu sehen, auf dem Tisch, den Regalen, an den Wänden. Dazwischen hingen einige Fotos, alle stellten sie Dankwart König dar. Auf einem stand er in großer Pose neben dem Oberbürgermeister, auf einem anderen war er mit dem Landesvater zu sehen, dann wieder lachte er inmitten der wie Werbemänner für Zahnpasta strahlenden Fraktionsvorsitzenden verschiedener Parteien.

»Wohl dem, der einflussreiche Freunde hat«, sagte Henne.

»Ach was, König hat sich nur gern ins Rampenlicht geschoben. Eigentlich wollte niemand etwas von ihm wissen.« Heiligenbrand schaltete die Kaffeemaschine aus.

»Tatsächlich?«

»Er war ein Grünschnabel. Im Grunde hatte er keine Ahnung vom Bau. Er hat Verkäufer gelernt, für Unterwäsche. Das muss man sich mal vorstellen.« Heiligenbrand tippte sich an die Stirn. »So einer sattelt um und baut Häuser, Einkaufscenter, Tiefgaragen. Aber das Geld dazu hat er gehabt. Und das Know-how hat er eben gekauft.«

»Gab es einen zweiten Mann im Geschäft? Hatte er einen Partner?«

»Nee, da hätte er ja teilen müssen. König hat sich Leute genommen, die keine Alternative hatten. Leute wie mich, zu alt für den Arbeitsmarkt und die Tariflöhne. Ich will noch nicht zu Hause herumsitzen und auf die Rente warten. Mit fünfundfünfzig fühle ich mich jung.« Die Tränensäcke unter den blassblauen, rotgeränderten Augen und die Furchen auf der Stirn und um den Mund herum ließen Heiligenbrand viel älter als Mitte fünfzig erscheinen. Wahrscheinlich schlief er nie richtig und aß zu wenig.

»Hat er auch junge Leute beschäftigt?«, fragte Henne.

»Klar, Lehrlinge, die den Abschluss verkackt haben, Praktikanten, Ausländer. Alle, die die Klappe halten und nicht aufmucken aus Angst, sie könnten ihren Job verlieren.« Heiligenbrand kickte den Zigarettenstummel durch die halb geöffnete Tür. »Aber das ist jetzt ohnehin egal. Jetzt ist er tot, und mein Job ist auch weg.«

»Gordemitz hat gesagt, Sie gehen ihm zur Hand. Was hat er damit gemeint?«

»Mädchen für alles.« Heiligenbrand angelte eine neue Zigarette aus dem Päckchen. »Pläne, Aufsicht, Kontrolle, Abnahme, Kalkulation. Und die Dinge, die niemand gern macht: Kaffee kochen, abwaschen, aufräumen.«

»Auch Personalsachen und Arbeitsschutz?«

»Arbeitsschutz? Gestatten Sie, dass ich lache?« Tatsächlich entblößte Heiligenbrand eine Reihe gelblicher Beißerchen. Doch sein Lachen erstarb so schnell, wie es gekommen war. »Personal hat König eingestellt und gefeuert. Für die Lohnabrechnung gibt es ein windiges Büro. Ich hab noch keinen von denen hier auf der Baustelle gesehen. Ohnehin wurde der Lohn meistens bar auf die Hand gezahlt.«

Henne nahm sich vor, bei den Sozialträgern nachzuforschen. Renten-, Kranken-, Pflege-, Arbeitslosenversicherung, eine Menge

Anhaltspunkte. Das Lohnbüro konnte er gleich mit unter die Lupe nehmen. »Wissen Sie etwas von Freunden oder Familie?«

»Bleiben Sie mir bloß mit den Weibern vom Leib. Ich bin zweimal geschieden, hat mich jedes Mal ein Schweinegeld gekostet. Für mich ist das Mann-Frau-Ding durch.«

Henne hatte kein Bedürfnis, Heiligenbrands gestörtes Verhältnis zum weiblichen Geschlecht zu erörtern. »Königs Familie, meine ich.«

Heiligenbrand kratzte sich am Kopf. Gleichmütig betrachtete er das Büschel Haare, das zwischen seinen Fingern hängen blieb. »Da gibt es eine Angetraute, eine schöne, stolze. Wie ein Filmstar sieht die aus. Ich habe mich immer gefragt, was so eine an dem König findet. Schauen Sie sich die Fotos an. Da ist er noch gut getroffen. In Wahrheit hat er alt ausgesehen, mit einem gemeinen Zug um den Mund. Den hat er bis zum letzten Atemzug behalten.«

»Was meinen Sie mit: bis zum letzten Atemzug?«

»Na, ich hab ihn doch gesehen. Gordemitz und ich, wir sind oben entlanggelaufen.« Heiligenbrand zeigte durch das Fenster des Bauwagens in Richtung des Randes der Baugrube, der sich gut fünf Meter über dem Boden dahinzog. »Es war arschdunkel, das kann ich Ihnen sagen. Bei dem verdammten Regen war kaum etwas zu erkennen. Gordemitz hat ab und zu mit dem Handscheinwerfer geleuchtet, und auf einmal war da ein Mensch im Lichtkegel, mitten im Dreck. Wir sind sofort runtergerannt, da haben wir noch nicht mal gewusst, dass es der König war. Ich dachte erst, da wäre einer gestürzt oder so. Nee, der war mausetot.«

»Haben Sie eine Vermutung, wodurch er … ich meine, woran er gestorben ist?«

Heiligenbrand hob die Schultern. »Was weiß ich, tot eben. Vielleicht hatte er einen Herzinfarkt.«

Das würde die Obduktion ergeben. Henne zupfte nachdenklich an seinem Schnauzer herum.

»So eine Rotzbremse hatte ich früher auch«, sagte Heiligenbrand. »Macht nur Arbeit, dabei mögen die Weiber die Oberschenkelbürsten nicht einmal.« Er lachte.

Henne fuhr sich mit der Hand übers Gesicht. Er war stolz auf seinen Kinnbart, der ihm das Aussehen eines Piraten verlieh. »Sehr witzig«, entgegnete er. »Ich möchte alles über Königs Geschäfte wissen.«

»Da sitzen wir morgen noch hier.«

»Umso eher sollten Sie beginnen.«

»Erstens wäre da das Einkaufscenter. Ein Riesending, Millionen hat er damit gescheffelt. Zweitens eine Passage, drittens das Unigebäude, die Kirchen, die Wohnhöfe in der Südvorstadt, das Altenheim in Kleinzschocher, die Plagwitzer Künstlerschmiede – ein Umbau übrigens –, das Museum, Bürohäuser, zwei Privatschulen …« Heiligenbrands Finger reichten nicht aus, um weitere Projekte aufzuzählen.

»In Ordnung«, sagte Henne. »Das werden wir in den nächsten Tagen untersuchen.«

»Warum der ganze Aufriss? Wenn er doch bloß einen Infarkt hatte.«

Eben noch hast du angegeben, du wüsstest nichts über die Todesursache deines Chefs, dachte Henne. Seine Narbe pulsierte wie ein schmerzender Zahn. »Routine. Sobald wir wissen, dass es ein natürlicher Tod war, wird alles eingestellt.«

Von draußen kamen Geräusche. Gordemitz trampelte mit Leonhardt im Schlepptau die Stufen des Bauwagens herauf.

»Gut, dass du kommst«, sagte Henne zu Leonhardt. »Bist du so weit?«

Leonhardt nickte. Er hatte Gordemitz wohl auf dem Rundgang befragt. Vorerst gab es hier nichts mehr für die Kommissare zu tun. Henne war froh, dem verräucherten Bauwagen zu entkommen. Er selbst hatte schon vor mehr als zehn Jahren mit dem Rauchen aufgehört.

Drei Stunden waren vergangen, seit die Kollegen vom Polizeirevier Süd den Todesfall gemeldet hatten. Mittlerweile war es acht Uhr durch, und Henne hatte nur eine einzige Tasse Kaffee intus. Zeit für Nachschub, denn ohne Kaffee konnte er schlecht denken.

Noch immer regnete es in Strömen. Der Himmel war von dickbäuchigen Wolken beherrscht, die jede Hoffnung auf besseres Wetter im Keim erstickten. Henne hatte seinen Schirm im Auto vergessen. Leonhardt hatte in der Hektik gar nicht erst daran gedacht, einen mitzunehmen.

Egal, sie waren ohnehin bereits durchnässt. Mit langen Schritten liefen sie zum Wagen und stiegen ein. Henne schaltete die Heizung ein und gab Gas. Die Wischerblätter zuckten wie verrückt über die Scheibe. Sie hatten Mühe, der Wassermassen Herr zu werden.

»Halt mal da vorn«, sagte Leonhardt.

Henne erkannte die Werbetafel vor der Bäckerei und legte eine Vollbremsung hin.

Leonhardt stieg aus und kam kurz darauf mit einer Tüte ofenfrischer Brötchen zurück. »Sie sind noch warm.«

Bis sie das Eingangsportal der ehrwürdigen Polizeidirektion erreicht hatten, war die Wärme der Brötchen allerdings verflogen. Auf dem Weg zur Treppe riskierte Henne einen Blick zu Gitta, die den Empfangsbereich managte. Ihre Lockenpracht leuchtete in einem satten Violett. Henne schluckte. Gitta liebte Kunsthaar in jeder Form. Ob Perücken, Strähnen, Zöpfe, Dutte – sie musste alles haben, was die Bestände ihres Händlers hergaben. Es war ein gewöhnungsbedürftiger Anblick auf dem alternden Frauenkopf.

Während die Kaffeemaschine blubberte, wippte Henne in seinem Bürosessel, die Beine auf den Papierkorb gelegt, die Hände im Genick verschränkt. Seine Schuhe trockneten derweil auf dem Heizkörper. Nebenbei verleibte er sich zwei Brötchen ein und sah Leonhardt beim Tippen des Erstberichts zu.

»Was hast du von Gordemitz erfahren?«, fragte er.

Leonhardt schaute von der Tastatur hoch. »König war nicht gerade beliebt. Gordemitz musste ständig damit rechnen, dass er gefeuert wird. Den anderen ging es ebenso.«

»Das hat Heiligenbrand auch gesagt.«

»Glaubt man Gordemitz, ist Heiligenbrand ein Spinner, ein Windhund, ein bequemer Sack, ein Möchtegern-Chef und dazu noch ein Alkoholiker. Letzteres hat sich wohl erst vor Kurzem herausgestellt.«

»Nette Beschreibung.«

»Es kommt noch besser. Heiligenbrand soll die Arbeiter ausspioniert haben.«

»In Königs Auftrag?«

»Oder um sie auf eigene Rechnung zu erpressen. Das wusste Gordemitz nicht. Jedenfalls haben der Dürre und König oft die Köpfe zusammengesteckt. Dabei ist nie was Gutes rausgekommen, sagt Gordemitz.«

»Und was meint ein Hagen Leonhardt dazu?«

»Nenn mich nicht Hagen, du weißt, wie sehr ich den Namen verabscheue.«

»Heiligenbrand und König«, sagte Henne. »Das passt irgendwie nicht zusammen.« Der Dürre hatte ziemlich abfällig über König geredet.

»Eine Hassliebe. Die haben oft auf ein Herz und eine Seele gemacht, genauso oft gab es aber auch Krach. Zuletzt am Montag.«

»Das war vor zwei Tagen.«

»Es ist um irgendwelche Betonpfeiler gegangen. Das glaubt zumindest Gordemitz.«

Henne malte in seinem Notizbuch ein dickes Fragezeichen hinter Heiligenbrands Namen. »Ist der Kaffee fertig?«

»Kommt sofort.«

Henne nahm Leonhardt den Pott ab und trank. Wie immer verbrannte er sich beim ersten Schluck die Zunge. »Muss der immer so heiß sein?«

Er pustete in die Tasse. Aus den Augenwinkeln sah er Leonhardt grinsen. Er ahnte, was seinem Assistenten durch den Kopf ging. Hagen Leonhardt hatte ihm einmal erzählt, was seine Großmutter zu antworten pflegte, wenn man sich über zu heißes Essen beschwerte: *Kaltfeuer gibt es nicht.* Henne griff nach dem Bericht. Er überflog ihn und setzte dann seinen Kringel darunter, unleserlich wie immer.

Henne hatte beschlossen, sich nicht auf den Postweg zu verlassen, sondern den Obduktionsbericht eigenhändig aus der Rechtsmedizin zu holen. Das Rechtsmedizinische Institut befand sich keine zwei Kilometer von der Polizeidirektion entfernt auf dem Gelände des Universitätsklinikums, eingebettet zwischen den Gebäuden der Virologie und Immunologie, der Medizinischen Mikrobiologie, der Liebigstraße und der Johannisallee.

Der Regen war in gleichmäßiges Nieseln übergegangen. Grund genug, fand Henne, um für die kurze Entfernung das Auto zu nehmen.

»Ich würde zu gerne wissen, wie viel Zeit Dr. Schemkeler diesmal braucht«, sagte Leonhardt, als Henne startete.

»Auf den lasse ich nichts kommen.« Schemkeler war der einzige obduzierende Arzt, den Henne leiden konnte.

Er parkte direkt vor der Tür der Rechtsmedizin im Halteverbot. Leonhardts beredte Blicke kümmerten ihn nicht. Stattdessen blickte er hoch zu der altdeutschen Inschrift über der Eingangstür, Überbleibsel aus der Gründungszeit anno 1900: »Institut für Gerichtliche Medizin«.

Im Innern des Gebäudes war es kühl. Fröstelnd schlug Henne den Kragen seiner Jacke hoch, und sie folgten der Ausschilderung zur Leichenaufbewahrungshalle.

Schemkeler erwartete sie bereits in dem nüchternen Raum, der von Edelstahl und Fliesen beherrscht wurde.

»Ich habe ihn wieder zusammengeflickt. Sie können ihn beruhigt betrachten.« Sein Ton war sachlich, weit entfernt von jeglicher Ironie.

Henne war dankbar, dass Schemkeler keine Anspielung auf die Übelkeit machte, die ihn gewöhnlich beim Anblick der nackten, starren Körper packte, denen noch die Spuren der Obduktion anzusehen waren. Das unterschied den Mediziner von seinen Kollegen, die keine Gelegenheit ausließen, dem unbequemen Oberkommissar eins auszuwischen.

Die spitze Nase des Toten auf dem Stahltisch stach aus seiner ungesunden Haut. Das war das Erste, was Henne auffiel. Dann der verzogene Mund. Heiligenbrand hatte recht, er wirkte tatsächlich gemein.

»Woran ist er gestorben?«, fragte Henne.

»Das zeige ich Ihnen gleich. Kommen Sie mit, wir müssen in die Toxikologie.« Schemkeler schloss den Leichensack und ging voran.

»Alle Achtung, Sie waren fleißig.«

Falls sich der Doktor über das Lob freute, sah man es ihm nicht an. Er zeigte kein Lächeln. »Meine Frau ist zur Kur. Zu Hause fällt mir die Decke auf den Kopf. Da bleibe ich lieber auch in den Nächten hier.«

Henne nickte. Auch ihn beherrschte die Arbeit. Deshalb hatte sich Erika von ihm scheiden lassen. Sie hatte es sattgehabt, nur an zweiter Stelle zu stehen. Mittlerweile war sie zwar zu ihm zurückgekommen, doch im Grunde hatte sich nichts geändert.

Das Büro der forensischen Toxikologie, in das Schemkeler Henne und Leonhardt führte, war erstaunlich übersichtlich. Ein Tisch mit Computer nebst Bildschirm und vergrauter Tastatur. An der Wand ein Telefon, daneben zwei Schränke und ein Gerät, das wer weiß wozu dienen mochte.

Schemkeler drückte einige Tasten. Der Drucker spuckte mehrere Blätter aus.

»Blutprobe«, entzifferte Henne. »Hypothermie, vermutlich Arrhythmie, analgesiert und sediert.«

»Starke Unterkühlung, unregelmäßiges Herzverhalten, gedämpfte Funktionen und dazu Entleerungsverzögerung«, übersetzte Schemkeler. »In Blut und Urin ist Amphetamin nachweisbar.«

»Sieh an, König hat geschnupft.«

»Im Interstitium, dem Zwischengewebe, und den Alveolen der Lunge habe ich Blut gefunden, ein klassisches Lungenödem. Dann habe ich die Pupillen untersucht. Ich zeige es Ihnen.«

Schemkeler startete die Videoaufzeichnung, die er bei der Obduktion gemacht hatte. Er spulte vor und stoppte, als Königs Augen groß im Bild waren. »Eine Mydriasis.«

Selbst Henne fiel auf, dass die Pupillen riesig waren. »Das bedeutet?«

»Tot durch Herzversagen, hervorgerufen durch ein Gift.«

»Fremdverschulden oder Selbstmord? Ein Unfall?«

»Das kann man nicht mit Gewissheit sagen. Zumindest hatte er jede Menge genetisches Material unter den Fingernägeln, das ich nicht zuordnen kann. Genaueres ergibt sich vielleicht nach der Untersuchung seiner Kleidung. Derzeit ist ungeklärt, ob er die Substanz freiwillig genommen hat oder ermordet wurde. Finden Sie es heraus, Herr Oberkommissar.«

»Moment noch, von welcher Substanz reden wir hier?«, fragte Leonhardt.

»Alles deutet auf Morphin. Sie finden es in jedem Analgetikum.«

»Eine Vergiftung mit Schmerztabletten?«

»Oder Tropfen, Kapseln, Zäpfchen, Pflaster. Eine Injektion schließe ich aus«, sagte Schemkeler.

»Was macht Sie so sicher?«

»Ich habe keine Einstiche entdeckt.«

Hennes Narbe meldete sich zurück. Er wollte weiß Gott nicht mit Schemkeler tauschen, doch er beneidete den Doktor darum, dass der eine eindeutige Aussage machen konnte. Für ihn selbst war der Fall alles andere als klar.

ZWEI

Wider Erwarten hatte das Wetter aufgeklart, als Henne und Leonhardt die Stufen des Rechtsmedizinischen Institutes hinab zum Straßenrand liefen.

»Wann gönnst du der Kiste endlich eine Innenreinigung?«, sagte Leonhardt, als sie in Hennes Wagen stiegen.

»Lohnt nicht, Dschingis ist eine Dreckschleuder.«

Erika war zwar nach ihrem spanischen Aussteigerurlaub wieder bei Henne eingezogen, doch Dschingis Khan, den Doggenrüden, den sie in Spanien aufgelesen hatte, musste Henne gewissermaßen als Familienzuwachs in Kauf nehmen. Seitdem machte sich der Hund nicht nur vor dem Kühlschrank und im Bett breit, sondern betrachtete auch den Rücksitz des Autos als ein eigens für ihn reserviertes Revier.

»Menschenskind! Die vielen Haare, und wie das stinkt.« Leonhardt rümpfte die Nase.

»Du kannst ja laufen, wenn du willst.«

Leonhardt blieb sitzen. »Die Obduktion rechtfertigt eine Sonderkommission«, sagte er.

Henne, der keine Anstalten machte loszufahren, nickte. »Ich werde Schuster informieren.«

»Gitta hat dem Alten längst gesteckt, was passiert ist. Hast du ihre lila Perücke heute gesehen? Verrückt, sage ich dir, die Frau ist verrückt.«

»Was, bitte, ist deiner Meinung nach passiert?«, fragte Henne.

»Mord an einem Förderer Leipzigs. Ich sehe die Schlagzeile schon vor mir.«

»Oder ein Typ hat zugekifft in einer gottverdammten Baugrube einen Herzkasper gekriegt.« Henne wünschte sich sehr, dass es wirklich ein Unfall gewesen war. Doch die Obduktionsergebnisse wiesen auf ein Gewaltverbrechen hin. Kein normaler Mensch stolperte mitten in der Nacht ausgerechnet über eine Baustelle.

»Nenn es, wie du willst. Ich kann es kaum erwarten, bis wir Königs Umfeld aufmischen.«

Henne seufzte leise.

Er hatte sich damit abgefunden, dass Leonhardt jedem neuen Fall entgegenfieberte. Er gönnte ihm den Tatendrang, das Vorrecht der Jugend. Nur manchmal dachte er, der Junge könnte allmählich ruhiger werden. Im letzten Jahr hatte er Leonhardt zu seinem dreißigsten Geburtstag einen Ratgeber geschenkt: »Der Weg zur inneren Ruhe«. Er war sich sicher, dass Leonhardt keine einzige Seite gelesen hatte. »Ich frage mich, was König auf der Baustelle wollte«, sagte er nur.

»Vielleicht war er Frühaufsteher.«

»Seine Frau sollte es wissen. Laut Auskunft des Einwohnermeldeamtes hat König mit Frau und Schwester zusammengelebt. Ich habe die Adresse.«

»Worauf warten wir noch?«

Gleich darauf wurde Leonhardt beim Start in den Sitz gedrückt. Dann war er nur noch damit beschäftigt, die Fahrt unbeschadet zu überstehen. Hennes Fahrstil war legendär.

Sie brauchten eine knappe halbe Stunde, dann erreichten sie den südlichen Stadtrand. Dort bewohnte das Ehepaar König eine Neubauvilla, die dem Südstaatenstil nachempfunden war. Zwei weiße Säulen reckten sich rechts und links bis ins Obergeschoss empor und umrahmten einen Eingangsbereich, der so groß wie Hennes gesamte Zwei-Raum-Wohnung war.

Eine Frau öffnete, kaum dass er geschellt hatte. Henne starrte sie an. Er ahnte, dass er nur Alexa König vor sich haben konnte, die Frau des Toten. Manfred Heiligenbrand hatte untertrieben, als er sie mit einer Filmschauspielerin verglichen hatte. Sie war eine Göttin mit makelloser Haut und so feinem hellen Haar, dass es mit dem lichtdurchfluteten Hauseingang zu verschmelzen schien. Am meisten jedoch fielen ihre Augen auf, blaue Seen von unergründlicher Tiefe. Henne war schwer beeindruckt. »Kriminalpolizei«, stellte er sich und Leonhardt vor.

Alexas Gesichtszüge waren abweisend. »Ich wüsste nicht, womit ich Ihnen dienen kann.«

»Wir kommen wegen Ihres Gatten. Dürfen wir eintreten?«

Alexa König führte sie in ein Zimmer, das jedem Musterhaus alle Ehre gemacht hätte. Die wenigen, gekonnt in Szene gesetzten hellen Möbel passten vortrefflich zu den luftigen maisgelben Vorhängen und der ebenso getönten Seidentapete. Klare Linien, viel Licht, wenig

Schnickschnack. Persönliche Sachen fehlten ganz. Der Raum war schön, wirkte aber unbewohnt.

»Es tut mir leid, ich habe eine schlimme Nachricht. Ihr Mann wurde tot aufgefunden.«

Alexa runzelte ihre weiße Stirn. »Sie müssen sich irren.«

»Wieso?«

»Es ist absurd. Dankwart käme niemals auf die Idee zu sterben.«

Leonhardt und Henne wechselten einen schnellen Blick. Ganz klar, die Lady hatte einen Schock. »Wir alle müssen irgendwann sterben«, sagte Henne sanft.

»Wollen Sie Platz nehmen?« Alexa wedelte mit ihrer vollendet manikürten Hand in Richtung des breiten Ledersofas.

Sie setzten sich, während sich Alexa auf einem Hocker niederließ.

»Frau König«, sagte Leonhardt, »es stimmt leider. Ihr Mann ist tot. Er wurde heute Morgen gegen vier auf der Baustelle am Connewitzer Kreuz gefunden.«

»Was wollte er dort?« Alexa beugte sich nach vorn.

»Ich dachte, Sie können uns darauf antworten.«

»Seine Arbeit war tabu, wir haben nie darüber gesprochen.«

»Erzählen Sie uns doch bitte, wie der gestrige Abend verlaufen ist. Gab es Anrufe, Verabredungen, irgendetwas, das darauf hindeutet, was er auf der Baustelle vorgehabt haben könnte?«

Alexas Blick wanderte zu den bodentiefen Fenstern und verlor sich zwischen den im Garten stehenden Büschen. »Ich war allein zu Hause. Dankwart hat in der Stadt geschlafen.«

»Wo genau?«

»Er hat eine Wohnung in der Ritterstraße. Ich nehme an, er war dort.«

»Kam das oft vor?«

»Drei- oder viermal die Woche.« Sie presste die Lippen aufeinander.

Da wurde plötzlich die Tür aufgerissen. Henne fuhr zusammen, er hatte nicht damit gerechnet, dass Alexa Besuch haben könnte. Die Frau in der Tür war blass. Das dunkle Kleid, das wie ein Sack an ihrem Körper hing, verstärkte den Eindruck noch.

»Da bist du ja. Oh, du bist nicht allein?«

Die Frau kam herein und musterte Henne und Leonhardt ungeniert, ehe sie sich wie selbstverständlich zu ihnen setzte. Neben Alexa sah sie alt und grau aus, aber früher mochte sie durchaus attraktiv gewesen sein. Henne bemerkte den hellen Glanz ihrer Augen, der jedoch verschwand, als die Frau die Brille aufsetzte, die an einer feinen Kette um ihren Hals hing.

»Das ist meine Schwägerin Fleur, Dankwarts Schwester.« Alexa stand auf. »Ich brauche einen Kaffee. Sie auch?«

Henne und Leonhardt bejahten, und Alexa ging in die Küche.

Henne spürte Fleurs Blick auf sich ruhen. Gelassen erwiderte er ihn. Sie wirkte wie eine verwelkte Blume, er hätte sie auf Mitte fünfzig geschätzt, doch er wusste aus der Einwohnermeldedatei, dass sie jünger war, sechsundvierzig. Sein Alter.

Sie reckte ihre spitze Nase kampfeslustig nach vorn und verzog den Mund. Jetzt war die Ähnlichkeit mit ihrem Bruder unübersehbar.

»Wer sind Sie denn?«, fragte sie.

Henne stellte sich und Leonhardt vor.

»Kriminalpolizei also. Was wollen Sie von Alexa? Hat sie etwas ausgefressen?«

Henne fand, sie sah auf einmal wie ein Frettchen aus. »Herr König, Alexas Mann, Ihr Bruder, er ist tot. Mein Mitgefühl.«

Fleur schlug die Hände vor den Mund. »Dazu hat sie ihn getrieben, dieses Luder.«

»Alexa?«

»Ach die!« Mit einer wegwerfenden Handbewegung Richtung Küche unterstrich Fleur, wen sie meinte. »Die ist zwar schön, aber doof. Deswegen hat er sie ja für dieses Luder verlassen wollen.«

»Sagen Sie bloß. Wer ist denn das Luder?«

»Die Jakob. Das ist ein knallhartes Weibsstück, sage ich Ihnen.«

Fleur schien eine Menge interessanter Dinge zu wissen. »Klären Sie uns doch mal auf.« Henne lächelte sie an.

»Ach, Sie wissen wohl noch nichts von seiner Hure?« Fleur verzog den Mund, als hätte sie in eine Zitrone gebissen. »Mein Bruder hatte eine Geliebte. Miriam Jakob. Eine schreckliche Frau. Architektin. Sie hat ihn so lange bezirzt, bis er schwach geworden ist. Im Grunde war er ein liebevoller, häuslicher Mensch. Bis diese Person ihn sich gekrallt hat.«

»Das hat er Ihnen erzählt?«

»Ich wohne hier, da bekommt man einiges mit.«

»Ihre Schwägerin, Alexa, wusste die auch von der Liaison?«

»Selbst dazu ist sie zu doof.«

Nicht unbedingt eine nette Äußerung, fand Henne. Laut sagte er: »Ein sonderbares Paar, Ihr Bruder und seine Frau.«

»Alexa war Model, als er sie kennengelernt hat. Sie hat ihm gefallen, und ihr hat sein Geld behagt. Durch ihn hat sie ausgesorgt.«

»Wovon leben Sie eigentlich?«

»Unsere Eltern haben genug hinterlassen. Dankwart hat investiert, ich habe gespart.«

»Sie sind alleinstehend«, sagte Henne. Es war eine Feststellung.

»Zum Glück. Ein Mann kommt mir nicht ins Haus.« Fleur rümpfte die Nase. Ihre krampfhaft ineinander verschlungenen Hände zitterten.

In diesem Moment kam Alexa mit einem Tablett zurück, auf dem drei Tassen und eine Kanne standen.

»Nur drei Tassen?«, fragte Fleur.

Alexa antwortete nicht, sondern goss den Kaffee ein. Fleur wollte nach einer Tasse greifen, doch Alexa war schneller und reichte sie an Leonhardt weiter.

Fleur zuckte mit der Schulter. »Dann eben nicht.« Sie hielt sich gerade, als sie das Zimmer verließ, als hätte sie einen Stock verschluckt.

»Ihre Schwägerin ist ein harter Brocken.« Henne lächelte Alexa aufmunternd zu.

Sie reagierte nicht. Wie eine Puppe reichte sie auch ihm eine Tasse.

Henne, der gewöhnlich nie einen Kaffee verschmähte, konnte ihn nicht recht genießen. Er war kräftig, wie er ihn liebte, doch Alexas starre Miene machte jeden Schluck schal. Die Frau war ihm ein Rätsel. »Wussten Sie von der Geliebten Ihres Mannes?«, fragte er geradeheraus.

Leonhardt neben ihm seufzte. Wahrscheinlich missbilligte er Hennes direktes Vorgehen.

Alexa war bei Hennes Frage zusammengezuckt. Der Kaffee schwappte aus der Tasse auf ihre Hand, er war heiß und musste sie verbrüht haben, doch sie wischte ihn nicht ab. Langsam schüttelte sie den Kopf. »Nein … nein.«

»Eine weitere Frage noch«, sagte Leonhardt. »War Ihr Mann Frühaufsteher?«

»Wie meinen Sie das?« Alexa starrte Leonhardt an.

»Bis wann hat er morgens geschlafen? Ist er beizeiten aus dem Bett gesprungen?«

Alexa überlegte eine Weile. Henne fragte sich schon, was an der Frage so schwierig sei, da antwortete sie endlich: »Er brauchte wenig Schlaf. Wenn er hier übernachtet hat, ist er zeitig aufgestanden.«

»Wie zeitig genau?«, fragte Henne.

Wieder dachte Alexa nach. »Um drei, vier vielleicht?« Sie klang unsicher.

Seufzend ließ es Henne dabei bewenden.

Während Henne den Gang der Polizeidirektion entlang zur Treppe eilte, entfaltete er den Zettel, auf den Leonhardt Miriams Adresse geschrieben hatte. Er entzifferte die Adresse und pfiff durch die Zähne. Miriam Jakob wohnte in der Kohlenstraße, nur wenige Straßenzüge von seiner eigenen Wohnung entfernt.

Anders als Alexa bat Miriam Henne nicht in ein unpersönliches Zimmer, sondern in die Küche. Als er ihr folgte, kam er nicht umhin, ihren Hintern zu betrachten. Was er sah, gefiel ihm.

Königs Geliebte war nicht schön, eigentlich passte nichts in ihrem Gesicht zueinander. Nase und Mund waren zu groß, die Augen standen zu weit auseinander, dennoch war sie eine auffallende Erscheinung. Ihr kurzes braunes Haar ließ sie sehr jung aussehen. Sie trug eine ausgewaschene Jeans und eine zerknitterte Bluse, die weit mehr als nur den Ansatz ihrer Brüste freigab. Bei jeder anderen hätte es billig ausgesehen, bei ihr wirkte es schick. Fand zumindest Henne.

»Ich habe schon auf Sie gewartet.« Ihre Stimme schwankte.

»Schlechte Nachrichten haben Flügel«, sagte Henne.

Miriam gab ein leises, tiefes Lachen von sich. »In meinem Fall war es Dankwarts Gattin.«

Schau an. »Sie kennen sich?«

»Das wäre zu viel gesagt. Dankwart hat uns einander nicht vorgestellt. Ich habe sie einmal gesehen, zufällig.«

»Woher hat sie Ihre Telefonnummer?«

Miriam hob die Schultern. »Das weiß ich nicht. Vielleicht hat sie in seinen Sachen herumgeschnüffelt. Das miese kleine Biest ist zu allem fähig. Ich hasse sie, das dürfte Sie kaum überraschen.« Sie zündete sich eine Zigarette an und inhalierte tief.

»Ich bin nur selten überrascht.«

»Eifersucht ist bestimmt eine Sache, die Sie täglich erleben.«

»Nur hin und wieder. Es gibt genügend andere Mordmotive.«

Wieder lachte Miriam leise. »Verdächtigen Sie mich, Dankwart umgebracht zu haben?«

Sie schaute ihn an, ihre Blicke trafen sich. Kurz nur, und doch genügte dieser winzige Moment. Bei Henne machte es wumm. Etwas lag in diesem Blick, vielleicht … Wenn Erika nicht wäre … »Hätten Sie einen Grund gehabt, ihn umzubringen?«

»Ob Sie es glauben oder nicht, ich habe ihn geliebt.«

»Das beantwortet nicht meine Frage.«

»Also gut. Ich hätte ihn tatsächlich umbringen können, aber ich habe es nicht getan.« Mit einer heftigen Handbewegung drückte Miriam die Zigarette im Ascher aus. »Er hat mich verlassen.«

»Hm.«

»Er wollte aussteigen. Angeblich irgendwohin in die Sonne. Eine Ausrede, ich war mir sicher, er wollte zu seiner Frau zurück, dieser dummen, kleinen Gans. Fragen Sie nicht, weshalb. Er hat es nicht begründet, und ich habe nicht gefragt. Ich war nicht scharf auf seine Lügen. Es ist vorbei, fertig und Ende.« Sie seufzte. »Nur mein Herz, das tut noch weh.«

Miriam wippte auf den Zehenspitzen. Sie wirkte nicht wie jemand, den der geringste Windhauch umpusten könnte. Ein zähes Mädchen.

Du kommst darüber hinweg, und ich könnte dir dabei helfen, dachte er. Beinah hätte er es sogar gesagt, im letzten Moment bremste er sich. Miriam Jakob war eine Tatverdächtige, und mit denen stieg man nicht in die Kiste. Oder zumindest erst, wenn man mindestens einmal mit ihnen ausgegangen war. So weit waren sie noch lange nicht. Nachdenklich massierte er seine Narbe.

Die schöne Alexa hatte gesagt, sie wüsste nichts von Miriam. Miriam gab an, sie hätte sie angerufen. Eine der Frauen log, aber welche?

»In seinem Blut wurden Drogen gefunden«, sagte er.

»Wir sind alle keine Heiligen. Er fühlte sich stark, wenn er was genommen hatte. Das kennen Sie doch sicher.«

»Da muss ich passen.«

»Beim Sex zum Beispiel. Die Drogen haben ihn scharf gemacht. Wenn Sie es genau wissen wollen, mich auch.« Sie fixierte Henne. »Es gibt Spiele, die pusten Ihnen jeden Gedanken aus dem Hirn. Einfach nur treiben lassen, genial.«

Hennes Ständer schrumpelte wie eine Pflaume in der Sonne. Miriam kam ihm nur noch fad und abgeschmackt vor. Dennoch, da war dieser kurze Augenblick gewesen.

Teufel.

Mitten in der Nacht erwachte Henne. Eine Weile lag er einfach nur da und starrte an die Decke. Der Tag lief wie ein Film vor ihm ab. Der Tote, Namen, Gesichter. Keine der drei Frauen hatte ehrliche Trauer gezeigt. Keine Tränen, weder bei Alexa oder Miriam noch bei der vertrockneten Fleur. Normal war das nicht.

Er rappelte sich auf und tappte ins Badezimmer. Das Spiegelbild zeigte sein abgespanntes, müdes Gesicht. Die Narbe stach rot aus der Haut hervor. Henne kramte im Schrank und holte eine Tube heraus. Kienmanns Wundermittel.

Er strich eine dicke Wurst auf die Narbe und wartete, dass ein Wunder geschehen möge. Vergebens. Sein Bart juckte, er müsste sich rasieren, morgen.

Henne trank ein Glas Wasser und schlurfte zurück ins Schlafzimmer. Neben dem Bett blieb er stehen.

Erikas Wuschelkopf ragte zwischen den Kissen hervor. Wie immer hatte sie sich wie in einer Höhle vergraben. Miriams Satz fiel Henne ein: *Es gibt Spiele, die pusten jeden Gedanken aus dem Hirn.* Er erwog, Erika zu wecken, doch dann unterließ er es und kroch unter die Decke.

Da spürte er eine Hand auf seinem Arm, sie rutschte tiefer, verharrte kurz auf der Wölbung seines Bauches und wanderte weiter nach unten.

»Komm her«, murmelte Erika schlaftrunken, und Henne vergaß Miriam samt ihrer Sprüche.

Auf dem Platz von Frau Blume, der Sekretärin des Polizeidirektors Schuster, saß ein Henne unbekannter junger Mann.

»Nanu?« Henne runzelte die Stirn.

»Frau Blume hat Urlaub, ich bin die Aushilfe. Sie können Gregor zu mir sagen.« Gregor tippte auf das Namensschild auf seinem Tisch.

In diesem Moment riss Schuster die Tür auf. Schuster leitete die Polizeidirektion fast ebenso lange, wie Henne bei ihm Dienst tat. Die Männer mochten sich, auch wenn Henne es nie zugegeben hätte. Schuster war stolz auf seinen besten Ermittler, obwohl er dessen oft gesetzeswidrige Methoden ablehnte. Henne hütete sich daher, ihn zu sehr in seine Ermittlungen einzuweihen. Er lieferte ihm die Erfolge, verschwieg jedoch, wenn er wieder einmal die Vorschriften umgangen hatte. Meistens klappte das gut. Nur manchmal, wenn es unumgänglich war, musste ihn Schuster aus der Scheiße holen. Bis jetzt hatte er es stets getan, doch Henne wusste, er durfte den Bogen nicht überspannen.

»Kommen Sie schon, Heine. Ich habe wenig Zeit.«

Henne folgte ihm ins Büro. »Habe ich eben richtig gesehen, ein Mann im Vorzimmer?«

»Staatlich geprüfter Kaufmann für Bürokommunikation, so nennt man das heutzutage. Er macht sich gut. Warum auch nicht, er hat die Lehre mit Auszeichnung abgeschlossen, Bester seines Jahrgangs. Aber ich will wegen Ihres Falles mit Ihnen sprechen.«

»Der Bau-König.«

Schuster nickte. »Leipzig hat König viel zu verdanken. Das Interesse an seinem rätselhaften Tod ist groß. Die Anfragen häufen sich, Presse, Rechtsaufsicht, Stadtverwaltung. Der Herr Oberbürgermeister hat Angst vor einem Baustopp auf Königs Baustellen. Keine schöne Werbung für eine Stadt, die sich bürger- und besucherfreundlich gibt.«

»Vielleicht kann uns der Herr Oberbürgermeister einige seiner Beamten zur Verfügung stellen.« Henne konnte sich eine ironische Bemerkung nicht verkneifen. Immer und überall wurde gespart, Stellenstreichungen waren an der Tagesordnung.

»Ich habe eine Sonderkommission ins Leben gerufen«, sagte Schuster. »Zehn Mann stehen zu Ihrer Verfügung.«

Henne verschränkte die Arme. Er ermittelte lieber allein, doch die SoKo war eine Entlastung für ihn und Leonhardt. Die mühselige Kleinarbeit verteilte sich auf viele Schultern. Das gab ihm die Chance, sich auf das Wesentliche zu konzentrieren.

»Ist Diener dabei?«, fragte er.

Henne hatte Frank Diener bei einem länger zurückliegenden Mordfall kennengelernt und dafür gesorgt, dass der pfiffige Polizeianwärter nach Abschluss seiner Ausbildung in die Direktion wechseln konnte. Seitdem hatten sie hin und wieder zusammengearbeitet. Henne hatte sich kein einziges Mal über Frank beklagt. Dieses Privileg konnten nur wenige für sich verbuchen.

»Bis jetzt nicht, aber wenn Sie es unbedingt wollen …« Schuster zückte seinen Federhalter.

»Klar doch.«

»Ich veranlasse das. Sie hingegen sehen zu, dass der Mord schnellstens aufgeklärt wird. Diesmal eilt es wirklich.«

»Bis jetzt steht noch gar nicht fest, dass es ein Mord war. König kann sich auch selbst ins Jenseits befördert haben.«

»Unsinn, der Mann hatte vor, das alte Astoria instand zu setzen. Wer solche Pläne hat, bringt sich nicht um.«

Das Astoria war ein imposantes Gebäude aus der Zeit des Jugendstils. Unmittelbare Bahnhofsnähe, beste Citylage. Bis 1997 ein Luxushotel, stand es seitdem leer und verfiel langsam. Die Leipziger konnten sich glücklich schätzen, dass sich endlich jemand gefunden hatte, der dem Gebäude neues Leben einhauchen wollte.

»Ich tue mein Bestes«, sagte Henne.

»Aber bitte legal, denken Sie daran.«

Als Henne an Gregor vorbeiging, stellte er fest, dass der Junge tatsächlich eine Menge draufhatte. Seine Finger flogen über die Tastatur, wie es Frau Blumes Finger noch nie getan hatten. Dabei musste Gregor nicht einmal hinsehen.

Er grinste Henne an. »War es schlimm?«

Henne grinste zurück und machte, dass er hinauskam. Das fehlte noch, dass er sich mit einem Neuling über den Chef ausließ.

Leonhardt stellte wortlos Hennes Kaffeetasse auf den Tisch.

»Weißt du schon, dass wir eine männliche Tippse haben?«, fragte Henne.

»Gregor ist echt nett.«

»Nett ist die kleine Schwester von Scheiße.«

»Der Junge wollte zur Bundeswehr, Spezialeinheit KSK. Die Aufnahmeprüfungen hatte er schon bestanden, dann hatte er einen Unfall. Ein betrunkener Autofahrer hat ihn erwischt. Gregor hat überlebt, aber sein rechtes Bein war futsch. Man musste es abnehmen. Die Karriere als Bundeswehrrambo war im Eimer.«

Natürlich konnte das Kommando Spezialkräfte einem Einbeinigen kein *combat ready* erteilen. »Mensch, was für ein Elend«, sagte Henne.

»Falls Gregor hadert, dann nur im Stillen. Ich bewundere ihn.«

Henne leerte die Tasse. »Jetzt bewundern wir erst einmal Königs Wohnung. Hast du den Schlüssel?«

Leonhardt schüttete den Inhalt einer braunen Tüte auf den Tisch. Brieftasche, Telefon, ein Streifen Kaugummi, ein Schlüsselbund. Er pickte sich die Schlüssel heraus.

»Wenn wir Glück haben, ist der Richtige dabei.«

Sie hatten Glück. Schon beim dritten Versuch drehte sich der Schlüssel im Schloss, und sie konnten das Haus in der Ritterstraße betreten.

Im Erdgeschoss dominierten die Hintereingänge der im Haus liegenden Geschäfte. Etage eins bis drei nahmen Büroräume ein. An den Türen standen dubiose Namen, die keinen Hinweis auf den Zweck der ansässigen Firmen gaben. Nur die Anwaltskanzlei im dritten Stock rechts, die war Henne geläufig. Ihr Inhaber hatte sich auf eine Klientel spezialisiert, die ihr Geld mit Glücksspiel und Prostitution verdiente. Seine spektakulären Auftritte im Gerichtssaal füllten immer wieder die Tageszeitungen.

»Hier ist es«, sagte Leonhardt, als sie das Dachgeschoss erreicht hatten.

Henne schnaufte wie eine Dampfmaschine. Zweihundert Pfund waren eine schwere Last, außerdem war er nicht mehr der Jüngste. Einmal mehr nahm er sich vor, regelmäßig Sport zu treiben.

Leonhardt hingegen sah er die Anstrengung kaum an. Er wirkte durchtrainiert und fit wie Jesse Owens in seinen besten Zeiten. Kein Wunder, als amtierender Sprintmeister der Leipziger Polizei.

Leonhardt schloss die Tür auf, und sie traten ein. Die Wohnung bestand aus zwei Räumen, einer Kochnische und einem Bad, das jedem Wellness-Tempel Ehre gemacht hätte.

»Man sieht, er hat die Bude genutzt.« Henne zeigte auf die auf der Couch herumliegenden Kleidungsstücke.

»Er hätte mal aufräumen sollen.«

»Schau dich gründlich um, ich nehme mir das zweite Zimmer vor.«

Der Schlafraum entpuppte sich als begehbarer Kleiderschrank, in dem eine beachtliche Zahl von Anzügen hing, daneben eine Reihe weißer Hemden. In den Ablagefächern waren Unterwäsche, Socken und sechs Paar schwarze Schuhe, alle vom gleichen Modell.

Henne kehrte in den Wohnraum zurück. »König wird auf dem Sofa gepennt haben.« Er streifte sich hauchdünne Vinylhandschuhe über und verfrachtete Königs Klamotten auf einen Sessel, dann klappte er die Couch nach oben. »Stimmt, im Kasten ist Bettwäsche.« Krachend schlug das Sitzteil nach unten.

»Menschenskind, pass doch auf!«

»Wen interessiert das schon. König bestimmt nicht mehr.«

»Schau mal.« Leonhardt hatte den Schrank geöffnet, eine barocke Antiquität, die echt und teuer aussah. Das Innere war in eine Vielzahl Fächer gegliedert, einige mit Schubladen, andere offen. Überall lagen Stöße von Papier.

»Reichlich Arbeit, da sind wir die nächsten vier Wochen ausgelastet.«

»Stoff für die SoKo. Ruf Frank an, er soll alles abholen.«

Leonhardt zog einen Stapel heraus und überflog den Inhalt. »Aufträge, Rechnungen, Angebote. Scheint alles geschäftlich zu sein.«

Henne war ins Badezimmer gegangen und untersuchte den riesigen Spiegelschrank. Er fand nur Rasierzeug, Deo, Zahnbürste. Weiß der Himmel, wozu König den überdimensionalen Schrank gebraucht hatte. Für seine Hygieneartikel jedenfalls nicht.

Auch in den Fächern der funktionell eingerichteten Küchennische herrschte Leere. König hatte wohl lieber auswärts gegessen.

Leonhardt machte einige Fotos. Zur Sicherheit, wie er sagte.

Henne ließ ihn gewähren. Die SoKo würde ohnehin alles bis ins kleinste Detail dokumentieren. Das war notwendig, denn die Angehörigen sollten im Nachgang nicht behaupten können, die Polizei hätte bei der Durchsuchung Dinge mitgehen lassen.

Henne schloss die Wohnungstür ab, brachte das übliche Siegel an und versah es mit Datum und Unterschrift.

Auf dem Weg nach unten blieb er vor der Tür zur Anwaltskanzlei stehen. »Ich hab Lust, dem Burschen auf den Zahn zu fühlen.«

»Das gibt bloß Ärger.«

»Na und?«

»Lass ihn, gegen ihn liegt nichts vor.«

»Immerhin hat er sein Büro direkt unter der Wohnung eines Toten.«

Leonhardt setzte zu einem Einwand an, doch Henne sagte schnell: »Der Wohnung eines Mordopfers, wenn Schuster recht hat.«

»Weiß der Alte mehr als wir?«

»Vermutungen, du kennst ihn doch.«

»Um dir das zu sagen, hat er dich heute zu sich zitiert?«

»Nee, er hat wie üblich Dampf gemacht. Am liebsten sollen wir den Fall sofort lösen.«

»Wunder machen um uns einen Bogen.«

Henne beschloss, sich den Anwalt für später aufzuheben.

»Polizistenalltag, mein Lieber. Statt zu meckern, versuch herauszufinden, wer Schmerzmittel nimmt. Frag den Hausarzt der Königs und auch den von Miriam Jakob.«

DREI

Kaum zurück in der Polizeidirektion, steuerte Henne die Kantine an. Der Mittagsansturm hatte noch nicht eingesetzt.

»Was steht auf der Speisekarte?«, fragte er die Küchenfee, die gelangweilt in einer Soßenschale rührte.

»Eisbein.«

Henne ließ sich den Teller bis zum Rand vollpacken.

»Dein Cholesterinwert wird sich freuen.« Wie aus dem Nichts stand Kienmann neben ihm.

Henne zeigte auf die Salatschüssel, die Kienmann in der Hand hielt. »Ich bin eben kein Kaninchen wie du.«

Kienmann lachte und wartete, bis Henne der Küchenfrau seinen Teller abgenommen hatte.

Sie setzten sich an den erstbesten Tisch. Henne stieß sein Messer in das Eisbein.

»In Florida haben Wissenschaftler herausgefunden, dass zu viel Fett süchtig macht. Zu viel Süßigkeiten übrigens auch«, sagte Kienmann und pflückte ein vertrocknetes Salatblatt von seiner Gabel.

»Erspar mir deine Schauermärchen.«

»Im Ernst. Übermäßiger Kalorienkonsum hat die gleiche Auswirkung wie Kokain, zumindest auf den D2-Rezeptor.«

»Kenne ich nicht, habe ich nicht.« Henne schob ein Stück Schwarte in den Mund und kaute.

»Selbst du dürftest Zellen im Großhirn haben. Der *Nucleus accumbens …*«

»Was für ein Teil?« So gut sollte Kienmann ihn mittlerweile kennen, dass er begriffen hatte, wie sehr Fachchinesisch Henne zuwider war. Er säbelte ein weiteres Stück Fett von seinem Eisbein.

Kienmann stocherte zwischen hauchdünnen Gurkenscheibchen, Tomaten und Mais herum. »Besagter Dopamin-Rezeptor vermittelt übrigens auch Schizophrenie-Symptome. Außerdem löst er Erbrechen aus.«

Henne beschloss, einfach nicht zuzuhören.

»Ein hoher Spiegel an Triglyceriden im Blut kann das Gehirn schädigen. Im Klartext: Zu viel Cholesterin macht dumm.«

Henne fühlte Kienmanns Blick auf sich ruhen, doch er ignorierte ihn und blieb stumm. Er konnte aber nicht verhindern, dass das Fleisch wie Gummi in seinem Mund lag. Angestrengt kaute er und war froh, als er es endlich hinuntergeschluckt hatte.

Frank Diener, das neue Mitglied der SoKo, hatte sich wie Kienmann einen Salat geholt und schaute sich nach einem Sitzplatz um. Henne winkte ihm, sich zu ihnen zu setzen.

»Mahlzeit. Das Leben ist wie eine Schachtel Pralinen – man weiß nie, was man kriegt.« Frank stellte den Salat auf den Tisch und musterte ausgiebig die Tomatenstücke und Gurkenscheibchen.

Henne, der immer noch mit dem Eisbein beschäftigt war, blickte auf. »Was?«

»›Forrest Gump‹«, sagte Frank nur und begann zu essen.

Henne schaute Kienmann an.

»Franky-Boy hat neuerdings eine Vorliebe für Filmzitate«, erklärte der. »Vielleicht will er Schauspieler werden.«

»Im Moment nicht, aber für Veränderungen ist es nie zu spät. Außerdem habe ich noch eine Menge Jahre vor mir, ich ernähre mich schließlich gesund.« Frank tunkte sein Brot in das Salatdressing.

»Du solltest dir an uns ein Beispiel nehmen«, sagte Kienmann zu Henne.

Der schob den Teller von sich. »Okay, ich habe verstanden. Aber bildet euch nicht ein, dass ich wegen euch auf richtiges Essen verzichte. Ich lasse das Eisbein nur stehen, weil es gegen Willys Essen eine Katastrophe ist.«

Willy, der Wirt der Roten Emma, war in der ganzen Stadt für seine hervorragende Küche bekannt. Zumindest bei Henne und den Laubenpiepern, denn die Rote Emma war ein Gartenlokal.

»Klasse.« Kienmann strahlte und tauschte den Salat gegen Hennes Reste. Mit Eifer machte er sich darüber her.

»Schöner Freund«, sagte Henne.

»Du kriegst dafür nachher einen Schnaps.«

»Wie wäre es mit Rum?«, warf Frank ein. »Ein abscheuliches Getränk, das selbst den respektabelsten Mann in einen Halunken verwandelt.«

»Für dich gibt es höchstens Wasser, Grünschnabel«, knurrte Henne.

»Iss langsam«, sagte Kienmann zu Frank. »Schnelles Essen legt sich auf den Magen.«

Frank, der an dem letzten Bissen kaute, wischte sich den Mund ab.

»Ich habe keine Zeit zum langsam Essen. Die SoKo hat die Räume neben Hennes Büro bezogen. In zehn Minuten fahren wir in die Ritterstraße und machen Königs Wohnung leer.« Er stand auf und brachte seinen leeren Teller zur Geschirrablage.

Henne schaute ihm nach. »Gut, dass er in der SoKo ist.«

»Was nun, kommst du auf ein Glas mit zu mir?«, fragte Kienmann. Der Genuss seines selbst gebrannten Kräuterschnapses bildete seit Jahren ein Ritual zwischen den Freunden. Henne nickte mit einem Grinsen und folgte dem Freund zur Geschirrablage.

In seinem Büro, abseits der anderen im dritten Stock gelegen, griff Kienmann in sein Geheimversteck – ein Buch, zwischen dessen Deckeln statt für Seiten Platz für eine Flasche war. Seine Augen glänzten, als er bedächtig zwei Gläser füllte.

»Zirbelkiefer mit Holunder.«

Henne trank und schüttelte sich. Der Schnaps schmeckte wie ein Erkältungsbad. »Das reinste Gift.«

»Irrtum, mein Lieber, das ist gesund. Jeden Tag ein Schnäpschen, und du hast keine Zipperlein.«

Als ob Alkohol ein Allheilmittel wäre. »Apropos Gift, ich habe einen neuen Fall«, sagte Henne.

»Das hat sich bereits herumgesprochen. Dankwart, der Große.«

»König war eher klein.« Henne griente.

»Der Baulöwe war stadtbekannt. Woran ist er gestorben?«

»Schemkeler hat Speed und Morphin in seinem Blut festgestellt.«

»Eine böse Mischung, da kann selbst der stärkste Bulle hopsgehen.«

»Hast du einen Tipp für mich?«

Kienmann wollte nachschenken, doch Henne wehrte ab.

»Morphin wird aus Opium gewonnen. Es ist ein starkes Betäubungsmittel, natürlich rezeptpflichtig, obwohl es selten verschrieben wird. Die Patienten haben Angst vor Nebenwirkungen, die Ärzte scheuen den bürokratischen Aufwand. Ein Arzt würde nur dann Morphin verschreiben, wenn die Schmerzen unerträglich wären. Bei Krebs zum Beispiel«, sagte Kienmann.

»Schlimmer als bei uns kann die Bürokratie kaum sein.«

»Ein Arzt, der Morphin verordnet, muss einen dreiteiligen Durchschreibesatz ausfüllen. Detailliert, versteht sich, mit lesbarer Unterschrift samt Telefonnummer. Den Vordruck darf nur die Bundesdruckerei drucken. Die Herausgabe muss bei der Bundesopiumstelle beantragt werden.«

»Da dürfte es leicht herauszufinden sein, wer ein solches Rezept bekommen hat.«

»Wenn es sich um reines Morphin handelt, aber das bezweifle ich. Warum sollte sich ein Mörder dem Risiko der Entdeckung aussetzen? Morphin oder morphinähnliche Wirkstoffe sind in vielen Schmerzmitteln. Nimm ein Röhrchen Tabletten, eines von der Sorte, das tagtäglich in Massen unter die Leute gebracht wird, und die Spur ist viel schwerer zu verfolgen.«

»Stimmt auch wieder«, gab Henne zu.

»Hast du schon einen Verdacht?«

»König ist zweigleisig gefahren. Das klassische Doppel, Ehefrau und Geliebte. Beide hatten ein Motiv – Eifersucht –, aber keine der beiden Frauen scheint ihm besonders nachzutrauern.«

»Probiere es bei ihren Hausärzten. Vielleicht bringt das etwas.«

Henne nickte. »Leonhardt ist bereits unterwegs.«

»Hast du Namen?«

»Nicht im Kopf. Leonhardt weiß, wohin er muss.«

»Er sollte befördert werden.« Kienmann drehte sein Glas in der Hand. Er überlegte wohl, ob er sich einen zweiten Schnaps gönnen sollte.

»Ich habe ihn schon mehrmals zur Beförderung vorgeschlagen, das weißt du ja. Aber Schuster schiebt den Stellenplan vor. Jedes Jahr werden Stellen gestrichen, und noch immer ist kein Ende in Sicht. Glaubt man den Gerüchten, soll es bald einen gewaltigen Abbau bei der sächsischen Polizei geben.«

»Das Innenministerium doktert schon lange an einer Reform herum«, sagte Kienmann. »Die Polizeidirektionen sollen vereinigt werden. Statt sieben, gibt es bald nur noch fünf. Die Reviere werden ebenfalls reduziert. Einundvierzig Standorte für den gesamten sächsischen Raum.«

»Woher weißt du das?«

»Petersen, der Gewerkschaftsmann, hat es mir erzählt.«

»Was ist mit Leipzig?«

»Unsere Direktion bleibt. Wäre ja noch schöner, wenn ausgerechnet wir den Streichungen zum Opfer fallen würden.«

Kienmann schenkte sich nun doch einen weiteren Schnaps ein. Eilig hielt Henne die Hand über sein eigenes Glas. »Für mich wirklich nicht.«

»Dir entgeht ein Genuss.« Kienmann verfrachtete die Flasche in ihr Versteck.

»Was ist eigentlich aus deinen Umzugsplänen geworden?«, fragte Henne. Schuster hatte Kienmann ein neues Büro in der ersten Etage angeboten. Kurze Wege, so die Begründung.

»Das sind nie meine Pläne gewesen, außerdem sind sie vom Tisch. Gott sei Dank«, sagte Kienmann. Er lehnte sich entspannt zurück, roch an seinem Schnaps und kippte ihn in einem Zug hinter.

»Schade, dass du dich hier versteckst.«

»Denkst du, ich würde freiwillig mein Nest aufgeben?«

Hennes Blick streifte die Sitzgruppe und die bis unter die Decke reichenden Regale, in denen sich Bücher und Zeitschriften stapelten. »Immerhin ist es gemütlich«, sagte er. »Schuster hat trotzdem recht. Du haust hier wie auf einer Insel, abgelegen vom Rest der Welt.«

»Genau diesen Umstand will ich erhalten.« Kienmann schob die Blätter, die auf dem Tisch lagen und deren Ränder mit unleserlichen Kritzeleien verziert waren, zusammen und legte sie zu dem Bücherstapel auf dem Schreibtisch.

»Eigenbrötler.«

»Unsinn. Bist du sicher, dass du nicht doch noch einen Schnaps willst?«

Henne erhob sich. Er hatte es auf einmal sehr eilig, in sein Büro zu kommen. Im Hinausgehen sah er, dass sich Kienmann mit einem Schulterzucken vom Regal zum Schreibtisch zurückwandte. Zirbelkiefer mit Holunder war eben doch kein Schnaps, den man alleine trinken mochte.

Die Räume der SoKo lagen neben Hennes Büro. Sie waren untereinander mit Durchgangstüren verbunden, durch die Henne das Geschehen nebenan verfolgen konnte. Die Kollegen von der Spurensicherung hatten die Unterlagen aus Königs Wohnung schon hergeschafft. Als Henne sein Büro betrat, registrierte er, dass die Kollegen die ersten Säcke bereits auspackten, während Frank mit dem Protokoll in der Hand danebenstand.

Auch Leonhardt war schon von seiner Runde durch die Stadt zurück. Er hatte die Ärzte abgeklappert und saß auf seinem Bürostuhl, die Beine von sich gestreckt, die Arme locker auf dem Tisch. »Die schöne Witwe ist sauber, dafür dürfte Miriam Jakob einen beachtlichen Bestand an Schmerzmitteln besitzen. Ihr Hausarzt ist übrigens Dr. Nurner.«

»Ausgerechnet der.« Henne spürte ein Rumoren in seinem Innern, das nicht auf Kienmanns Schnaps zurückzuführen war. Schon die Erwähnung von Nurners Namen brachte ihn noch immer auf die Palme. Vor Jahren hatte sich der Doktor bei einem Mordfall beharrlich hinter seiner ärztlichen Schweigepflicht versteckt. Der Typ, nach dem sie damals gefahndet hatten, konnte erst geschnappt werden, nachdem er einen weiteren Mord begangen hatte. Das hatte Henne Nurner bis heute nicht verziehen.

»Er verschreibt ihr regelmäßig Imigran«, erklärte Leonhardt. »Sie hat Migräne.«

»Das hat er dir ohne Weiteres gesagt? Von wegen ärztliche Schweigepflicht?«

»Ich habe nachgeholfen.«

»Sag bloß!« Henne musterte seinen Assistenten, als würde er ihn zum ersten Mal in seinem Leben sehen. Leonhardts akkurat sitzendes Hemd und die helle Baumwollhose ließen nicht erwarten, dass er sich die Hände schmutzig gemacht hatte.

Leonhardt strich sein Jackett glatt. »Erst hat er wieder auf Berufsgeheimnis gemacht. Als ich ihm mit einer Anklage wegen Behinderung der Polizei gedroht habe, war er kooperativ.«

Henne konnte kaum glauben, dass der ansonsten so penibel auf die Einhaltung der Vorschriften achtende Leonhardt sich dazu überwunden hatte.

»Was willst du?«, fragte Leonhardt. »Ich war wenigstens nicht brutal. Du an meiner Stelle hättest ihm vermutlich dein Knie ins Kreuz gerammt.«

»Wir sind Polizeibeamte, für Gewalttätigkeiten wurden wir nicht ausgebildet«, rief Frank aus dem Nachbarraum und kam herüber.

Henne drehte sich zu ihm um. »Ach ja?«

»›Demolition Man‹.«

»Kenne ich. Sandra Bullock hat eine Polizistin gespielt. Klasse Frau.« Leonhardt fuhr sich mit der Zunge über die Lippen.

Henne blickte ihn erstaunt an. Leonhardt hatte eigentlich ausschließlich Augen für seine Frau Manuela. Kopfschüttelnd sagte er: »Sonst noch etwas?«

»Wir haben in der Zwischenzeit Königs Bude geräumt.« Frank zeigte nach nebenan. »Das sind einige Säcke voll. Wir haben alle Papiere, die wir in Königs Wohnung gefunden haben.«

»Das reicht für einige Monate«, brummte Henne. Er würde ewig auf Ergebnisse warten müssen.

»Keine Bange, die SoKo arbeitet schon daran. Es ist mühsamer Kleinkram, aber wir kommen voran.«

Henne pfiff durch die Zähne. »Das klingt besser, als ich erwartet habe. Macht weiter so, und ich bin glücklich. Bis dahin beehre ich diese Jakob noch einmal. Ich bin gespannt, was sie sagt, wenn sie erfährt, dass wir über ihren Tablettenkonsum Bescheid wissen.« Er griff nach seiner Jacke.

»Möge die Macht mit dir sein!« Frank reckte den Arm in die Höhe.

»Danke, großer Jedi-Meister.« Franks verblüfftes Gesicht brachte Henne noch zum Grinsen, als die Tür längst hinter ihm ins Schloss gekracht war.

Miriam Jakob war kaum überrascht, Henne wiederzusehen.

»Haben Sie etwas dagegen, dass ich weiterarbeite?«, fragte sie und verschwand ohne eine Antwort abzuwarten in der Küche.

Henne folgte ihr. Er lehnte sich an den Türrahmen und schaute zu, wie sie Mehl und Zucker abwog, Butter in Flöckchen teilte und Eier aufschlug. »Was soll das werden?«

»Eine Eierschecke, genau nach dem Rezept meiner Mutter, altes sächsisches Wissen.« Miriam lächelte. Sie trug nur ein langes, ärmelloses Hemd, das ihre Knie umspielte. Wenn sie sich bewegte, gab es den Blick auf ihre ebenmäßigen Schenkel frei.

»Ihr Arzt sagt, Sie nehmen Schmerzmittel gegen Migräne«, begann Henne.

Miriam hielt kurz inne. »Du meine Güte, was Sie alles herausfinden!«

»Stimmt es?«

»Warum sollte er lügen?« Sie stieß die Hände in den Teig, wobei ihre Oberarmmuskeln hervortraten.

Henne hatte sich noch nie darüber Gedanken gemacht, aber Teigkneten musste eine anstrengende Angelegenheit sein. »Also stimmt es.«

»Ist das wichtig?«

»Bei der Obduktion wurde festgestellt, dass König ein Schmerzmittel intus hatte, ein sehr starkes. Anders ausgedrückt: Jemand hat ihm vor seinem Tod vermutlich Tabletten verabreicht.«

Der Teig war fertig. Miriam leckte ihre Finger ab, wobei sie Henne direkt in die Augen blickte. »Imigran inject wird gespritzt. Wussten Sie das nicht?«

Imigran musste ihr Migränemittel sein. Mist. Leonhardt hatte tatsächlich nicht erwähnt, in welcher Form Nurner Miriam das Präparat verschrieben hatte. Er hob die Schultern.

»Nehmen Sie es nicht tragisch, Sie können nicht immer alles wissen.« Miriam wandte sich zum Spültisch um. »Drehen Sie mal bitte das Wasser auf?«

Er trat an die Spüle und öffnete den Hahn, damit sie ihre verklebten Hände abbürsten konnte. »Sieht gut aus, der Teig.«

»Warten Sie, bis die Deckschicht fertig ist.« Rasch verteilte sie die Masse aus Quark, Eiern und Zucker auf dem Teigboden, den sie in eine Springform gedrückt hatte. »Jetzt noch die Schecke.« Ihr Busen hüpfte, als Miriam den Pudding mit einem Schneebesen schlug. Henne gefiel, wie zügig sie arbeitete. Alles erschien aufeinander abgestimmt, eine saubere, ordentliche Arbeit. Sie hob das mit Butter verrührte Eigelb unter, dann das Eiweiß, und schließlich schob sie den Kuchen in die Backröhre.

»Fertig.« Sie trocknete sich die Hände an ihrem Küchenhandtuch ab. »Möchten Sie ein Bier oder lieber einen Kaffee?«

»Kaffee ist gut.«

Miriam deutete auf die Sitzecke. »Wir können uns setzen.«

»Lassen Sie nur, ich sitze ohnehin zu viel.« Hennes Blick blieb an Miriams Beinen haften. Sie erinnerten ihn an Äste von Weidenbäumen, biegsam und trotzdem stark.

Miriam reichte Henne eine Tasse. Der Geruch des Kaffees übertönte für einen kurzen Moment den Duft des Kuchens, und Henne fühlte sich auf einmal geborgen.

Miriam schien etwas davon zu spüren. Sie blieb vor ihm stehen. Ihre Hände berührten sich beinah. »Sie verdächtigen mich also, Dankwart umgebracht zu haben.«

Henne schüttelte den Kopf und nahm vorsichtig einen Schluck. Der Kaffee war gut. »Ich gehe nur jedem Hinweis nach. Das ist mein Job.«

»Angenommen, ich hätte ihn tatsächlich getötet – wie ist er dann in diese Baugrube gekommen?« Miriam legte den Kopf schief.

Das war allerdings ein Rätsel. »Daran arbeiten wir noch«, sagte er und gab Miriam die geleerte Tasse zurück. Miriam beugte sich an Henne vorbei, um die Tassen auf den Tisch zu stellen. Ihre Brüste streiften Hennes Arm. Er wollte Platz machen, doch Miriam hatte sich bereits wieder aufgerichtet und stand nun so dicht vor ihm, dass er sie riechen konnte. Sie trug kein Parfüm, sie roch nach Mandeln und ein wenig verschwitzt. Ganz anders als Erika, die blumige Düfte liebte, aber dennoch wunderbar, wie er fand. Miriam schaute zu ihm auf. Sie musste dabei den Kopf in den Nacken legen. Er versank in ihren dunkelbraunen, fast schwarzen Augen, sah goldene Funken darin blitzen und schob den Gedanken an seine Frau beiseite. Miriam tastete nach seiner Hand, und unvermittelt riss er sie an sich. Es war ein harter Kuss, aggressiv und besitzergreifend. Miriam schien ihn zu genießen, sie drückte sich an seinen Körper und legte die Arme um seinen Hals. Ihre Zunge wühlte in seinem Mund, und plötzlich sah Henne Erikas Gesicht vor sich. Sogleich bereute er, was er getan hatte, und machte sich von Miriam los. »Tut mir leid.«

Miriam strich über seinen Arm. »Warum? Magst du keine Frauen?« Wie selbstverständlich ließ sie das »Sie« fallen.

»Doch, gewiss, aber du und ich, das geht einfach nicht.«

»Und warum nicht?«

Weil sie noch immer eine Verdächtige war. Weil es in seinem Leben bereits eine Frau gab. Weil er zu alt für solche Spielchen war. Er sagte nichts von alledem, sondern stand einfach nur da.

Miriam lachte ihr leises Lachen, das ihm schon so vertraut geworden war. Dann wandte sie sich ab und holte den Kuchen aus dem Ofen.

Henne schaute ihr dabei zu und fühlte sich auf einmal wie ein kleiner Junge, der sein Lieblingsspielzeug verloren hatte. »Ich verschwinde besser«, sagte er. Als Miriam nicht antwortete, drehte er sich um und ging langsam durch den Flur zur Tür. Einen irrwitzigen Moment lang hoffte er, dass Miriam ihn zurückrufen würde. Dass sie es nicht tat, erleichterte ihm den Weg. Leise zog er die Tür hinter sich ins Schloss.

Im Auto würgte Henne den Motor zweimal ab, ehe er startete. Ziellos fuhr er durch die Stadt. Worauf hatte er sich bloß eingelassen? Diese Miriam Jakob gefiel ihm. Bei dem Gedanken an ihre Haut atmete er schneller. Aber nein, weder wollte er der Nachfolger von König werden noch Erika verlassen. Dennoch brodelte es in ihm, wenn er Miriam vor sich sah und ihr dunkles Lachen hörte. Wieder meinte er ihren Duft zu riechen und seufzte leise. Weiß der Geier, was sie mit ihm trieb. Eines wusste er genau: Er durfte sich nicht von ihr beeinflussen lassen. Er war Polizist und erst in zweiter Linie Mann.

Obwohl es schon September war, zeigte sich die Mittagssonne von ihrer besten Seite. Das Autothermometer zeigte knapp zwanzig Grad, als Henne in die Straße einbog, in der er wohnte. Um diese Zeit waren nur wenige Menschen unterwegs. Ein paar ältere Damen auf dem Weg in den Lebensmittelmarkt, einige Studenten, die vermutlich das schöne Wetter genießen wollten, ansonsten war die Straße leer. Henne parkte den Wagen und ging ins Haus.

Am Morgen war der Zeitungsmann noch nicht durch gewesen, doch mittlerweile steckte die Zeitung im Kasten. Da er nun schon hier war, konnte er auch noch einen Kaffee trinken. Henne ging nach oben. Als er die Tür aufschloss, kam Dschingis Khan ihm schwanzwedelnd entgegen.

»Braver Junge.« Henne lotste den Hund in die Küche. Dort füllte er die Kaffeemaschine, und während er wartete, bis der Kaffee fertig war, teilte er sich mit Dschingis den Wurstaufschnitt, den Erika vermutlich für das Abendessen vorgesehen hatte. Mit einer Tasse Kaffee setzte er sich auf die Terrasse, die sich über die ganze Fensterfront zog. Nachsichtig lächelnd beobachtete er Dschingis, der an den Geländerstäben schnüffelte, ehe er sich niederließ und unter halb geschlossenen Lidern hervor zu ihm hinüber linste. Henne faltete die Zeitung auseinander. Wie immer begann er von hinten. Wie Leonhardt vorausgesagt hatte, war König das Thema der Lokalseite.

Selbst die Bezeichnung als Förderer von Leipzig stimmte. Man hätte annehmen können, Leonhardt hätte der Presse den Text vorgekaut, so sehr glich der Artikel Leonhardts Sprachschatz und dem Ermittlungsbericht. Selbst dass König Drogen im Blut gehabt hatte, stand dabei. Auch, dass seine Witwe auffallend wenig Trauer zeigte und König eine Geliebte gehabt hatte. Woher wusste das die Presse bloß? Leonhardt wäre niemals an die Presse getreten, der Maulwurf musste woanders sitzen. Aber wo? Es war nicht das erste Mal, dass Detailwissen, das Henne nicht zur Veröffentlichung freigegeben hatte, in der Zeitung erschien. Er hatte längst aufgehört, sich darüber zu wundern, aber es ärgerte ihn. Irgendwann würde er die Schwachstelle entdecken. Bis dahin musste er solche Sachen als nicht zu änderndes Übel abhaken.

Er gab Dschingis ein Zeichen, ihm zu folgen. In der Küche stellte Henne die leere Tasse in den Geschirrspüler. Da die Wurst alle war, warf er Dschingis ein Stückchen Käse zu. »Bleib lieb.« Er kraulte ihn zwischen den Ohren. Zum Dank wurde er mit dem üblichen Sabberfaden bedacht. Brummelnd wischte Henne ihn von der Hose, dann machte er sich zur Direktion auf. Wenn er Glück hatte, war die SoKo ein Stück weitergekommen und wartete mit neuen Ergebnissen auf. Sie mussten mögliche Feinde Königs ermitteln. Dazu musste Henne herausfinden, was für ein Mensch König gewesen war. Noch kannte er ihn zu wenig. Abgesehen von dem Bild, das die Presse vermittelt hatte, hatten ihn seine Mitarbeiter und die Familie als harten Boss und ungeliebten Mann dargestellt. Aber er musste auch eine andere Seite haben. Kein Mensch war ausschließlich schlecht, auch ein König nicht. Also galt es, ebenso seine Freunde zu ermitteln.

Wie hatte ein griechischer König mal gesagt? *Gott schütze mich vor meinen Freunden. Mit meinen Feinden will ich selbst fertigwerden.*

VIER

»Du gehst aus?« Fleur stutzte, als Alexa beschwingt zur Haustür schritt.

Die Schwägerin hatte sie wohl nicht kommen hören und fuhr herum. »Ich will in die Stadt.«

Missbilligend registrierte Fleur Alexas helles Kostüm und die rote Bluse. »Du solltest Schwarz tragen.«

»Es ist warm, der Sommer ist zurück.«

»Dein Mann ist tot, du bist Witwe! Witwen tragen nun mal Schwarz, das gehört sich so.«

»Du und deine Tradition! Du kannst mir gestohlen bleiben.«

Mit lautem Knall fiel die Eingangstür ins Schloss. Fleur zuckte zusammen. Sie konnte nicht glauben, was soeben passiert war. Alexa, das Schaf, hatte sich ihr tatsächlich widersetzt. Das konnte, das durfte sie sich nicht bieten lassen.

Sie rannte ins Freie, doch sie sah nur noch die Rücklichter des Sportwagens, den Dankwart gewöhnlich gefahren hatte. Sie biss sich auf die Lippen. Dankwart war noch nicht einmal unter der Erde, da vergriff sich das Miststück schon an seinem Eigentum.

Fleur wollte nicht daran denken, dass Haus und Hof, der gesamte Besitz, jetzt der Schwägerin gehören könnten. Vor Jahren war sie zufällig Zeuge eines Streites geworden. Alexa hatte darauf bestanden, dass Dankwart sein Testament zugunsten seiner Frau ändern sollte, und zwar in allen Details. Selbst vor der Rente, die er für Fleur vorgesehen hatte, war sie nicht zurückgeschreckt. Dankwart hatte sich damals geweigert. Keine Sekunde glaubte Fleur, dass ihr Bruder später dem Drängen der Modepuppe nachgegeben haben könnte. Dafür war er viel zu durchtrieben.

Alexa fuhr tatsächlich in die Stadt. In einer Seitenstraße ließ sie den Wagen stehen und ging zu Fuß weiter. Ihr Ziel war das Riquet-Haus Ecke Reichstraße und Schuhmachergässchen, dessen Eingang von zwei kupfergetriebenen Elefantenköpfen flankiert wurde. Im Innern verbarg sich ein traditionelles Kaffeehaus, das im Jugendstil gehalten war. Sie durchquerte den Gastraum und steuerte auf den hinteren Teil zu, wo Robert an einem Tisch direkt vor den großen

Spiegeln saß und sie bereits erwartete. Bei ihrem Anblick erhob er sich. Sein Haar, das er zu einem Zopf zusammengebunden hatte, glänzte schwarz.

»Du siehst wundervoll aus«, sagte er und küsste sie auf die Wange.

»Dabei sollte man meinen, der Tod meines Gatten schlägt mir aufs Gemüt.« Alexa lächelte spöttisch.

»Für mich bist du schöner denn je.«

»Hast du die Flüge gebucht?«

»In zwei Wochen geht es los. Argentinien, wir kommen.«

Alexa bestellte einen Kaffee und eine Lerche. Sie liebte die kleinen Kuchen aus Mürbeteig, Mandeln und Nüssen, auch wenn sie sich den Genuss nur selten gönnte. »Fleur nervt mich mit jedem Tag mehr.«

»Bald bist du die alte Schachtel los.«

»Auf eine Art tut sie mir leid.«

»Sie hat dir das Leben vergällt, vergiss das nicht.«

Alexa nickte. »Es wird immer schwerer mit ihr, trotzdem hasse ich sie nicht. Sie ist schließlich Dankwarts Schwester.«

»Er ist viel zu nachsichtig mit ihr umgegangen.«

»Ihm hat die Zeit gefehlt, sich um sie zu kümmern. Da hat er es mir überlassen.«

»Wenn du mich fragst, war das verantwortungslos von ihm.«

Alexas Bestellung kam, und sie biss in das Gebäck, um nicht antworten zu müssen. Was hätte sie auch sagen können? Es stimmte schließlich. Dankwart hatte sie viel zu oft in schwierigen Situationen allein gelassen, mehr noch: Er selbst hatte sie häufig erst in diese gebracht. Fleur war ein Problem, das Alexa ohne ihren verstorbenen Mann nie gehabt hätte.

»Wann wirst du ihr sagen, dass du weggehst?«, fragte Robert und griff nach ihrer Hand.

»Ich weiß es noch nicht.«

»Die Zeit wird knapp. Vierzehn Tage sind schnell vorbei.«

»Sie muss aus der Villa, wenn ich verkaufe. Bestimmt rechnet sie damit, dass sie auch weiterhin bei mir bleiben kann.«

»Ausgeschlossen!« Robert beugte sich zu ihr über den Tisch.

Alexa wich seinem Blick nicht aus. Sie nahm die Serviette und wischte sich den Mund ab. »Meine Schwägerin muss erfahren, dass wir beide zusammenleben werden.«

»Habe ich dir gesagt, wie sehr ich dich liebe?« Robert rückte auf den Platz neben sie. Er brachte seinen Mund nah an ihr Ohr und flüsterte: »Ich kann unsere gemeinsame Zukunft kaum erwarten.« Unter dem Tisch streichelte er die Innenseite ihres Schenkels.

Alexa stieg die Hitze in die Wangen. Sie drückte sich an ihren Freund und schloss für einen Moment die Augen.

Wenn Fleur sie so sehen würde, hätte sie sich stark gewundert. Nichts, aber auch gar nichts erinnerte an das dumme Blondchen, das Alexa bislang gespielt hatte.

Gordemitz und Heiligenbrand hockten wie zwei alte Raben auf dem Geländer der Baugrube. Der eine groß, der andere in sich gesunken. Henne winkte ihnen zu und zeigte auf die Baubude. Die Männer setzten sich in Bewegung und trafen gleichzeitig ein. Gordemitz schloss die Tür auf und ging mit Heiligenbrand voran. Henne und Leonhardt folgten.

Bedauernd stellte Henne fest, dass die Kaffeemaschine ausgeschaltet war. Die Küchenecke sah aus wie ein Backwarenregal kurz vor Ladenschluss. »Übernimm du«, sagte er zu Leonhardt und setzte sich auf den einzigen Stuhl, der nicht mit irgendwelchen Papieren bedeckt war.

»Sie haben uns gerufen, was ist passiert? Geht es mit dem Bau weiter?«, fragte Leonhardt.

Gordemitz drehte sich schwerfällig und zeigte über die Baustelle. Er wirkte wie ein altes, ausgedientes Fass. »Sie sehen es ja, der Laden ruht.«

In der Tat war die Baustelle beängstigend still. Wäre nicht der Straßenlärm bis zu ihnen gedrungen, hätte Henne sich gefühlt wie in einen Western versetzt. Sand und Staub und ein im Wind schwingendes Stahlseil, das wie eine Saloontür quietschte.

»Die Arbeiter bleiben weg, dafür rücken die Lieferanten an«, sagte Gordemitz.

»Wieso?«

»Es geht um Geld. Beton, Kies, Zement, Dämmstoffe, Kabel – selbst den Baustrom hat der Boss für lau kassiert.«

»Beträge?« Leonhard zückte das kleine Notizbuch, das er stets bei sich trug.

Gordemitz schaute Heiligenbrand auffordernd an. »Sag es ihm.«

»Müssen insgesamt um die fünfhunderttausend sein.« Heiligenbrand sah aus, als bereue er, dass er ihnen die Auskunft überhaupt geben musste.

»Momentchen mal«, sagte Leonhardt zu Heiligenbrand. »Jemand liefert König Baustoffe im Wert von einer halben Million, aber König bezahlt nicht?«

Heiligenbrand schien mit sich zu ringen, doch dann nickte er.

»Wer sind denn die Glücklichen, oder besser gesagt die Unglücklichen?«

»Genau genommen ist es einer. Herrmann Selling, Firma Selling & Partner, Baustoffhandel und Bauausführung.«

»Dabei war der Boss mit dem befreundet«, warf Gordemitz ein.

»Schau an, da hat er also seine Freunde beschissen.«

»Ich muss doch bitten.« Heiligenbrand rümpfte die Nase. »König ist tot. Toten sagt man nichts Schlechtes nach.«

Henne zog die Augenbrauen hoch. Vor zwei Tagen noch hatte sich Heiligenbrand nicht so geziert und kein gutes Haar an seinem ehemaligen Chef gelassen. »Wie steht es mit Ihrem Lohn? Haben Sie den bekommen?«

»Zwei Monate sind offen. König wollte am Tag, an dem er gestorben ist, zahlen.«

»Bei der Leiche war kein Geld.«

Gordemitz und Heiligenbrand wechselten einen schnellen Blick. »Wir dachten, Sie hätten es sichergestellt«, sagte Heiligenbrand.

Henne schüttelte den Kopf. Seine Narbe pochte. Endlich hatte er eine neue Spur gefunden. »Wie viel hätte er denn bei sich haben müssen?«

Heiligenbrand druckste herum. Gordemitz stieß ihn an.

»Zwanzig Mille, mindestens«, sagte er dann.

Leonhardt pfiff durch die Zähne. »Allerhand.«

»Wie man es nimmt. Wir hatten fünfzehn Leute am Bau, Gordemitz und mich eingeschlossen. Klar kriegen nicht alle das Gleiche, aber im Durchschnitt bleiben bei zwanzigtausend Euronen nur dreizehnhundert für jeden. Und das für zwei Monate.«

»Bar auf die Hand.«

»Ja.« Jetzt druckste auch Gordemitz herum. Mit der Auskunftsfreude des Dicken war es anscheinend vorbei.

Henne nahm sich zum wiederholten Mal vor, bei den Sozialleistungsträgern nachzuhaken. Schwarzarbeit war kein Kavaliersdelikt, auch wenn der Auftraggeber tot war. »Sie sind mit dem Geld ausgekommen?«, fragte er Heiligenbrand.

»Muss ja«, antwortete der.

Wahrscheinlich hatte sich der Dürre den mageren Lohn mit Handlangerdiensten aufgebessert oder doch für König die Mitarbeiter ausspioniert.

»Wir überprüfen Selling«, versprach Henne. Er wollte nicht darüber nachdenken, wieso er derart erleichtert über die neue Spur war, die von Miriam wegführte. Geld war ein starkes Motiv. Er hoffte, ein stärkeres als Eifersucht, wenigstens in diesem Fall.

Es gab verschiedene Routen in das westliche Randgebiet der Stadt, wo sich Sellings Firmensitz befand. Henne hatte sich für die Lützner Straße entschieden, doch die war seit einigen Tagen stadtauswärts gesperrt und er musste eine Umleitung fahren. Der ausgeschilderte Weg war von Autos verstopft, und Henne wich auf Nebenstraßen aus. »Fahr zu, du Blindschleiche«, knurrte er, als der Pkw vor ihm immer langsamer wurde.

»Bieg da vorn rechts ab. Das ist eine Abkürzung.« Leonhardt schnippte mit dem Zeigefinger an den Zettel, der auf dem Armaturenbrett klebte und auf dem Sellings Adresse stand. »Ich bin gespannt, was Selling sagt, wenn er erfährt, dass wir von den Außenständen wissen, die König bei ihm hat.«

»Eine halbe Million, falls es stimmt, was Heiligenbrand gesagt hat. Doch das müssen wir Selling nicht auf die Nase binden. Wir warten erst einmal ab, was er selbst dazu meint.«

»Bei dem Betrag kann eine Firma gehörig in Schieflage kommen.« Leonhardt pflückte den Klebezettel vom Armaturenbrett und steckte ihn in die Hosentasche.

»Versteif dich nicht auf Selling allein. König hat jedem der fünfzehn Leute auf seiner Baustelle Geld geschuldet. Die SoKo bekommt Arbeit.«

»Als ob die nicht schon genug zu tun hätten.«

»Da sind sie wenigstens beschäftigt.«

»Frank ist fleißig.«

»Das weiß ich auch.« Henne zog den Wagen in die Straßenmitte und bog nach links in eine Einbahnstraße ein.

»Frank hält die Truppe in Schwung, einen besseren kriegst du nicht.«

»Ich habe dich.«

»Aha.«

»Es kann nur einen geben.« Und nach einer winzigen Pause, während der sich Henne an Leonhardts verdattertem Gesichtsausdruck erfreute, sagte er: »›Highlander‹.«

»Jetzt fang du nicht auch noch damit an«, stöhnte Leonhardt. »Ich war seit Ewigkeiten nicht mehr im Kino.«

»Da hast du nichts verpasst.«

»Das sagst du. Manuela sieht das anders.«

Bis zu der Geburt der Drillinge hatten Leonhardt und seine Frau sich immer regelmäßig die neuesten Filme angeschaut. Seit die Kinder da waren, war es damit vorbei. Es war schwer, einen Babysitter für drei aufzutreiben, zumal die Leonhardt'schen Sprösslinge eine richtige Rasselbande waren.

Leonhardt zeigte nach vorn. »Dort ist es, gleich hinter dem Autohandel.«

Henne bremste vor dem Gelände, auf dem ein großes Schild ankündigte, dass sie Sellings Firmensitz gefunden hatten. Das Haus, das sich an die fünfzig Meter die Straßenfront entlangzog, musste erst vor Kurzem saniert worden sein. Die gelben Backsteine, aus denen es errichtet war, glänzten wie neu. Neben dem Haus lag ein Hof, groß genug, um ein Dutzend Autos zu fassen. In das Kopfsteinpflaster waren in regelmäßigen Abständen Poller eingelassen. Parken war für Fremde verboten.

»Passable Hütte«, sagte Henne.

»Wer fünfhunderttausend Eier verschmerzen kann, der ist nicht arm.«

»Das Baugewerbe brummt. Du brauchst dich bloß umzugucken. Scheiß-Baustellen überall.«

»Dafür wird das Stadtbild schöner.«

»Warum bloß bin ich nicht begeistert.« Es gab überall Schlaglöcher, vor allem aber in den Straßen, die Henne gewöhnlich nahm, wenn er zur Arbeit fuhr. Dabei war die Hauptstraße erst im letzten Jahr erneuert worden. Aber die schweren Baustofflaster auf dem Weg zum derzeit wichtigsten Bauprojekt der Stadt, dem Citytunnel, hatten mit dem neuen Straßenbelag kurzen Prozess gemacht.

Vor zwei Tagen erst war Henne mit dem Mercedes hart aufgesetzt, als er einen Moment lang unaufmerksam war. In der Autowerkstatt hatte man ihm den kaputten Nachschalldämpfer gezeigt. Nächste Woche sollte die Reparatur erfolgen. Wer weiß, was das wieder kosten würde. »Zum Kotzen«, brummte er.

Leonhardt, der dabei war, eine SMS an Manuela zu schreiben, schaute kurz auf. Als Henne nicht reagierte, hob er die Schultern und widmete sich wieder seinem Handy. »Ich bin gleich fertig«, erklärte er.

»Lass dir Zeit, wir sind nicht auf der Flucht.«

»Nee, aber im Dienst.«

Henne sparte sich eine Antwort. Leonhardts Vorschriftenliebe verblüffte ihn schon lange nicht mehr. Er hatte sich am Kiosk eine Zeitung gekauft. Jetzt zottelte er sie aus der Spalte zwischen Sitz und Mittelkonsole und blätterte darin herum. Die Redakteure mussten seine Gedankengänge geahnt haben. Auf Seite drei sprang ihm eine fette Schlagzeile entgegen: »Citytunnel-Kostenexplosion«. Na bitte! Bei einem Tunnel, für den statt einer halben Milliarde mittlerweile fast das Doppelte zu zahlen war, bleibt nichts für Straßenreparaturen übrig. Scheißspiel!

»Was Neues über König?«, fragte Leonhardt und steckte sein Handy in die Tasche.

»Nichts.«

»Die Nachrichtensperre funktioniert ausnahmsweise mal gut.«

Henne faltete die Zeitung zusammen. »Der Alte wird sich freuen, dass er in Ruhe gelassen wird.«

Wenn die Zeitungen gleich zu Beginn eines Mordfalles Vermutungen als Wahrheit hinstellten, kam Schuster jedes Mal in Bedrängnis. Hektisch einberufene Pressekonferenzen waren die Folge.

Leonhardt stieg aus. Henne tat es ihm gleich und streckte sich. Seit einigen Tagen spürte er seinen Rücken, wenn er zu lange herumhockte. Bewegen solle er sich, hatte Kienmann geraten. Zum Teufel, als ob er nicht schon genug herumrennen würde.

Zum hundertsten Mal nahm er sich vor, endlich die gepolsterte Sitzmatte, die ihm Erika geschenkt hatte, auf dem Fahrersitz anzubringen. Als er den Mercedes gekauft hatte – gebraucht natürlich, denn er weigerte sich, mehr Geld auszugeben, nur damit der Kilometerstand in der Nähe der Null pendelte –, hatte er nicht bemerkt, wie unbequem die Sitze waren. Er hatte sich nicht einmal vorstellen können, dass ein Mercedes überhaupt unbequeme Sitze haben könnte. Sein Rücken und der Werkstattmeister hatten ihn eines Besseren belehrt. Ein Hochdachkombi hatte eben nichts mit einem Nobelschlitten gemein, ausgenommen den dreizackigen Stern.

Das Backsteinhaus hatte mehrere Eingangstüren. Henne und Leonhardt entschieden sich für die größte und traten ins Innere. Einem Wegweiser entnahmen sie, dass sie das Büro des Firmenchefs im ersten Stock finden würden.

»Nett hier«, sagte Leonhardt und zeigte auf die Aquarellzeichnungen an den hellgrün gestrichenen Wänden des Treppenhauses.

Henne brummte etwas in seinen Bart. Sein Rücken fühlte sich an, als wäre ein Bulldozer darübergerollt.

Selling begrüßte sie in seinem Büro, einem etwa vierzig Quadratmeter großen Raum, der kahl und ungemütlich wirkte. An der Fensterseite befand sich ein riesiger Tisch, um den Stahlrohrstühle angeordnet waren. Henne zählte zwanzig Stück. An den übrigen Wänden standen Schränke, an denen man die Türen abgeschraubt hatte. Henne erkannte Ordner und Rollen. Bauzeichnungen, mutmaßte er.

In der Ecke fristete ein verkümmerter Ficus sein Leben.

Selling selbst war ein untersetzter Mann mit beginnender Glatze und einem traurigen Gesicht. Unter seinen Augen hingen Tränensäcke, vermutlich Ausdruck von zu wenig Schlaf. Er bat die Kommissare an den Tisch. Gleich darauf kam seine Sekretärin herein und brachte Kaffee.

»Greifen Sie zu«, sagte die mütterlich wirkende Frau. »Das ist Kaffee aus Äthiopien. Der ist zwar teuer, schmeckt aber.«

Während Henne trank, stellte er sich vor, wie er schweißüberströmt und mit gebeugtem Rücken auf einer Plantage schuftete. Gut möglich, dass das sein Los gewesen wäre, wenn er wie sein Vater in Äthiopien leben würde.

»So, meine Herren. Wo drückt der Schuh? Ist mit unserer Ware etwas nicht in Ordnung?« Augenscheinlich hielt Selling sie für Kunden, denen er etwas geliefert hatte.

Henne zückte seinen Ausweis. »Oberkommissar Heine, Heinrich Heine. Wie der deutsche Dichter, aber ich halte es mit der Wahrheit. Neben mir Kommissar Leonhardt. Wir haben einige Fragen an Sie.«

Sellings Lächeln erstarb.

»Wir ermitteln im Todesfall König. Man sagte uns, Sie wären befreundet gewesen. Richtig?«

Selling nickte. Es wirkte mechanisch. Er schien durch Henne hindurchzusehen.

Henne fragte sich, woran ein Mann denken mochte, den die Kripo wegen seines ermordeten Freundes aufsuchte.

»Außerdem haben Sie seine Baustellen beliefert. Ebenfalls richtig?«

Wieder nickte Selling, dann runzelte er die Stirn.

»Was genau haben Sie ihm geliefert und in welchem Wert?«

»Ich wüsste nicht, was das mit Dankwarts Tod zu tun haben könnte.«

»Bitte beantworten Sie meine Frage.«

Auf Sellings Wangen breiteten sich rote Flecken aus. »Er hat Baumaterial bekommen. Eisenträger, Steine, Zement.«

»Etwas genauer, bitte. In welchem Umfang? Wie hoch sind die Rechnungen?«

Selling verschränkte die Arme. »Sind Sie von der Kripo oder von der Steuerfahndung?« Sellings Worte ließen vermuten, dass seine Buchführung nicht in Ordnung war.

»Keine schlechte Idee.« Henne wandte sich an Leonhardt. »Was meinst du, sollen wir der SteuFa einen Tipp geben?«

»Schon gut«, sagte Selling. »Vielleicht kann ich Ihnen ja doch helfen.« Die roten Flecken hatten sich über sein ganzes Gesicht verteilt.

Henne starrte ihn an. Sellings plötzliche Bereitschaft überraschte ihn. Er wusste nicht, was er davon halten sollte. »Na bitte, versuchen wir es«, sagte er schließlich. »Was haben Sie ihm geliefert?«

Selling wich Hennes Blick aus, trat an das Regal und zog einen Ordner heraus. Er knallte ihn auf den Tisch.

Henne griff sich den Ordner und schlug ihn auf. Er überflog die Registratur auf den Zwischenblättern, die die einzelnen Vorgänge voneinander trennten. Was er sah, gefiel ihm nicht. Überall standen unübersichtliche Abkürzungen, die er nicht kannte. Die Wirtschaftsprüfer würden sicher mehr damit anfangen können.

»Ist das alles?«, fragte er.

»Das ist der Hauptordner, aber es gibt noch andere Unterlagen.« Selling deutete auf das Regal.

»Erklären Sie mal fix, was Sache ist.« Henne schob den Ordner zu Selling hinüber.

Selling lehnte sich zurück. »Ich nehme an, Sie können lesen.«

Die Adern an Hennes Schläfen traten hervor. »Heißt das, Sie wollen uns nicht helfen? Also doch Steuerfahndung.« Er gab Leonhardt einen Wink.

Leonhardt beugte sich über den Tisch und angelte nach dem Ordner.

»Moment.« Selling ging durch die Seiten. »Hier sind die Lieferscheine.«

Leonhardt reckte den Hals und las die Summen. »Donnerwetter. Da ist einiges zusammengekommen.«

»Hat König immer pünktlich bezahlt?«, fragte Henne.

Selling zögerte. Seine Finger spielten mit der Ecke eines Lieferscheines.

»Meine Güte! Lassen Sie sich doch nicht alles aus der Nase ziehen«, sagte Leonhardt ungeduldig.

»Bis jetzt habe ich keinen Cent gesehen«, sagte Selling leise. Er strich den Lieferschein glatt und schlug den Ordner zu.

»Äußerst ungewöhnlich unter Freunden, finden Sie nicht?«

»Man hilft sich gegenseitig.«

Es war keine besonders glaubwürdige Ausrede. Selling könnte sich wenigstens Mühe geben, ihnen zumindest eine halbwegs überzeugende Erklärung aufzutischen. Er schien sie für dumm zu halten. Zeit, den Unternehmer in die Schranken zu weisen. Henne sagte: »Das ist sehr großzügig von Ihnen. Fünfhunderttausend macht nicht jeder locker.«

»Dankwart hätte es schon noch beglichen.«

Henne zuckte mit den Schultern. Selling schien das als Zustimmung aufzufassen. Er nickte heftig. »Bei jedem anderen wäre ich mir nicht sicher. Aber nicht bei Dankwart König.«

»Warum eigentlich nicht?«

»Ich habe ihm vertraut, er hat mich noch nie betrogen. Außerdem wusste ich, dass er genug zu tun hatte. Selbst wenn er momentan nicht bei Kasse war, ich konnte sicher sein, dass das Geld wieder reinkommt. Bei Dankwart musste man nur Geduld haben.«

»Ich staune«, sagte Henne und log nicht einmal dabei.

»Dankwart hatte nur seriöse Auftraggeber. Er musste keine Ausfälle befürchten.«

Leonhardt tippte auf den Ordner. »Hat die Stadtverwaltung auch zu seinen Auftraggebern gehört?«

»Unter anderem. Dankwart hat schon immer einen guten Draht nach oben gehabt. Ich weiß nicht, wie er das hingekriegt hat, aber es war einfach so. Die Aufträge der Stadt waren ihm jedenfalls sicher, einschließlich pünktlicher Zahlung.«

Seit wann konnte jemand davon ausgehen, dass nur er von der Stadtverwaltung beauftragt wurde? Wenn das nicht nach Bestechung klang … Henne schob das Kinn vor. »Ich habe etwas von Vergabeverfahren gehört.«

Selling rieb sich die Nase. »Wenn Dankwart einen Auftrag wollte, hat er ihn auch bekommen.«

»Hat er Schmiergeld gezahlt?«

»Keine Ahnung.« Selling ließ die Hand sinken. Seine Nase war nun genauso rot wie sein übriges Gesicht. »War's das?«

Henne winkte Leonhardt und stand auf.

»Wir werden Ihre Angaben überprüfen. Ich bin mir sicher, wir sehen uns wieder.«

Selling hoffte vermutlich das Gegenteil. Als sie sein Büro verließen, fing Henne seinen Blick auf, eine Mischung aus Verzweiflung und Wut.

Auf dem Rückweg ins Büro telefonierte Henne mit Frank. »Nimm dir die Arbeiter von Königs Firma vor. Auf meinem Tisch dürfte eine Liste mit den Namen liegen. Und vergiss die Rentenversicherung nicht. Die Krankenkassen müssen auch befragt werden.«

»Was ist mit dem Hauptzollamt? Handwerkskammer, Finanzamt, Steuerfahndung? Soll ich dort nachhaken?«

»Warum nicht gleich beim lieben Gott?«

»Nichts ist notwendiger als das Überflüssige.«

»Bitte?« Der Wagen vor Henne fuhr ohne zu blinken rechts raus, und Henne bremste.

»Sagt Ferruccios Onkel in ›Das Leben ist schön‹.«

Henne zog an dem Wagen vorbei und zeigte dem Fahrer einen Vogel. »Wer, um Himmels willen, ist Ferruccio?«

»Kulturbanause. Bei Gelegenheit schenke ich dir die DVD.«

»Meinetwegen, und jetzt mach dich an die Arbeit. Du hast freie Hand.« Ohne auf Dieners Antwort zu warten, schaltete Henne das Handy aus. Irgendwie war der Tag anders als gehofft verlaufen. Selling hatte nichts gesagt, was ihn bei der Aufklärung des Mordes weiterbrachte.

»Dieser Selling ist verdächtig«, sagte Leonhardt.

»Was sonst!«

»Aber?«

»Er war mit König befreundet.«

»Als ob das ein Hindernis wäre.«

Henne hielt an der Bushaltestelle, und Leonhardt stieg aus. »Bis Montag, und sieh zu, dass du die Karre endlich in die Werkstatt kriegst. Der Auspuff klingt wie ein Hirsch in der Brunft.«

Henne fühlte sich wie zerschlagen, als er die Tür zu seiner Wohnung aufschloss. Schultern und Rücken schmerzten und in seinem Kopf summte es, als ob sich ein Hornissenschwarm eingenistet hätte. Unmöglich, einen klaren Gedanken zu fassen.

Er zog die Schuhe aus und stellte sie unter das Schränkchen im Flur, das Erika und er vor etlichen Jahren auf einem Flohmarkt erstanden hatten. Wie lange war das nun schon her? Müde strich er sich über die Narbe. Das Brennen hatte nachgelassen und war einem ausdauernden Jucken gewichen.

In der Küchentür blieb er wie angewurzelt stehen. Der Tisch war festlich gedeckt. Tischtuch, Kerzen, Wein und in der Mitte ein Blumenstrauß.

»Habe ich etwas vergessen?«

»Keineswegs.« Erika reckte sich auf die Zehenspitzen und küsste ihn aufs Kinn. »Machst du bitte die Flasche auf?«

»Ein Spätburgunder vom Radebeuler Johannisberg.« Henne pfiff anerkennend. »Was feiern wir denn?«

»Lass uns einfach genießen, okay?«

»Okay.« Er setzte sich an den Tisch. Frank fiel ihm ein und er fragte: »Kennst du den Film ›Das Leben ist schön‹?«

»Natürlich. Eine sehr berührende Geschichte, tragisch und komisch zugleich.«

»Erzähl mir davon.«

Erika tat ihm Braten, Rosenkohl und Kartoffeln auf den Teller. »Später. Iss erst einmal.«

Die Soße roch nach Rotwein und Pilzen. »Gibt es noch mehr davon?«

»Ein Löffel voll reicht.«

»Komm schon, ich hatte einen schweren Tag.«

»Soße macht dick.« Erika bohrte einen Finger in Hennes Bauch. »Du hast zu viel auf den Rippen.«

»Mutter sagt immer, ein Mann ohne Bauch ist ein Krüppel.« Henne begutachtete die Scheibe Fleisch, die sich mit der Pfütze Soße auf seinem Teller ganz verloren vorkommen musste.

»Deine Mutter hat eben andere Schönheitsideale als ich. Noch ein Glas Wein?«

»Meinetwegen, morgen ist schließlich Wochenende.«

»Und wie ich dich kenne, hast du trotzdem zu tun.«

Am Samstag war Königs Beerdigung. Henne hatte Leonhardt freigegeben. Die Drillinge wussten kaum noch, wie ihr Vater aussah. Also musste er selbst auf den Friedhof.

»Das dauert nicht den ganzen Tag.« Er zerdrückte mit der Gabel eine Kartoffel.

»Ich habe noch einmal nachgedacht.« Erika gönnte ihm nun doch einen zweiten Löffel von der Soße.

Henne war zu sehr mit dem Essen beschäftigt und hörte nur halbherzig zu.

»Ich bin oft allein«, sagte Erika.

Henne spießte ein Stück Rosenkohl auf und schob es sich in den Mund.

»Ich langweile mich.«

Hinter Hennes Stirn blinkte plötzlich ein Warnsignal.

»Meine Hobbys lasten mich nicht aus.«

Das Signal wurde stärker. Eine dumpfe Ahnung drängte sich in den Vordergrund.

»Ich brauche eine Beschäftigung. Etwas, das mich ausfüllt.«

Jetzt war Henne alarmiert. Er legte das Besteck beiseite. »Was willst du damit sagen?«

Erika griff nach seiner Hand. »Ein Baby, unser Kind. Das wäre die Lösung.«

Henne zuckte zusammen. Also doch. Der ganze Zinnober nur

wegen Erikas verrücktem Kinderwunsch. Dabei hatten sie schon gestern lang und breit darüber diskutiert. Er hatte geglaubt, das Thema sei damit abgeschlossen.

Ihr Vorschlag war gestern überraschend gekommen, sie hatte ihn förmlich überfahren damit. Unwillkürlich hatte er sofort Vor- und Nachteile eines Kindes gegeneinander abgewogen. Er hatte sich dafür gehasst, dass er derart systematisch vorging.

Wie am vergangenen Abend, so ratterte auch jetzt wieder sein Gehirn als Erstes die praktischen und finanziellen Aspekte durch. Wie eine Maschine.

»Wir waren uns einig«, sagte er. Wenn überhaupt, so sollten Kinder anders geplant werden.

Aber vielleicht war es gerade das. Er wünschte sich kein Kind, er brauchte es nicht. Er vermisste nichts in seinem Leben. Bislang war es bei Erika ebenso gewesen. Warum also jetzt etwas ändern?

Als hätte Erika seine Gedanken geahnt, sagte sie: »Ich bin noch jung genug. Mein Frauenarzt meint, es wäre nicht einmal eine Risikoschwangerschaft.«

»Du hast mit ihm darüber gesprochen?«

»Warum nicht?«

»Wenn dir der Herr Doktor zu einem Kind rät, dann lass es dir doch von ihm einpflanzen.« Abrupt stieß Henne den Stuhl nach hinten und stampfte ins Bad. So schnell seine Wut gekommen war, war sie wieder verraucht. Er sah sich im Spiegel und streckte sich die Zunge heraus.

Was war bloß in ihn gefahren? Erika wollte ein Baby, er nicht. Eine Meinungsverschiedenheit, die geregelt werden konnte. Kein Grund, sich derart aufzuregen.

Miriam fiel ihm ein. Er musterte sein Spiegelbild, sah die Narbe, die Falten. Sein Blick blieb an seinen Augen hängen, bohrte sich in die Pupillen, die ihm übergroß erschienen, und plötzlich wurde ihm klar, was mit ihm los war.

Er hatte Schiss. Riesige, nackte Angst. Sie hockte tief in ihm drin und wartete bloß darauf, dass sie herausgelassen wurde. Aber warum?

Wieder dachte er an Miriam, und auf einmal wusste er die Antwort. Solange er eine andere Frau begehrte, konnte er kein guter Vater sein. Er würde ständig hin- und hergerissen werden. Miriam auf der einen Seite, Erika und das Baby auf der anderen. Irgendwann würde er die Konsequenzen ziehen und sich für ein Leben ohne Kind entscheiden. Aber Henne war selbst ohne Vater aufgewachsen. Er wusste, was das für das Kleine bedeutete.

Es gab nur eine Lösung, er musste Miriam vergessen. Dabei hatte es mit ihnen kaum begonnen. Die Trauer, die ihn erfasste, verwirrte ihn. Miriam hatte sich tiefer als gedacht in sein Herz geschlichen. Er spritzte sich kaltes Wasser ins Gesicht und trank wie ein Verdurstender. Aus dem Wasser konnte er das Salz seiner Tränen schmecken.

Als er sich abtrocknete, sah er im Spiegel Erika hinter sich stehen. Er drehte sich um und schloss sie in die Arme.

»Vergib mir«, flüsterte er. »Ich bin ein Trottel.«

»Das bist du nicht, du bist etwas ganz anderes, nämlich nicht ehrlich. Sag mir endlich die Wahrheit.«

Erstaunt schaute er sie an. »Was meinst du?«

»Tu doch nicht so! Ich kenne dich viel zu gut. Du verstellst dich.«

»Quatsch! Komm her!« Er nahm sie auf den Arm und trug sie ins Wohnzimmer, wo er sich auf das Sofa fallen ließ.

Sie verbarg ihr Gesicht an seinem Hals und schluchzte hemmungslos. »Du liebst mich nicht mehr.«

Er drückte sie fest an sich. Wie eine Woge hüllte ihn die vertraute Zärtlichkeit ein. Tröstend streichelte er ihr Haar. Wie hatte er bloß annehmen können, er würde Miriam lieben? Er liebte seine Frau, keine andere. Behutsam tupfte er Erika die Tränen ab.

Sie nahm ihm das Taschentuch aus der Hand und schnäuzte sich. Auch das liebte er an ihr, ihre praktische Seite hatte schon manche Situation gerettet.

Sie lächelte, obgleich er sah, dass es sie Mühe kostete. Noch immer stand Wasser in ihren Augen. »Küss mich.«

Er küsste sie, als könne er damit alles vergessen und wusste im selben Augenblick, er machte sich etwas vor.

FÜNF

Der Samstag war unverschämt hell und freundlich. Kein Wölkchen trübte den Himmel, der an Postkartenidylle aus fernen Urlaubsländern erinnerte. An einem solchen Tag sollte es keine Beerdigung geben.

Henne schritt den frisch geharkten Hauptweg des Connewitzer Friedhofes entlang.

Er war zu zeitig. Der Platz vor der Trauerhalle war leer. Ungeduldig tigerte er auf und ab. Fünfundzwanzig Schritte nach links, fünfundzwanzig nach rechts, entlang der Mauer bis zu der kleinen Pforte, die zur angrenzenden Gärtnerei führte, und wieder zurück.

Vor einem Blumenstand, an dem Blühpflanzen und Grabschmuck angeboten wurden, blieb er stehen und überflog die Auslagen. Die Verkäuferin band ein Gesteck und blickte wortlos auf. Er nickte ihr grüßend zu. Sie war jung und hübsch, ihre blonden Zöpfe wippten bei jeder Bewegung. Ein Fremdkörper an diesem Ort, an dem die Toten herrschten, denen König in Kürze Gesellschaft leisten würde.

Die Trauerhalle öffnete sich, und der Pfarrer trat heraus, gefolgt von den Sargträgern nebst Sarg und einer Horde schwarz gekleideter Menschen. Wie Pinguine watschelten sie hinter dem Sarg her, den die Träger auf einen rollenden Untersatz gehoben hatten.

Gemächlich folgte Henne der Prozession. In einem linker Hand gelegenen Gang stoppte der Zug vor einer ausgehobenen Grube. Der Pfarrer sagte etwas, das Henne nicht verstand, weil er noch zu weit weg war. Statt zu der Menge aufzuschließen, umrundete er sie, sodass er die Trauergemeinde in Ruhe betrachten konnte.

Alexa stand dem Pfarrer am nächsten. Sie hatte das schöne Gesicht unter einem schwarzen Schleier verborgen. Henne vermutete, dass ihr auch ohne Schleier keine Regung anzusehen gewesen wäre. Neben ihr stand Fleur, die ihm kleiner als beim letzten Mal erschien. Vielleicht lag es an ihrem geneigten Kopf. Henne meinte aus den bebenden Schultern einen unterdrückten Weinkrampf zu erkennen.

Doch als sie an die Grube schritt und eine Handvoll Blüten hinabstreute, warf sie trotzig den Kopf in den Nacken. Ihre Augen waren trocken. Ein triumphierender Ausdruck lag in ihnen. Henne schüttelte leicht den Kopf. Wahrscheinlich hatte er sich geirrt. Nachdenklich schaute er ihr nach, als sie beiseiteging und sich neben ihre Schwägerin stellte.

Trauergast folgte auf Trauergast, auch Gordemitz und Heiligenbrand sowie Herrmann Selling und seine Sekretärin, die Henne kurz zuzwinkerte. Als eine der Letzten kam Miriam. Henne gab es einen Stich ins Herz.

Dem Anlass entsprechend hatte sie sich in schwarze Seide gehüllt. Das kaftanähnliche Gewand wurde in der Mitte von einem leuchtend gelben Gürtel gehalten. Reminiszenz an das Leben. Henne, der auf Friedhöfen gewöhnlich melancholisch wurde, fühlte sich unwiderstehlich davon angezogen.

Miriam ließ eine einzelne Rose auf den Sarg fallen und bewegte stumm die Lippen. Wer weiß, was sie ihrem ehemaligen Geliebten zuraunte. Henne wünschte, es wäre ein banaler Abschiedsgruß. Zugleich hoffte er, sie ließe sich nicht zu gewöhnlichen Floskeln herab.

Er folgte ihr zum Ausgang, doch machte er keine Anstalten, sie einzuholen. Er ahnte, dass sie auf ihn warten würde.

Tatsächlich stand Miriam vor dem Tor und hielt ihr Gesicht in die Sonne. Obwohl sie ihn gehört haben musste, hatte sie die Augen geschlossen.

»Hast du deinen Mörder?«, fragte sie geradeheraus.

Er musterte ihre leicht geöffneten Lippen. Verlockende Frauen wie sie sollten verboten werden. Gewaltsam riss er sich von ihrem Anblick los. »König hatte viele Feinde.«

Sie wandte ihm das Gesicht zu. »Ich zähle nicht dazu.«

Henne versank in ihren dunklen Augen. »Weißt du was? Ich glaube dir.«

»Gehen wir einen Kaffee trinken, oder hast du etwas Besseres vor?«

In einer Seitenstraße fanden sie ein kleines Restaurant. Es war später Vormittag, der Kellner hatte wenig zu tun. Nachdem er sich an dem ungleichen Paar sattgesehen hatte, verschwand er im Dschungel der Küche, um sich wer weiß was zu widmen. Jedenfalls hatten sie ihre Ruhe.

»Wie geht es dir?«, fragte Henne.

»Nenn es vorschnell, aber ich hatte Sehnsucht nach dir.«

In Hennes Magengegend begann es zu kribbeln. Er räusperte sich verlegen.

»Du hast mich beeindruckt.« Miriam ließ ihren Worten ein verführerisches Lachen folgen.

Henne hätte sie am liebsten in die Arme gerissen. Es war wohl doch keine gute Idee, mit ihr allein zu sein.

Miriam tastete nach seiner Hand. »Warum sagst du nichts?«

Die Hitze ihrer Haut ließ Henne die Luft anhalten. Er meinte zu verbrennen. Zum ersten Mal kamen ihm Zweifel, ob er die Lage im Griff hatte. Wenn er nicht aufpasste, verlor er noch seinen Kopf. Vielleicht wollte Miriam ihn nur dazu benutzen, dass er ihr über den Tod ihres Geliebten hinweghalf.

Miriam musste Gedanken lesen können. »Hast du Angst vor mir?«

»Was soll in einem öffentlichen Café schon passieren?«, entgegnete er rau.

»Wir könnten zu mir gehen.«

Alles in ihm schrie nach ihr, doch er sagte: »Das lassen wir lieber bleiben.«

»Also hast du doch Angst.« Sie zog ihre Hand zurück.

Henne wünschte, Miriam hätte ihre Hand auf seinem Arm gelassen. »Erzähl mir von Königs Geschäften.«

»Ich weiß nicht viel.« Miriam rührte in ihrer Tasse. »Er hatte viel zu tun, er war immer ausgelastet.«

Das hörte Henne nun schon zum zweiten Mal. Auch Selling hatte angegeben, dass König schwer im Geschäft war.

»Komisch, allerorten heißt es, dass wir auf einen Abgrund zusteuern. Wir haben eine Wirtschaftskrise, hat sie um König einen Bogen gemacht?«, fragte er.

»Auch er hat in der Bankenkrise Geld verloren.«

Henne beugte sich vor. »Das interessiert mich.«

»Er hat Andeutungen gemacht, nichts Konkretes. Irgendwo hatte er wohl Gelder angelegt, die dann futsch waren.«

»Wo und wie viel?«

»Hast du mir nicht zugehört? Ich habe doch gesagt, ich weiß es nicht.« Sie wühlte in ihrer Tasche und zog ein Päckchen Zigaretten hervor. »Wir haben zusammengearbeitet und waren ein Liebespaar.

Das heißt noch lange nicht, dass er mit mir seine Börsengeschäfte besprochen hat.«

»Alexa könnte etwas darüber wissen.«

»Möglich.« Miriam zündete sich eine Zigarette an. Ihre Hände zitterten.

Henne wies auf das Rauchverbotsschild, Ergebnis des umstrittenen Nichtrauchergesetzes, das pflichteifrige sächsische Beamte auf den Weg gebracht hatten.

»Die können mich mal.« Miriam nahm einen besonders tiefen Zug.

Henne konnte sich ihren Stimmungsumschwung nicht erklären. »Dein König steckte in Schwierigkeiten. Er hatte kein Geld, zumindest hat er seinen Zulieferer nicht bezahlt.«

»Für uns hat es allemal gereicht.«

»Ach ja?«

»Er liebte gutes Essen, Reisen, schöne Dinge. Wir waren oft unterwegs. Auf seine Kosten, wohlgemerkt. Er hat mich ausgehalten, das Beste war ihm gut genug für uns.« Sie blinzelte eine Träne fort und zog an der Zigarette, als wäre sie ein Rettungsanker. Dann drückte sie energisch die Kippe aus. »Bist du sicher, dass du nicht mit in meine Wohnung kommen willst?«

Es war ein gefährliches Angebot, das Henne ungemein reizte. Doch noch konnte er sich nicht dazu durchringen.

»In meinem Kühlschrank ist Nuss-Eis. Nur für dich.«

»Ich habe keinen Hunger.«

»Ein Eis wird schon noch hineinpassen. Ich mache es wirklich gut.« Miriams Blick sagte mehr als ihre Worte. Ihre schlechte Laune schien so plötzlich wieder verflogen, wie sie gekommen war.

Henne wurde schwach. Und Nuss-Eis war völlig unverfänglich. Außerdem konnte er jederzeit gehen. Miriam lächelte.

Er legte einige Münzen für den Kaffee auf den Tisch und folgte ihr auf die Straße. Angesichts ihres wiegenden Schrittes konnte er nichts dagegen tun, dass sein Herz im wilden Marsch davongaloppierte.

Die Rote Emma war ein Gartenlokal, Treffpunkt von Arbeitern, Rentnern und natürlich Kleingärtnern. Henne durchquerte den Biergarten und trat in die Gaststube. Drinnen war es nicht so hell wie draußen in der Sonne. Er brauchte einen Moment, bis sich seine Augen an das dunkle Licht gewöhnt hatten, dann schob er sich auf einen Hocker am Tresen. Willy, der Wirt der Roten Emma, staunte, als er einen Klaren bestellte. »Mensch, du hier um diese Zeit und noch dazu Samstag? Und dann ein Schnaps? Ich erkenne dich gar nicht wieder.«

»Manchmal springe ich über meinen Schatten.«

Die Rote Emma war bis auf einen Tisch, an dem drei Rentner Skat kloppten, ohne Gäste. Willy schob Henne den Schnaps über den Tresen und verschränkte die Arme. »Du hast doch was auf dem Herzen.«

»Blödsinn.«

»Du musst nicht quatschen, wenn du nicht willst.«

Henne kippte den Schnaps. »Schenk nach«, sagte er, und dann erzählte er doch.

Willy ließ ihn reden, nur manchmal ruckte sein Kopf nach oben und er musterte Henne mit gerunzelter Stirn.

»So ist das nun«, sagte Henne, »ich habe mich verknallt.«

»Wenn das Erika wüsste.«

»Das ist das Problem. Erika und ich gehören zusammen. Ich liebe sie.«

»Vielleicht bildest du dir das nur ein.«

»Weißt du noch, wie ich gelitten habe, als sie mich damals verlassen hat?« In der Zeit, in der Erika sich von ihm getrennt hatte, war er ständiger Gast in der Roten Emma gewesen. Willy konnte das unmöglich vergessen haben.

»Okay«, sagte Willy dann auch. »Du bist ohne sie ein Wrack. Du brauchst sie offensichtlich.«

»Mensch, mehr als das. Ich liebe sie!«

»Schon gut, du liebst sie also. Allerdings steigst du jetzt dieser Miriam hinterher. Sieht ganz nach Midlife-Crisis aus.« Willy schrubbte auf der Platte der Theke herum, als wolle er den Edelstahl wegpolieren.

Henne schüttelte den Kopf. »Midlife-Crisis, verquirlte Kacke, das ist was für alte Säcke. So weit bin ich noch lange nicht.«

»Du bist fast fünfzig, wenn ich mich nicht irre.«

»Sechsundvierzig.«

»Als ob das ein großer Unterschied wäre.«

»Und ob es das ist. Und jetzt halt den Mund und gib mir noch einen Klaren.«

Willy schenkte ein. »Wenn du so weitermachst, hast du morgen einen Kater.«

»Na und? Ich kann ausschlafen.« Henne legte beim Trinken den Kopf in den Nacken. Ein ausgestopfter Hirschkopf hing über dem Tresen. Seine Glasaugen glänzten böse im spärlich durch die Fenster fallenden Sonnenlicht. Vermutlich missbilligte er die Tatsache, dass sich ein Kripo-Bulle wie ein Quartalstrinker besoff. »Prost«, sagte Henne und hickste leise.

Drei Stunden später war er so blau, dass er kaum noch stehen konnte. Der Zehnender schaute verbiestert, als Henne trotzdem ein weiteres Glas forderte.

»Nichts da«, wehrte Willy ab. »Du hast genug. Ich hätte dir schon nach dem achten Schnaps keinen mehr ausschenken dürfen.«

Henne grunzte und hielt sich am Tresen fest. »Deine verdammte Bar ist schief«, lallte er und sackte nach unten.

Willy schleppte ihn zu einem Stuhl, doch Henne wollte nicht darauf sitzen bleiben. Nach mehreren vergeblichen Versuchen ließ ihn Willy schließlich zu Boden rutschen und rief Erika an.

Die kam, so schnell sie konnte. »Männer«, schimpfte sie. »Kannst du nicht besser auf ihn aufpassen?«

Willy tat, als hätte er die Frage nicht gehört, und wischte imaginäre Stäubchen von der Theke. Er hatte wohl nicht vor, sich von Erika verantwortlich machen zu lassen. Dennoch erbarmte er sich und half ihr, Henne in den Wagen zu verfrachten. Henne bekam davon kaum etwas mit. Er schnarchte wie eine Rotte Wildschweine auf der Suche nach den letzten Wintereicheln.

Erika brachte Henne Rollmops mit saurer Gurke ans Bett, dazu ein großes Glas Milch.

»Das kriege ich niemals herunter.«

»Gib dir Mühe.« Sie ließ ihn sofort wieder allein.

Henne hatte die Falten über ihrer Nasenwurzel bemerkt. Die hatte Erika immer, wenn sie wütend war. Keine Frau freute sich, wenn sie ihren Mann sturzbesoffen aus der Kneipe holen musste. Er würgte den Fisch hinter und trank die Milch. Dann schlief er wieder ein.

Zwei Stunden später erwachte er erneut. Erstaunt stellte er fest, dass es ihm schon viel besser ging. Ausgeschlafen und unternehmungslustig ging er in die Küche, wo Erika in den Töpfen rührte.

Flüchtig küsste er sie auf den Kopf, dann griff er nach der Zeitung. Bei den Todesanzeigen verharrte er.

»Hör dir das an: ›In Ehren an den teuren Verblichenen‹. Oder das: ›Ein gütig Herz ist von uns gegangen‹. Wenn man das liest, muss man ja denken, dass nur die Guten wegsterben. Die Schweinehunde scheinen am Leben zu bleiben.«

»Auch andere Leute lügen.« Erika nahm einen Deckel aus dem Schrank und schlug die Tür zu, ehe die übrigen Deckel herausrutschen konnten. Um ihren Mund lag ein grimmiger Zug.

Henne erstarrte. Ahnte Erika etwas? Hatte er sich verraten? Gleich darauf schalt er sich. Wahrscheinlich sah er schon Gespenster.

»Hier, die Annonce über König.« Er strich die Zeitung glatt und las laut: »›Mit großem Schmerz nehmen wir Abschied von einem lieben Mann, herzensguten Bruder und treusorgenden Menschen. Dankwart König war für alle eine Bereicherung und wird unvergessen in unseren Herzen bleiben‹.« Er legte die Zeitung beiseite. »König war das ganze Gegenteil.«

Erika hatte sich offenbar vorgenommen, ihr gesamtes Gewürzarsenal ins Essen zu rühren. Es roch nach Kümmel, Knoblauch und Kräutern, die Henne nicht kannte. Als sie besonders heftig Pfeffer in einen Topf streute, musste er niesen.

»Über Tote redet man nun mal nur Gutes«, sagte Erika.

Das hatte Heiligenbrand auch gesagt. Trotzdem stank Henne die ganze Heuchelei gewaltig. »Ich mache mit Dschingis eine Runde«, brummte er.

»Bleib nicht zu lange, wir wollen pünktlich essen. Ulrike kommt.«

Das hatte ihm gerade noch gefehlt. Erikas strenge Freundin hatte für alles Prinzipien, die sie nicht müde wurde, kundzutun. In ihrer Gegenwart fühlte er sich oft wie ein Schuljunge. Bestimmt wusste sie schon, dass er gestern über die Stränge geschlagen hatte. »Ich muss noch ins Büro. Am besten, ihr fangt ohne mich an.«

Ehe Erika protestieren konnte, war er aus der Tür.

Obwohl sich die Sonne hinter einem ausladenden Wolkenfeld verkrochen hatte und es jeden Moment zu regnen anfangen konnte, ging Henne zu Fuß. Er streckte die Nase in den Wind. Das Fauchen und Zerren des Windes gefiel ihm. Er stellte sich vor, er wäre ein Baum und der Wind pustete alles aus ihm heraus, vor allem den Gedanken, dass er eine Frau wie Erika nicht verdiente.

Dschingis trottete gelangweilt neben ihm her. Plötzlich tappte ein Dackel um die Ecke. Bevor Henne überhaupt wusste, wie ihm geschah, hatte sich Dschingis losgerissen.

Der Dackel flüchtete querfeldein über Straßen und Fußwege und verschwand im Nirgendwo der Häuserschlucht.

»Gönnse denn nich offbassn? So enne Bestsche müssn Se nu ma festehaltn«, schimpfte die Besitzerin des Dackels.

Henne entschuldigte sich wortreich. Dschingis sabberte indessen der Dame auf die blank geputzten Pumps.

Die Glocken der nahe gelegenen Lutherkirche kündigten vom Ende des Gottesdienstes. Die Dame schlug die Hände über dem Kopf zusammen. »Gottchen nee, ich muss de Oma Finke abholn, und dr Daggel muss dabei sein. Sonst gibt das ä Donnerwedder, das glom Se mir nich.«

Henne war bereit, alles zu glauben. Hauptsache, die Dame zog endlich ab. »Dort habe ich eben den Hund gesehen«, sagte er und deutete hinter sie.

Sofort drehte sie sich um und hastete um die Ecke des Hauses.

Um der Dame nicht noch einmal in die Arme zu laufen, nahm Henne einen Umweg über das Scheibenholz in Kauf. Hier drängten sich an schönen Tagen Mütter mit Kinderwagen, Radfahrer, Skater und Ausflügler. Heute waren außer ihm nur zwei Jogger unterwegs. Als sie ihn überholten und dabei außerordentlich frisch wirkten, nahm er sich zum wer weiß wievielten Mal vor, ebenfalls regelmäßig Sport zu treiben. Er konnte Erikas Ermahnungen, dass er etwas gegen seinen Bauch unternehmen solle, schon nicht mehr hören.

Als sie das Eingangsportal der Polizeidirektion erreichten, fielen die ersten Tropfen. Schnell zog Henne seinen Schlüssel aus der Hosentasche. Das Schloss war alt, es hakte ab und zu. Er hatte Mühe, die altertümliche Tür zu öffnen. Es dauerte geraume Zeit, ehe er es geschafft hatte. Währenddessen tropfte ihm der Regen in den Kragen.

Sie nahmen die Treppe und hinterließen auf den Stufen nasse Spuren. Im Büro verzog sich Dschingis sogleich unter Leonhardts

Tisch. Leonhardt musste gekrümelt haben, Henne hörte den Hund knuspern und schlappern. Die Putzfrauen sollten dankbar sein.

Henne setzte die Kaffeemaschine in Gang und rückte einen Stuhl ans Fenster. Lange Zeit schaute er einfach nur hinaus und dachte über den Fall König nach. *Finde das Motiv, dann hast du den Mörder.* Die älteste Polizistenweisheit der Welt.

Selling, Alexa König und Miriam. Jeder von ihnen hatte einen Grund, den Toten zu hassen. Heiligenbrand und Gordemitz hätten auch ein Motiv, doch sie gewannen nichts durch seinen Tod. Im Gegenteil. Blieben noch seine restlichen Angestellten.

Henne stand auf und ging an den Schrank. Die Tür klemmte und flog auf, als er an ihr ruckte. Er musterte die Ordner, die all das enthielten, was die SoKo zwischenzeitlich sortiert hatte. Zehn Stück waren es mittlerweile.

Wahllos griff er sich einen heraus. Nichts als Rechnungen – Reinigung, Schuhe, Krawatten. Henne legte den Ordner bald beiseite. König hatte offenbar alles aufgehoben. So ein ordentlicher Mensch musste doch auch irgendwo seine Kontenübersichten aufbewahrt haben.

Henne wühlte die Ordner durch. Je länger er brauchte, umso ungeduldiger wurde er und schimpfte vor sich hin. Warum gab es kein Inhaltsverzeichnis? Das musste geändert werden, gleich morgen.

Im vorletzten Ordner wurde er fündig. König hatte fünf Konten, alle bei unterschiedlichen Banken. Henne blätterte die Kontoauszüge durch, die letzten fehlten. Doch auch so war klar, König stand überall in der Kreide.

Henne goss sich einen Kaffee ein. Wie funktionierte ein Bauunternehmen, das über keinerlei Mittel verfügte? Wie kam es überhaupt an Aufträge heran, noch dazu von der Stadt? Die Beamten hatten ihre Vorschriften, und sie achteten strikt darauf, dass diese eingehalten wurden. Gute Referenzen der Auftragnehmer waren eine Voraussetzung für die Vergabe von Bauaufträgen. Aber woher bekam jemand, der Schulden hatte, eine gute Referenz?

Nachdenklich massierte Henne seine Narbe. Neulich hatte ein Fernsehsender kritisch über einen Abfallentsorgungsskandal im Leipziger Umland berichtet. Von Schmiergeld war die Rede gewesen. Oder die Geschichte bei den städtischen Wasserwerken, deren Geschäftsführer dubiose Finanzwetten eingefädelt hatte. Auch da waren Gelder in private Taschen geflossen.

Er kramte in der Schublade. Zwischen Bleistiftstummeln, einer angefangenen Packung Papiertaschentücher, Würfelzucker und einer Handvoll Löffel – Mitbringsel aus der Kantine – fand sich eine zerquetschte Tube. Er drückte den kärglichen Rest der Salbe heraus und fluchte, als er auf dem Schreibtisch landete, direkt neben Königs dickem Sparkassenminus. Henne kratzte die Salbe vom Blatt und schmierte sie sich ins Gesicht. Die Narbe puckerte einen leisen Protest.

Die leere Tube warf Henne in den Papierkorb. Eine Spende für die Mädels vom Reinigungsteam, auch wenn die wieder meckern würden. Recycling wurde in der Polizeidirektion großgeschrieben.

Henne nahm sich den Ordner gründlicher vor. Er studierte Zeile für Zeile, ging alle Auszüge durch, jede einzelne Kontenbewegung. Ab und zu notierte er einen Namen – Zahlungsempfänger, auf die er später zurückkommen wollte.

Er schaltete den Computer an und loggte sich ein. Mühsam tippte er sich durch das Netz bis zur Internetseite der Stadtverwaltung. Henne mochte die Arbeit am PC nicht. Kripoarbeit war Handarbeit, so hatte es ihm sein alter Ausbilder und Freund Gerald Sternburg beigebracht. Sternburg war vor einigen Jahren einer Herzattacke erlegen. Bis zuletzt hatte er nicht begreifen wollen, welchen Vorteil moderne Kommunikationsmittel boten. Hätte er ein Handy gehabt, könnte er noch leben. So jedoch hatte man ihn erst gefunden, als es zu spät gewesen war. Bei Henne hatte Sternburgs Tod ein Umdenken bewirkt, obwohl er nach wie vor nur ungern am Monitor hockte.

Glücklicherweise war der technikbegeisterte Leonhardt anders, sie ergänzten sich gut. Dumm, dass Leonhardt das Wochenende genießen konnte, während er selbst im Aktenmief hockte.

Es dauerte geraume Zeit, bevor er sich auf der Website zurechtfand und in die einzelnen Ämter klickte. Namen sprangen ihm entgegen, Funktionsbezeichnungen, Titel. Keiner stimmte mit Königs Zahlungsempfängern überein. Eigentlich hatte er auch nicht damit gerechnet. Das wäre zu leicht gewesen. Es half nichts, er musste die Leute vor Ort unter die Lupe nehmen.

Arbeit für morgen. Eher fand ein Eisbär in die Wüste, als ein Beamter sonntags an seinen Arbeitsplatz.

SECHS

Fleur schlängelte sich den engen Gang in ihrem Schlafzimmer entlang zum Fenster. Rechts und links stapelten sich Berge von Kleidungsstücken und ausrangiertem Hausrat. Ihr Drachenhort, wie ihn Dankwart früher mit einem gehässigen Unterton genannt hatte. Beim Zuziehen der Gardine fiel ihr Blick nach draußen. Alexa und ein Mann standen am Tor. Fleur kniff die Augen leicht zusammen, der Kerl schien jung zu sein, doch genau konnte sie es nicht erkennen, sie standen zu weit weg. Jetzt legte er den Arm um Alexa und zog sie an sich, als wären sie ein Paar. Dankwart war kaum kalt, da zerrte sich das Flittchen schon einen anderen ins Bett. Sie musste sich die beiden aus der Nähe betrachten. Irgendwo musste ihr Fernglas sein.

Fleur sprang auf und begann, Tüten und Taschen auf die Spiegelkommode zu stapeln. Dort türmten sich bereits Berge von Klamotten. Der Stapel kam ins Schwanken, kippte und alles landete auf dem Boden. Achtlos schob sie das Zeug mit dem Fuß zusammen und kletterte darüber hinweg. Wo steckte das Fernglas bloß? Vielleicht im Schrank?

Der Kleiderschrank, der eine Seite des Zimmers einnahm, war bis in halber Höhe mit Sachen verstellt. Geschirr, Kleidung, Haushaltsgeräte, Kosmetika, Essensreste. Schatz über Schatz, unmöglich, auch nur einen Bruchteil davon wegzuräumen. Auch wenn das Fernglas wirklich im Schrank war, kam sie nicht an es heran.

Sie hielt die Armbanduhr ans Ohr und lauschte. Das leise Ticken beruhigte sie. Die Erde drehte sich weiter, Dankwarts Tod konnte sie nicht aufhalten. Sie ließ den Arm sinken und starrte vor sich hin. Wenn sie nur das verdammte Fernglas finden könnte. Sie kratzte sich über das Kinn.

Zornig kickte sie einen Teddybären vom Bett. Er kullerte in die Ecke zwischen Tür und Schrank und glubschte sie aus vorwurfsvollen Augen an.

»Blödes Vieh«, murmelte sie und warf eine Decke über ihn.

Ein dünner, kalter Faden aus Schweiß rann zwischen ihren Schulterblättern den Rücken hinab. Sie zitterte, sie musste sich ausruhen. In letzter Zeit kamen die Anfälle öfter. Erst das Beben, dann dieses

Zucken. Sie war nie sicher, wo es sie erwischen würde. Diesmal hatte es am Kinn begonnen. Ein Brennen und Kribbeln, als wäre sie in Brennnesseln gefallen. Obwohl sie meinte, das Blut unter ihrer Haut würde pulsieren, war nichts zu sehen.

Vorsichtig setzte sie sich auf die Bettkante. Hinlegen war ausgeschlossen. Matratzen, Bettzeug und noch mehr Tüten waren zu einer Schicht aufgehäuft, die ihr im Stehen bis an die Hüfte reichte, das Ergebnis ihrer Sammelwut, der sie seit einem Jahr ungehindert frönte. Die Putzfrau hatte von einem Tag auf den anderen gekündigt. Sie war wohl vor diesem Biest von Alexa weggelaufen.

Recht so, Fleur hatte es nichts ausgemacht. Die Putze hatte ohnehin zu sehr herumgeschnüffelt. Hatte sie sogar beklaut, ständig! Kaum hatte Fleur etwas aufgeräumt, war es einige Tage später verschwunden.

Natürlich hatte sie geschimpft und ihr befohlen, die Sachen an Ort und Stelle zu lassen. Die dumme Kuh hatte nicht gehorcht. Die hatte wohl ihre eigenen Befehle von Dankwart gehabt.

Selbst als sie ihr einmal eine Ohrfeige verpasst hatte, hatte die Trine aufgeräumt. Erst seit sie weg war, konnte Fleur endlich alles sammeln. Jetzt war sie gerüstet. Man wusste ja nie, wozu man all die Schätze brauchte.

Dankwart und Alexa hatten ihr Reich nicht mehr betreten dürfen. Fleur hatte keine Lust auf die belehrenden Vorwürfe. Dankwart konnte so streng sein!

Sie grub die Zähne in die Fingerknöchel, bis das Zittern nachließ. Es gelang schneller als sonst. Wieder lauschte sie dem Ticken der Uhr.

Fleur sah sich zurückversetzt in die Kinderzeit. Sie und der Bruder auf der Wiese am See. Das Grundstück der Großeltern, ausgedehnt und uneinsehbar, ein einziges Abenteuer. Sie hatten gespielt – Vater, Mutter, Kind. Mittagszeit, es gab Kartoffeln. Keine echten, sondern Steine, doch sie taten, als ob sie essbar wären. Sie sollte sich die Stein-Kartoffeln in den Mund stecken, aber sie wollte nicht. Sie ekelte sich vor dem Dreck. Dankwart war böse geworden.

Noch heute spürte Fleur jeden einzelnen Stein. Auf ihrem Kopf, Brust, Bauch, den Armen. Dankwart hatte besonders große Steine genommen und bei jedem Treffer gebrüllt: *Peng, peng, peng.*

Zu guter Letzt hatte sie einen der kleineren Steine sogar geschluckt. Freiwillig, nur damit er endlich Ruhe gab. Danach hatte sie tagelang Krämpfe gehabt. Niemand hatte ihr geholfen, niemand hatte sie beschützt.

Fleur schüttelte die Erinnerungen ab. Dankwart konnte sie nicht länger tyrannisieren.

SIEBEN

Henne betrat sein Büro. »Haben wir Weltuntergang, oder was?«, blaffte er, als er das Durcheinander gewahrte, das den Raum beherrschte. Überall lagen Ordner auf dem Boden. Mitarbeiter knieten dazwischen, reichten Blätter hin und her, diskutierten und gestikulierten. In ihrer Mitte stand Frank, er wirkte wie ein Kapitän auf hoher See. Henne umschiffte die Gruppe und rettete sich hinter seinen Schreibtisch.

Leonhardt setzte ihm den unvermeidlichen Pott Kaffee vor die Nase. »Die Leute waren beim Seminar. Brainstorming und so.«

Henne nickte in Richtung der Menge. »Wenn dieses das Ergebnis ist, dann Prost Mahlzeit.«

»Hier.« Frank hielt ein Blatt in die Höhe. »Ich habe es geahnt.«

»Was denn?«, fragte Henne.

Frank faltete das Blatt zu einem Papierflieger und ließ es zu Henne segeln. Dann kämpfte er sich durch seine Kollegen zu Hennes Schreibtisch. »Ein Nummernkonto.«

»Wie kommst du darauf?« Henne glättete das Papier und entzifferte die Nummer, die schwarz umrandet im oberen Drittel stand. Bis auf die Nummer war das Blatt leer.

»König war ein Baulöwe, zumindest war er als ein Baulöwe bekannt. Mittlerweile wissen wir, dass er blank war. Wie konnte so einer die Baustellen am Laufen halten?«

Frank war auf die gleiche Frage gestoßen, die sich auch Henne schon gestellt hatte. »Schön, und weiter?«

»Irgendwo muss die Kohle sein. Wenn nicht in Deutschland, wo dann?«

Henne tastete nach seiner Narbe. »Spann mich nicht auf die Folter.«

»In der Schweiz. Meine Freundin hat mir den entscheidenden Tipp gegeben. Sie arbeitet bei der Sparkasse.«

Eine Bankangestellte hätte Henne Frank am wenigsten zugetraut. »Das Mädel muss ich kennenlernen. Stell sie mir bei Gelegenheit vor.«

Frank beugte sich über den Tisch und tippte auf die Nummer. »Nummernkonten sind nicht anonym, wie manche glauben. Der

Unterschied zu normalen Konten besteht darin, dass Transaktionen anstelle unter dem Namen eben unter der Nummer oder einem Code durchgeführt werden.«

»Die Schweizer halten sich allerdings bedeckt, wenn es um Auskünfte über ihre Kunden geht.«

»Wir brauchen sie nicht. Wir haben ein Anschreiben einer Züricher Bank gefunden, der Vontobel-Gruppe. Empfänger Dankwart König, Akazienallee 17, Leipzig.«

»Hm.« Henne blieb skeptisch.

»Verstehst du?«

»Nee.«

»Die anderen Banken haben ihm die Post in die Ritterstraße geschickt.«

Jetzt dämmerte es Henne. »Die Züricher Kontoauszüge könnten demzufolge in seiner Villa sein.«

»So ist es. Übrigens, meine Freundin meint, dass Schweizer Banken durchaus mit der Polizei zusammenarbeiten, wenn sie es für nötig erachten. Sie schützen zwar das Bankkundengeheimnis, aber gegen Kriminelle haben auch sie etwas.«

»Können wir beweisen, dass König kriminell war?«

»Das kommt noch, glaub mir. Wir haben nämlich noch etwas gefunden.«

»Das wäre?«

»Er wurde erpresst.«

»Schau an, das kommt mir gelegen. Gibt es Hinweise, wer dahintersteckt?«

Frank eilte ins Nachbarzimmer und kam gleich darauf mit einem Ordner zurück. Er blätterte und nahm schließlich eine Seite heraus. Henne erkannte verwischte maschinengeschriebene Zeilen auf weißem Papier.

»Beuthe hat es untersucht. Es handelt sich um Papier der Farbe Classic White mit einem Gewicht von circa achtzig Gramm pro Quadratmeter. So etwas kann man in jedem Laden kaufen. Aber Beuthe hat herausgefunden, dass es aus Königs Büro stammt. Genauer gesagt, aus dieser Baubude am Connewitzer Kreuz. Es enthält Spuren von Staub, die mit dem Dreck in der Baubude identisch sind«, sagte Frank.

»Zeig mal her.« Henne nahm Frank das Blatt aus der Hand und

las. »Ich weiß, welche kriminellen Machenschaften Du treibst. Komm am 7. September auf die Baustelle, dort sage ich Dir, was ich will«, stand da.

»Das gibt wenig her.« Henne reichte Frank das Blatt zurück.

Der heftete es wieder in den Ordner ein. »Am siebten September wurde König ermordet.«

»Haben wir Fingerabdrücke auf dem Brief?«

»Nur die von König.«

»Wer kam an das Papier heran?«, fragte Henne und antwortete gleich selbst: »Jeder, der Zutritt zur Baubude hatte, Heiligenbrand zum Beispiel.« Der Dürre hatte für König herumgeschnüffelt. Was lag näher, als dass er auch seinen Chef ausspioniert hatte? Dann fiel Henne noch etwas ein. »Und die Schrift? Irgendwelche Hinweise?«

»Ein Computerausdruck wie tausend andere. Beuthe konnte keine Besonderheiten feststellen. Dafür hat Schemkeler das Ergebnis bezüglich des genetischen Materials unter Königs Fingernägeln geschickt.«

»Ich höre.« Endlich würden sie einen Schritt vorankommen.

»Spuren von seiner Frau, seiner Schwester und dieser Jakob. Dazu kommen andere, die nicht zuordenbar sind.«

Hennes Narbe begann zu puckern. »Hast du einen Verdacht?«

»Frag mich heute Abend noch einmal.« Frank wandte sich ab.

Henne stand auf und rief nach Leonhardt, der inmitten der SoKo lebhaft diskutierte. »Wir brechen auf.«

»Kann ich mit?«, fragte Frank und kämmte sich mit den Fingern durch die Haare, die wie immer widerspenstig in alle Richtungen abstanden.

Henne schüttelte den Kopf. »Du sorgst dafür, dass alle Papiere aufgelistet werden. Und mach ein Inhaltsverzeichnis, okay?«

Frank sah wenig begeistert aus. »Hab ich 'ne Tätowierung auf dem Rücken, wo draufsteht: Mach mich fertig?«

»Das ist nun mal dein Job.«

»Das war ein Zitat aus ›Heat‹, nicht von mir.« Frank grinste schief.

Henne verdrehte die Augen. »Blödmann.«

Die Baustelle wirkte genauso verlassen wie bei ihrem letzten Besuch. Die Kräne standen wie stumme Riesen in der Sonne neben den Betonfertigteilen, die noch immer unbenutzt herumlagen. Ein Windstoß trieb einen leeren Sack aus Papier, der Mörtel oder Estrich enthalten haben mochte, über die Grube, bis er sich im Rad eines Kranes verfing.

Heiligenbrand und Gordemitz hockten in der Bude. Der Dicke spielte mit einem Taschenmesser, klappte es auf und wieder zu. Heiligenbrand kratzte sich den Dreck unter den Fingernägeln hervor. Als Henne und Leonhardt die Baubude betraten, ließ Gordemitz das Messer in der Jackentasche verschwinden.

»Wasch wollen Schie schon wieder?«, nuschelte Heiligenbrand, dessen rechte Gesichtshälfte auf das Doppelte angeschwollen war. Henne hatte Mühe, ihn zu verstehen.

»Uns unterhalten, was sonst?«, sagte Henne. Er sah zu Gordemitz hinüber, der Heiligenbrand mit einem bösen Blick bedachte, dann jedoch schnell den Kopf senkte.

»Wüschte nisch worüber.« Heiligenbrand popelte weiter an seinen Fingernägeln herum.

»Keine Angst, um das Thema kümmere ich mich.«

Henne gab Leonhardt einen Wink, mit Gordemitz nach draußen zu gehen. Gordemitz bewegte seinen walrossartigen Leib nicht vom Fleck. Vielleicht wollte er seinen Kumpel Manne nicht allein mit Henne zurücklassen. Leonhardt fasste ihn schließlich am Arm, sodass ihm nichts übrig blieb, als dem Kommissar zu folgen.

»Wer hat Ihnen das denn besorgt?« Henne zeigte auf Heiligenbrands Gesicht.

»Geht Schie nischtsch an.«

»Glauben Sie?« Henne bohrte blitzschnell seinen Zeigefinger in Heiligenbrands Wange.

Der Dürre schrie auf und packte Hennes Hand. »Schon gut! Scherschplitterter Kiefer mit beschter Empfehlung von Gordemitsch.«

Hennes Instinkt hatte ihn nicht getrogen: Gordemitz und Heiligenbrand waren aneinandergeraten.

»Weshalb?«

»Meinungschverschiedenheit.«

»Wegen König?«

»Nee, wegen scheiner Alten.«

»Nun mal Klartext, und nichts auslassen, verstanden?« Henne hob seinen Zeigefinger.

Heiligenbrand fuhr zurück. »Isch hab mit scheiner Schuschanne angebändelt. Nischtsch Ernschtesch, ein Flirt. Gordemitsch isch dahintergekommen. Den Rescht können Schie schisch denken.«

Henne verzog keine Miene. »Wollen Sie ihn anzeigen?«

Heiligenbrand schüttelte heftig den Kopf.

Gott sei Dank. Dann blieb Henne wenigstens der leidige Papierkram einer Anzeige wegen Körperverletzung erspart.

Heiligenbrand indes schien Hennes erleichterten Gesichtsausdruck für Mitleid zu halten. »Keine Bange, isch komme dursch. Der Dicke fascht misch nisch mehr an. Die Schache isch geklärt, Schuschanne kann mir geschtohlen bleiben.«

Henne blätterte in einem Prospekt, der auf dem überquellenden Tisch herumlag. Er war staubig, und Henne wischte sich die Hände an der Hose ab. Seinetwegen konnten sich die beiden ruhig die Köpfe einschlagen, kein Verlust für die Menschheit. »Erzählen Sie mal, was sich hier die letzten Tage zugetragen hat.«

»Wasch schon.« Heiligenbrand blinzelte.

»Das will ich gerade von Ihnen wissen. Wird's bald?«

»Hier kommt kein Schwein mehr vorbei. Schelling war der Einzische, und der wollte nur scheine Reschnung loschwerden.«

»Warum sind Sie eigentlich noch hier?«

»Irgendjemand musch schich ja um die Bauschtelle kümmern. Schonscht wird allesch geklaut, wasch nisch angewachschen isch.«

»Auch Papier?« Henne nahm ein Papierpaket von dem Stapel, der in einer Ecke lagerte. Classic White, achtzig Gramm, wie es die Spurensicherung ergeben hatte.

»Hm.« Heiligenbrand legte den Kopf schräg.

»König wurde erpresst. Der Erpresser hat genau dieses Papier benutzt. Was schließen Sie daraus?«

Heiligenbrand riss die Augen auf. »Isch war esch nisch.«

»Tja, dummerweise sind Sie verdächtig.« Henne machte einen Schritt auf Heiligenbrand zu.

Der hob schützend die Hände vor sein geschundenes Gesicht. »Warum isch? Jeder kann an dasch Scheischpapier. Gordemitsch schum Beischpiel.«

»Hatte er denn einen Grund, König zu erpressen?«

»Nee.«

Heiligenbrands Arme baumelten ungelenk an seinem Körper, und er blickte trübe auf den Tisch. Plötzlich hellten sich seine Augen auf. »Aber Schelling, der kannsch geweschen schein.«

»Wieso ausgerechnet der?«

»Vielleischt wollte er endlich schein Geld haben.«

Selling hatte gesagt, dass man bei König Geduld haben musste, ehe der bezahlte. Erpressung hätte Selling nicht weitergebracht.

»Was ist mit den anderen Arbeitern?«, fragte Henne.

»Die schin schu dumm. Die können doch kaum schreiben.«

»Sonst noch jemand?«

Heiligenbrand betrachtete seine Fingernägel und ließ sich Zeit mit der Antwort. Offenbar fiel ihm niemand ein. Die Baubude wurde gewöhnlich verschlossen gehalten, erzählte er Henne dann. Waren sie vor Ort, blieb immer einer in der Nähe. Außer ihnen war nur Selling in den letzten Monaten hin und wieder aufgetaucht. Und diese Architektin.

Henne beugte sich nach vorn. »Was wollte die denn hier?«

»Die kam einmal in der Woche schur Baubeschpreschung.«

Henne verspürte einen Stich in der Brust. Miriam, verdammt. »Sie sollen sich mit König gefetzt haben. Stimmt das?«

»Kann schein.« Heiligenbrand befühlte seine geschwollene Wange.

»Ja oder nein?«

»Ja.« Es klang widerwillig.

»Worum ging es?«

»Um wasch wohl, den Bau natürlisch. Könisch hatte wie immer null Ahnung.«

Allmählich ging Henne Heiligendbrands Überheblichkeit auf die Nerven. »Sie sind wohl der Profi, was?«

Henne sah aus dem verdreckten Fenster. Gordemitz kam mit Leonhardt zurück, er gestikulierte, während Leonhardt ab und zu nickte. Heiligenbrand musste sie ebenfalls gesehen haben, denn auf einmal guckte er Henne herausfordernd an. Henne beherrschte sich. Irgendwie tat ihm der Dürre leid. Heiligenbrand verzog den Mund, doch durch die malträtierte Wange mutierte das Grinsen zu einem Zombielächeln.

»Jedenfallsch wollte Könisch wieder mal schparen«, sagte er. Seine Stimme klang mutiger als vorher. »Beim Beton, schtellen Schie schisch dasch mal vor! Dadursch kann der gansche Bau den Bach runtergehen.« Er schüttelte den Kopf und verzog gleich darauf das Gesicht. »Tut Scheische weh, meine Rübe.«

Die Tür der Baubude schwang auf, und Leonhardt und Gordemitz kamen herein.

Henne winkte seinem Assistenten zu. »Ich telefoniere mal kurz.« Er wählte und hatte nach dem vierten Klingeln Frank Diener am Apparat. »Schwing dich in einen Wagen und komm her. Es gibt Arbeit. Ich habe hier zwei Pfeifen, deren Aussagen protokolliert werden müssen. Wer weiß, wie lange die noch in der Lage sind zu reden.« Seine Worte klangen laut in dem vollgestopften Raum. Wie eine düstere Drohung hingen sie in der Baubude.

Heiligenbrand und Gordemitz sahen sich an. Heiligenbrand stand auf und öffnete den Mund. Henne drohte ihm mit der Faust und zeigte zur Tür. Der Dürre und Gordemitz machten, dass sie hinauskamen.

»Wenn du fertig bist, kommst du nach. Sellings Prints fehlen uns noch in der Sammlung.« Henne schaltete das Handy aus.

»Warum bestellen wir Selling und die beiden nicht in die Direktion? Gordemitz hat gesagt, nur sie, König, die Jakob und Selling haben Zutritt zur Baubude gehabt.« Leonhardt wies mit dem Kinn auf den Stapel Papier.

»Taktik, vertrau mir.« Henne verschwieg, dass er einen ganz persönlichen Grund hatte. Mussten die Männer antanzen, dann war auch an Miriam die Reihe. Es gab keinen Grund, sie anders als die übrigen Verdächtigen zu behandeln. Außer …

Selling empfing Henne und Leonhardt mit unbewegtem Gesicht. Da der große Tisch in seinem Büro über und über mit Kartons vollgestellt war, bat sie Selling auf die Stühle, die ihm am Schreibtisch gegenüber standen. Auf sonderbare Weise glich der Bauunternehmer dem Ficus, der innerhalb der letzten Tage auch noch die letzten Blätter abgeworfen hatte.

»Sparen Sie sich die Ausflüchte, wir wissen Bescheid. Sie haben König erpresst«, sagte Henne, ohne auf die Begrüßung Sellings einzugehen.

»Wieso … Ich meine, weshalb …?«

»Ein Kollege wird Ihre Fingerabdrücke nehmen. Wenn sie mit unseren Unterlagen übereinstimmen, sieht es schlecht für Sie aus.«

»Ich habe mir nichts zuschulden kommen lassen.« Sellings Blick flackerte, sein Mund zuckte nervös. Er griff nach der Tasse, die vor ihm stand, doch seine Hände zitterten. Der Löffel klingelte am Porzellan, und Selling setzte die Tasse wieder ab.

Leonhardt sagte: »Sprechen Sie sich aus, das erleichtert vieles.«

Eine Träne löste sich aus Sellings rechtem Auge und rollte im Zeitlupentempo die Wange hinab. Er machte keine Anstalten, sie abzuwischen.

Henne schob die Unterlippe vor. »Machen Sie schon, ehe ich ungeduldig werde.«

»Versprechen Sie mir, dass meine Frau nichts davon erfährt?«

»Kommt darauf an«, antwortete Henne.

Selling schluckte. »Ich fahre ab und zu nach Dresden in die Sauna ...« Er brach ab.

»Daran ist nichts Ungesetzliches.«

»Das nicht. Aber ... Also, diese Sauna ist eher ein Gay-Club.«

»Auch das ist legal.«

»Meine Frau weiß nichts davon. Noch nicht.«

Henne spannte seinen Körper. Endlich hatten sie etwas, er spürte es. »Wer ist es?«

»Dankwarts Spürhund, dieser dürre, abgewrackte Kerl. Er hat mich gesehen und muss es Dankwart gesteckt haben.«

Heiligenbrand, diese Ratte. Mit einem Mal bedauerte Henne es, dass er dem Kerl nicht gleich die Faust in die geschwollene Backe gerammt hatte. Typen, die sich als Tugendwächter aufspielten, hatten keine andere Behandlung verdient.

»Jedenfalls hat mir Dankwart unmissverständlich zu verstehen gegeben, was er von mir erwartet«, sagte Selling.

Henne verstand. »Lieferung ohne Bezahlung. Sie hätten ablehnen sollen.«

»Wie denn? Er hat gedroht, es meiner Frau zu sagen. Sie hätte mich auf der Stelle verlassen.«

»Wäre das so schlimm?«

»Ich wäre erledigt. Ich führe zwar die Firma, aber im Grunde gehört alles meiner Frau. Familienerbe, ohne sie gehört mir kein Cent.« Selling fuhr sich mit der Hand übers Gesicht. Als er sie wieder sinken ließ, war seine Krawatte verrutscht. »Mein Vater hatte im Frühjahr einen Schlaganfall. Den vierten in den letzten zwei Jahren. Ich kann ihn nicht einfach sich selbst überlassen. Wissen Sie, was die Betreuung kostet? Unsummen.«

»Ich weiß«, sagte Leonhardt. »Mein Vater ist auch ein Pflegefall.«

Henne hatte Leonhardts Vater als einen vor Lebenslust sprühenden Mann kennengelernt. Als er ihn in einem Gitterbett hatte liegen sehen, hatte er ihn kaum wiedererkannt. Ein Mann, der mit dem Leben abgeschlossen hatte. »Ihrer Frau muss doch auffallen, dass Sie ohne Rechnung liefern«, sagte er.

»Die Buchführung ist ihr egal. Sie interessiert nur das, was am Monatsende auf dem Konto ist. Ich arbeite hart, da bleibt genug übrig.«

»Sie mussten immer befürchten, König könnte Ihr kleines Geheimnis herausposaunen. Das muss Sie belastet haben. Wurde es vielleicht manchmal so schlimm, dass Sie König gerne aus dem Weg geräumt hätten?«, fragte Leonhardt.

»Nein«, flüsterte Selling. »Ich habe ihn gehasst, das gebe ich zu. Aber ich kann keiner Fliege etwas zuleide tun.«

Henne musterte Sellings Hände. Sie waren kräftig genug, um zuzuschlagen. Einer wie der brauchte nicht zu Gift zu greifen. »Wir werden Ihre Aussage überprüfen.«

»Und meine Frau?«

»Wenn es sich machen lässt, bleibt die Sache unter uns.«

ACHT

Wie die meisten Ämter war das Bauamt im Technischen Rathaus untergebracht, einem aus mehreren Häusern bestehenden Bürokomplex im Ostteil der Stadt, genau genommen zwischen Ost und Süd. Die Kommissare liefen an der Außenseite des Gebäudes entlang.

»Guck mal«, sagte Henne und zeigte auf die Fenster im Erdgeschoss, durch die man Mitarbeiterinnen an ihren Schreibtischen sitzen sah. »Wie im Zoo.«

»Ich würde verrückt werden, wenn mich andauernd jemand anstarren würde.«

»Ich auch.«

»Wetten, dass die Mädels abgehärtet sind?« Henne klopfte an ein gekipptes Fenster. Eine hagere Frau mit einem schmutzig blonden Dutt schaute über den Rand ihrer Brille.

»Wissen Sie, wo die Baubehörde sitzt?«, rief Henne durch den Fensterspalt.

»Keine Ahnung.« Das Fenster krachte zu, die Innenjalousie rasselte nach unten.

»Äußerst liebenswürdig«, brummte Henne.

Sie stiefelten zum Nachbarhaus und traten durch die Eingangstür ins Innere. Auch hier schien niemand zu wissen, wo sie die Baufritzen finden konnten.

Eine freundliche Mitarbeiterin schaute in das Telefonverzeichnis und sagte: »Melden Sie sich im Haupteingang im Haus A. Die Kollegen von der Pforte müssten sich auskennen.« Es klang wie eine Frage.

In Haus A schaute der Pförtner, ein in eine blaue Uniform gekleideter älterer Mann nur flüchtig auf und murmelte: »Haus B, zweite Etage. Falls das Bauordnungsamt nicht schon wieder umgezogen ist.«

Von Haus A ging es nach Haus B, das Bauordnungsamt war nicht zu finden.

Ein Mann erbarmte sich ihrer und bat sie in sein Büro. Das Zimmerschild wies ihn als Herrn Bästlein aus. Funktion: Verwaltungsleiter.

»Wir suchen jemanden, der uns mehr über die Verfahrensweise

bei der Vergabe von Bauaufträgen sagen kann«, sagte Henne, nachdem er sich vorgestellt hatte.

Bästlein tippte auf der Tastatur seines Computers herum. »Ermitteln Sie wegen König?«

»Wie kommen Sie darauf?«

»Ich zähle eins und eins zusammen.«

Henne verdrehte innerlich die Augen. Einer von den ganz Schlauen.

»König war der größte Auftragnehmer der Stadt. Jetzt ist er tot, und die Bul… äh, die Polizei fragt nach ihm. Alles klar.« Bästlein strahlte, als hätte er soeben eine bahnbrechende Entdeckung gemacht.

Henne hätte viel darum gegeben, wenn er auch endlich klarsehen würde, so wie Bästlein. »Sonst noch irgendwelche Erkenntnisse?«

Bästlein tippte auf den Bildschirm. »Konrad Wittler, Hochbauamt, Nachbarhaus, sechste Etage. Zu dem müssen Sie, wenn Sie Näheres wissen wollen.«

»Ich denke, das Bauordnungsamt ist zuständig.«

»Falsch, Wittler ist Ihr Mann. Soll ich Sie ankündigen?«

»Lassen Sie mal, wir finden schon hin«, sagte Leonhardt.

Henne bewunderte den Optimismus seines Assistenten und zwang sich zu einem Lächeln. Er fühlte selbst, dass es misslang.

Bästlein musste sie doch angemeldet haben, denn Wittler musterte sie durch seine dicke Brille, als sie eintraten.

»Ich habe nur ein paar Minuten Zeit für Sie«, sagte er, kaum waren Henne und Leonhardt durch die Tür getreten. »Wenn Sie Informationen zu Bauvorhaben wollen, müssen Sie sich an die Pressestelle wenden. Ich bin sowieso nicht befugt, Auskünfte zu geben.«

»Ach was, uns geht es um andere Dinge.« Tisch und Schreibtisch waren leer. Weiß der Geier, welche wichtigen Dinge dieser Bürohengst zu erledigen hatte. Schreibarbeit schien es jedenfalls nicht zu sein.

Wittler, der schon halb im Stehen begriffen war, sackte zurück auf seinen Stuhl. »Fragen Sie, aber machen Sie es kurz. Ich habe zu tun. Termine, da kann ich nichts schieben. Sie hätten sich anmelden sollen.«

Henne verschränkte die Arme. »Wir möchten gerne wissen, wie

das mit Bauaufträgen für gewöhnlich abläuft. Vergabe und solche Sachen.«

»Wie soll das schon laufen? Das ist eine einfache Sache.«

»Wenn es ganz so einfach wäre, dann würde ich nicht fragen.«

Wittler schluckte, sein Adamsapfel hüpfte wie ein Gummiball. »Die Projekte werden ausgeschrieben. Die Firmen bewerben sich, die passendste Bewerbung erhält den Zuschlag.«

»Einfach so?«

»Natürlich nicht.« Wittler blickte auf die große Wanduhr über der Tür. »Wir prüfen, ob die Firma zuverlässig ist. Gewerberegister, Führungszeugnisse, Referenzen, Bonität.«

Es klopfte. Ein junger Mann mit einem bunt gemusterten Basecap auf dem Kopf trat zögerlich ein, in der Hand hielt er ein Formular.

Wittler ließ ihn gar nicht erst zu Wort kommen und zeigte zur Tür. »Sekretariat, zwei Zimmer weiter.«

Im Hinausgehen stieß der Mann mit einem Glatzkopf zusammen.

»Den können Sie gleich mitnehmen.« Wittler zischte wie ein Dampfkessel.

Henne notierte »Arschloch« auf einem Zettel und schob ihn Leonhardt zu. Wittler reckte den Hals, doch Leonhardt hatte den Zettel schon zusammengefaltet.

»Wenn Sie sonst nichts mehr haben, war es das nun wohl«, sagte Wittler.

»Abwarten.« Henne ließ sich absichtlich Zeit. Wittler sah wie ein Durchschnittstyp aus. Abgesehen von dem breiten Brillengestell natürlich, das vermutlich ein Designerstück war.

»Wer ist außer Ihnen an den Vergabeverfahren beteiligt?«

»Ich schon mal gar nicht.«

Die Tür wurde aufgerissen, eine Frau in einem knappen Kostüm steckte ihren Kopf herein. »Meiselmann lässt ausrichten, er kommt später. Und Sie?«

Wittler hob die Hände. »Ich bin gleich so weit.«

Die Frau verschwand.

»Da sehen Sie es, ich muss zur Besprechung. Ich komme ungern zu spät.«

»Zu spät ist, wenn keiner mehr nach einem kommt.«

Wittler runzelte die Stirn.

»Also noch einmal, wie läuft das genau mit den Vergaben?«

»Es gibt eine zentrale Stelle, bei uns ist es das Hauptamt. Das ist zuständig für den formalen Ablauf, die koordinieren die Ausschreibung und die Auftragsvergabe. Wollen Sie wissen, was ich über das Hauptamt denke? Die Kollegen dort behindern uns bloß.«

»Inwiefern?«

»Die haben ständig was zu meckern. Anforderung hier, Anforderung da. Nachweise, Begründungen – all so was eben. Ohne die könnten wir Bauvorhaben viel schneller in die Tat umsetzen, bürgernäher sozusagen.«

Henne hatte bislang nicht den Eindruck, dass Wittler an Bürgernähe gelegen war. »Gibt es eine bestimmte Person, die letztendlich entscheidet?«

»Kommering, der Leiter des Baudezernates höchstpersönlich.«

»Ich nehme an, bei König wurde ebenso verfahren, oder?«

Wittler hob die Schultern. »Kommering wird es wissen. Und jetzt muss ich wirklich gehen.« Er stand auf und klemmte sich seinen Terminkalender unter den Arm.

Auf dem Gang schaute Henne ihm nach, bis er um eine Ecke verschwand. »Hoffentlich weiß es sein Chef zu schätzen, dass er so dienstbeflissen ist.«

»Weil er pünktlich zu einer Besprechung will? Das ist ja wohl das Mindeste, was man von einem Mitarbeiter erwarten kann. Jetzt komm, das Hochbauamt wartet.« Leonhardt nickte mit dem Kopf in Richtung des Fahrstuhls.

Stadtbaudirektor Kommering war für die Kommissare nicht zu sprechen. Immerhin bekamen sie einen Termin. Mittwoch, siebzehn Uhr. Übermorgen. Henne erwog, Kommering vorzuladen, doch er entschied sich anders. Die Kommissare machten sich auf den Rückweg in die Direktion.

Auf halber Strecke sagte Leonhardt: »Stopp mal an einem Supermarkt.«

»Wieso das denn?«

»Auftrag von Manuela. Ich muss einkaufen.«

»Armes Schwein.« Henne steuerte den Parkplatz des nächstgelegenen Einkaufszentrums an. »Beeil dich«, sagte er.

»Warum nutzt du nicht die Gelegenheit und bringst heute auch mal was mit nach Hause? Erika wäre bestimmt froh darüber.«

Keine schlechte Idee. Henne folgte Leonhardt gerade noch rechtzeitig in den Supermarkt, um ihn zwischen den Gängen verschwinden zu sehen. Gemächlich schlenderte er auf der Suche nach Meerrettich die Regale entlang.

Linker Hand tauchte Leonhardt auf und fragte: »Hast du entdeckt, wo die Kindernahrung steht?«

»Nimm Reis oder Püree«, sagte Henne.

Leonhardt drehte ab und suchte weiter.

Henne fand währenddessen die Fleischtheke. Der Anblick gefiel ihm, und er wählte ein saftiges Stück Rind. Bei dem Gedanken an Tafelspitz mit Meerrettichsoße und Kartoffelklößen lief ihm das Wasser im Mund zusammen.

»Dreizehnfuffzig.« Die Bedienung reichte den Einkauf über den Tresen.

»Satter Preis. Dabei sollen die Weltmarktpreise gefallen sein.«

»Rindfleisch ist stabil«, sagte Leonhardt, der sich hinter Henne einreihte und seine Bestellung aufgab. Leberwurst und Kassler.

»Bist du Wirtschaftsexperte, oder was?«

»Manuela hält mich auf dem Laufenden.«

»Das sieht man.«

In Leonhardts Einkaufswagen stapelten sich Fertiggerichte und Süßigkeiten. Leonhardt rückte eine vom Stapel gerutschte Tüte Gummibärchen zurecht. »Die Kinder und ich – wir mögen nun mal Manuelas Küche nicht.«

Leonhardts Frau schaffte es, jedes Essen anbrennen zu lassen. Da war Henne mit Erika wesentlich besser dran. Für ihren Tafelspitz, den sie nach einem alten Familienrezept zubereitete, würde Henne über Leichen gehen.

Vier Stunden später traf Henne gut gelaunt in der kleinen Wohnung unterm Dach ein.

Erika hatte es sich mit einem Buch auf der Couch gemütlich gemacht, neben sich ein Glas Rotwein und eine Schachtel Pralinen. »Ich habe Hunger«, sagte Henne.

»Dann koch dir doch was.«

»Seit wann stehen Männer in der Küche?«

Erika würdigte ihn keines Blickes und murmelte etwas, das verdächtig nach »Macho« klang.

Henne glaubte, sich verhört zu haben. Immerhin hatte er eingekauft. »Liebling, bitte.«

Sie ließ das Buch sinken. »Habe ich soeben Liebling gehört? Ausgerechnet von dir, der sich keinen Deut um mich schert.«

»Das stimmt doch gar nicht.« Henne öffnete die gefüllte Tasche und holte die Tüte mit dem Fleisch heraus.

»Du kommst und gehst, wann du willst. Ich sitze allein herum und langweile mich.«

Henne wies auf die Bilder, die an den Wänden hingen. Die Stillleben zeigten überwiegend Obst. »Du hast doch deine Malerei.«

»Das ist vorbei, wie du weißt.«

Erika hatte Kurse an der Volkshochschule angeboten, die aber mangels Beteiligung abgesagt werden mussten.

»Gib nicht zu schnell auf, du kannst immer noch für mich malen.«

»Ach?« Erika sprang auf und knallte das Buch auf den Tisch.

Henne zuckte zusammen. So hysterisch kannte er Erika nicht.

»Wo willst du denn den Kram hinhängen?«

Es stimmte, alle freien Stellen waren längst mit Bildern gefüllt. Bananen auf einem Teller, Äpfel in einer Schale hingen mit Birnen und Weintrauben vereint an der Wand. Es war ein Sammelsurium aus Zeiten, in denen Erika täglich an der Leinwand gestanden hatte.

Henne riss den Kassenbon von der Fleischtüte und nestelte die Tüte auf. »Ich habe Rindfleisch mitgebracht. Tafelspitz hatten wir lange nicht mehr.«

»Du hast doch nur dein Essen im Sinn.« Erika drehte sich weg.

»Essen ist wichtig.«

»Bin ich das etwa nicht?«

»Natürlich bist du das.« Er wollte sie küssen, doch sie stieß ihn von sich. Henne war klug genug, nicht zu fragen, ob sie den Braten wenn schon nicht heute, dann wenigstens am nächsten Tag zubereiten wollte. Niedergeschlagen ging er in die Küche und packte das Rindfleisch weg. Dabei taxierte er den Inhalt des Kühlschranks. Ein halbes Toastbrot, zwei Stück Butter, ein Ei, eine angerissene Packung Bockwürste. Tristesse pur.

Blöd, dass er gestern vergessen hatte, das Radeberger Pils kühl zu stellen. Betrübt teilte er die kalte Wurst mit Dschingis. Das warme Bier kippte er nach dem ersten Schluck in den Ausguss.

Im Schlafzimmer holte Henne Lissy, sein Saxofon aus dem Futteral. Er setzte die Einzelteile zusammen, warf sich den Tragriemen über den Kopf und probierte einige Töne. Schnell fand er in einen Swingrhythmus hinein. Er versuchte neue Kombinationen, improvisierte und freute sich, wenn ihm ein guter Klang gelang. Derart beflügelt versuchte er sich an den Noten, die er im letzten Monat gekauft hatte. »L'Arlésienne« von George Bizet. Am Anfang hatte er einige Schwierigkeiten, doch allmählich klappte es besser. Vielleicht lag es daran, dass er sich nur zu gut in die Handlung hineinversetzen konnte. Ein Mann zwischen zwei Frauen. Ob Erika etwas ahnte? Sie war so anders als sonst. Da fiel ihm ein, dass der Mann Selbstmord begangen hatte, und er brach mitten in der Melodie ab. So weit würde es mit ihm nie kommen. Einen Ausweg gab es immer.

NEUN

Fleur stand in der Schlafzimmertür. Alexa hantierte an ihrem Schrank, nahm Kleidungsstücke heraus, warf sie auf das Bett oder hängte sie wieder weg. Mit Genugtuung sah Fleur, dass Alexa zusammenschrak, als sie sie bemerkte.

»Musst du immer wie eine Katze schleichen?«, fragte Alexa.

Fleur hörte den Vorwurf in ihrer Stimme und trat näher. »Ich laufe völlig normal. Vielleicht lässt dich dein schlechtes Gewissen zusammenzucken.«

»Ich weiß nicht, wovon du redest.« Alexa wandte sich ab und fuhr fort, Kleidungsstücke auszusortieren. Ein roter Pullover landete in einer Plastiktüte.

»Den hat Dankwart an dir geliebt«, sagte Fleur. Am liebsten hätte sie Alexa gepackt und geschüttelt. Wieso warf sie Dinge weg, die Dankwart gefallen hatten?

»Ich mag ihn aber nicht.«

Fleur riss die Tüte an sich. »Hast du denn kein bisschen Gefühl im Leib?«

Alexa blieb stumm. Nichts ließ erkennen, dass sie zugehört hatte.

Fleur verfolgte, wie Bluse auf Bluse, Pullis, Jacken und Hosen auf einem Haufen landeten. Heiße Wut wälzte sich in ihrem Innern vom Bauch aus nach oben, dass sie meinte, keine Luft zu bekommen. Dieses Miststück konnte sie nicht einfach ignorieren. »Ich rede mit dir, hörst du? Du kannst die schönen Sachen nicht einfach wegwerfen. Sie gehören deinem Mann, hast du das vergessen?«

Alexa runzelte die Stirn und hielt inne. »Ich lasse mir nicht länger von dir in mein Leben hineinreden. Ich gehe fort.«

»Du?«

»Du kannst dich gerne über mich lustig machen. Mir ist es gleich, ob du mir glaubst.«

»Ausgerechnet du willst ohne Luxus, ohne all das hier auskommen?«

»Wer sagt, dass ich darauf verzichten muss?«

»Ich.« Fleur verschränkte die Arme. Es wurde Zeit, dass jemand Alexa sagte, wie es weitergehen sollte.

»Das Haus gehört mir, und ich werde es verkaufen. Der Erlös reicht für eine Weile«, stellte Alexa klar.

Fleur blinzelte. »Das ist nicht dein Ernst.«

»Dankwart hat mir alles vermacht. Wie es aussieht, musst du ab jetzt von deinem eigenen Geld leben, Fleur. Aber du brauchst keine Angst zu haben, es dürfte genügen. Du warst ja immer sparsam. Du hast zeitlebens auf Dankwarts Kosten gelebt.«

Fleur wollte schreien, Alexa ihren ganzen Zorn ins Gesicht werfen, doch sie brachte nur ein Krächzen hervor. Wie durch einen Nebel sah sie das amüsierte Lächeln, das um Alexas Mund zuckte. Sie spürte ihre Hand auf dem Arm.

Alexa sagte: »Entschuldige mich, ich gehe aus.«

Fleur presste die Tüte an sich und trat willenlos beiseite. Kaum allein, sank sie auf einen Stuhl. Alles drehte sich um sie. Pullover und Jacken, Hosen und T-Shirts verschwammen in einem bunten Nebel. Die Farben fraßen sich in ihre Augen. Sie kniff sie zu, ganz fest. Sie meinte Dankwarts Lachen zu hören, erst leise, dann immer lauter. Es schwoll zu einem alles übertönenden Dröhnen an, füllte sie aus bis in die letzte Fingerspitze. Sie ballte die Hände, die Kleidungstüte glitt zu Boden. Ewigkeiten später öffnete sie die Augen. Verwirrt schaute sie sich um. Was machte sie hier? In Alexas Schlafzimmer? Als sie an Alexa dachte, stieg erneut Wut in ihr auf. Dieses kleine, dumme Biest wollte ihr Dankwarts Haus wegnehmen.

Sie ballte die Fäuste und spürte, wie sich die Nägel in ihre Handflächen bohrten. Der Schmerz ließ sie aufstöhnen, ein kleines Glucksen stieg tief aus dem Bauch in ihre Kehle und wuchs zu einem Kichern. Sie stand auf und trat an den Spiegel, der neben dem Kleiderschrank hing. Sie zog die Augenbrauen zusammen, bis sie einen dicken schwarzen Strich bildeten, der ihr ein unheilverheißendes Aussehen gab. Normalerweise mochte sie ihren Anblick nicht. Diesmal tröstete er sie. Sie glich einer Rachegöttin, einer Kämpferin. Noch war sie nicht am Ende, noch musste Alexa mit ihr rechnen. Sie würde sich etwas ausdenken müssen, das dumme Blondchen sollte für ihre Arroganz büßen. Doch im Grunde wusste Fleur bereits, was zu tun war. Wenn sie wirklich Ruhe haben wollte, musste Alexa Dankwart folgen.

Aber wie?

Immer wieder schweiften Fleurs Gedanken ab. Die vielen schönen Kleidungsstücke, die wie Blütenblätter um sie verstreut lagen, zogen ihre Aufmerksamkeit auf sich. Hastig raffte sie sie zusammen und brachte sie nach oben in ihre Schatzkammer. Hier waren sie in Sicherheit.

Sie würde sich jetzt erst einmal einen Tee machen. Fleur wühlte zwischen Kisten und Kartons, Säcken und Tüten. Sie hatte einen Wasserkocher, sie konnte sich genau erinnern. Sie schob einen Stapel Zeitschriften beiseite. Doch die Zeitschriften kamen ins Rutschen und fielen neben das Bett. Fleur griff über den bunten Haufen hinweg und rüttelte an der Tür des Nachttisches. Sie klemmte, ein Stoffzipfel lugte aus dem Spalt, den Fleur freibekommen hatte. Von Wasserkocher und Teebeutel war nichts zu sehen. Fleur gab die Suche auf. Sie hatte ohnehin keine Lust auf Tee mehr.

Fleur ließ sich auf den Boden vor das Bett fallen. Genau genommen war dazu kein Platz vorhanden. Sie hockte auf den Fersen, den Oberkörper an einen fast bis zum Platzen gefüllten Müllsack gelehnt, von dem ein unangenehmer Geruch ausging. Es störte sie nicht. Die dunklen Gedanken hatten längst wieder Besitz von ihr ergriffen.

ZEHN

Henne stand an seinem Lieblingsgrill vor der Handelsbörse, in der Hand einen Pappteller mit einer knusprigen Bratwurst nebst Brötchen und reichlich Senf. Genussvoll biss er in die Wurst. Der Saft spritzte. Er beugte sich vornüber, um seine Kleidung zu schützen. Fettflecke würden Erika verraten, dass er gesündigt hatte. Neulich erst hatte sie ihm vorgerechnet, wie viele Kalorien eine Bratwurst hatte. Er hatte nicht zugehört, solche Dinge interessierten ihn nicht. Nur Erikas vorwurfsvoller Ton, der war ihm im Gedächtnis haften geblieben.

Im letzten Jahr hatte sein Bauchumfang zugenommen. Na und? Er war schließlich kein junger Spund mehr. Außerdem hasste er eng anliegende Shirts. Sie nahmen ihm die Luft, beengten ihn. Er war zu Hemden und weitgeschnittenen Pullovern übergegangen, die zudem den Vorteil hatten, Speckröllchen zu verbergen.

Überhaupt war Erika schuld, wenn er zunahm. Sie kochte eben zu viel. Eine warnende Stimme in seinem Kopf raunte, dass sie sich gestern zu kochen geweigert hatte.

Während Henne noch am letzten Bissen kaute, setzte er sich in Bewegung. Kienmann hatte ihm empfohlen, mehr zu laufen. Also hatte er das Auto vor der Direktion stehen lassen und war zu Fuß in die City gegangen. Eigentlich hatte er Blumen holen wollen, für Erika, um sie friedlich zu stimmen. Dann war ihm der Bratwurststand dazwischengekommen, und die Blumen waren vergessen. Zurück in der Dienststelle fielen sie ihm wieder ein.

Er war erleichtert, dass ihn Gitta nicht bemerkte, als er die Halle durchquerte. Sie war heute mit einem blauschwarzen Wuschelkopf à la Angela Davis geschmückt. Henne hetzte die Treppe hinauf. Er wollte Gittas Anblick schnellstmöglich vergessen. Der Afrolook ließ Gitta wie ein Zombie aussehen.

Im Büro war es leer. Leonhardt schien noch unterwegs zu sein. Frank war mit der SoKo drei Türen weiter gezogen. Er wolle ungestört arbeiten, so seine Begründung, und dann hatte er irgendeinen dummen Spruch von »Ruhe und Gemütlichkeit« abgedrückt.

Henne schaute sich unschlüssig um. Er dachte an Miriam. Was, wenn sie etwas mit dem Mord an König zu tun hatte? Er wollte nicht derjenige sein, der sie überführte. Allerdings brachte er es nicht übers Herz, Miriam von einem Kollegen verhören zu lassen. Es würde den Anschein machen, er ließe sie im Stich.

Verdammt, warum hatte er sich bloß in diese unmögliche Lage begeben? Am liebsten hätte er alles ungeschehen gemacht. Wenn nur sein dummes Herz nicht so herumhopsen würde.

Eigentlich war er ein Mann schneller Entschlüsse. Nie drückte er sich vor einer Situation, so unangenehm sie auch sein mochte. Eine Miriam Jakob durfte ihn nicht so aus dem Konzept bringen.

Er hinterließ eine Nachricht für Leonhardt und machte sich auf den Weg. Wieder einmal stellte er fest, wie nah beieinander ihre Wohnungen lagen – im selben Viertel, nur durch einige Querstraßen getrennt. Er steuerte den Wagen vor Miriams Haus und stellte den Motor aus. Es drängte ihn, sofort nach oben zu gehen. Trotzdem saß er wie festgenagelt. Verflucht noch eins, seit wann ließ er sich derart aus der Fassung bringen? Er war Oberkommissar, noch dazu ein guter. Nie hatte er sich bei seinen Ermittlungen beeinflussen lassen. Miriam Jakob war nach wie vor verdächtig. Er hatte einen Job zu erledigen, und wenn er sich von Gefühlen dazwischenfunken ließ, war er nicht länger dafür geeignet. Befangenheit, so die beamtendeutsche Bezeichnung für solche Fälle. Falls er nicht klarkam, sollte er den Fall besser abgeben.

Entschlossen löste er den Gurt. Auf einmal stutzte er. Ein Pärchen kam die Straße entlang. Das war doch Alexa König, die Unnahbare, Arm in Arm mit einem gut aussehenden Mann. Henne stieß einen leisen Pfiff aus. Liebe muss toll sein. Mehr fiel Henne dazu nicht ein. Man musste blind sein, um nicht zu erkennen, was die beiden verband.

Er rutschte tiefer in den Sitz. Die schöne Witwe brauchte ihn nicht zu sehen. Später, morgen vielleicht, wollte er sie mit ihrem Geliebten konfrontieren. Mal sehen, ob sie sich dann immer noch so kühl und unbeteiligt gab. Endlich kam Bewegung in den Fall.

Als die beiden aus seinem Blickfeld entschwunden waren, stieg Henne aus und lief zu Miriams Haustür. Beflügelt malträtierte er die Klingel, doch ohne Reaktion. Abgesehen von der Rentnerin, die im Hochparterre wohnte und ihre blassblau getönten Altweiberlöckchen in die Sommerluft reckte, nahm niemand Notiz von ihm.

»Frau Jakob ist nicht da«, krähte die alte Dame.

»Wissen Sie, wo ich sie finde?«

»Bestimmt im Getränkehandel an der Ecke. Sie kauft oft dort ein. Liköre und so.«

Was Nachbarn alles so wussten. Henne wunderte sich kaum.

Im Getränkehandel war von Miriam keine Spur. Der Verkäufer, den Henne nach ihr fragte, ein schmaler, pickliger Jüngling, wollte sie nicht kennen oder kannte sie tatsächlich nicht. Henne stiefelte zurück zum Auto und kramte eine Tasche aus dem Kofferraum hervor. Sie enthielt alles, was gewöhnlich zur Polizeiausrüstung gehörte. Benutzt hatte er bislang die wenigsten Dinge.

Er wühlte eine Weile, fand dann die Formulare und füllte eine Mitteilung aus. Miriam sollte sich morgen, zehn Uhr dreißig, in seinem Büro einfinden. Wenn sie kam, war es gut. Wenn nicht, würde er für eine Vorladung sorgen. Das offizielle Prozedere. Mit Befriedigung steckte er den Brief in Miriams Briefkasten.

Er schaute auf die Uhr. Kurz nach zehn, zu früh für das Mittagessen, obwohl sein Magen schon wieder knurrte. Die Bratwurst hatte nicht lange angehalten. Er hatte Appetit auf Willys Eisbein. Schon vermeinte er die knackende Schwarte auf der Zunge zu spüren, da fiel ihm ein, dass Willy erst um elf öffnete.

Henne setzte sich in Richtung Innenstadt in Bewegung und kurvte geraume Zeit um den Ring, ehe er eine Parklücke fand. Nachdem er den Wagen abgestellt hatte, schlenderte er die Petersstraße hinauf zur Messehofpassage. Leipzigs Passagen faszinierten ihn immer wieder. Es gab fünfundvierzig davon, einige stammten sogar aus dem 18. Jahrhundert.

Die Messehofpassage war noch relativ neu. Sie war Mitte des vorigen Jahrhunderts entstanden und in den sechziger Jahren mit der Mädler- und der Königshauspassage verbunden worden und bildete einen Häusertunnel, den man nach dem Mauerfall aufwendig saniert hatte. Auch da hatte ein Baulöwe seine Hand im Spiel gehabt. Ein umstrittener Dr. Schneider aus Hessen, skandalbehaftet, vor allem wegen seiner Milliardenpleite.

Eigentlich war es ein Wunder, dass dem niemand das Licht ausgepustet hat. Henne erinnerte sich noch gut an die Wut der Handwerker, die von der Baupleite mit in den Ruin gerissen worden waren. Aber der Hesse lebte, König hingegen war tot. Und wie es aussah, war in seinem Fall der Kreis der leer Ausgegangenen überschaubarer. Selling zum Beispiel gehörte dazu. Der Vergleich der Fingerabdrücke hatte jedoch zutage gebracht, dass er nicht mit dem Schreiber des Erpresserbriefes identisch war. Auch hatten sie keinen Beweis gefunden, dass er Zugang zu Amphetaminen oder Morphin besaß. Die genaue Untersuchung des genetischen Materials unter Königs Fingernägeln hatte ergeben, dass es wahrscheinlich von einer Frau stammte. Auch in der Hinsicht war Selling sauber.

Henne weigerte sich, schon jetzt davon auszugehen, dass König tatsächlich von einer Frau getötet worden war. Dennoch glaubte er an Sellings Unschuld. Blieben noch Pat und Patachon von der Baustelle und die schöne Alexa. Und Miriam, denn wie es den Anschein hatte, war sie die Letzte gewesen, die König lebend gesehen hatte. Das hatte sie zugegeben, aber mehr nicht.

Wie durch ein Wunder stand Henne erneut vor dem Bratwurststand. Wieder kaufte er eine Thüringer, diesmal mit einer Extra-Portion Bautz'ner Senf. Als er in die Wurst biss, tropfte der Senf auf seine Jacke. Er würde Leonhardt Miriams Vernehmung überlassen und selbst im Hintergrund bleiben. Sollte sie von ihm denken, was sie wollte. Er war noch immer Polizist. Irgendwie fühlte er sich traurig, aber vielleicht war auch bloß der Senf schuld, der auf seiner Jacke einen schmutzig gelben Fleck hinterlassen hatte. Er wischte daran herum, und wieder fiel ihm Willys köstliches Eisbein mit Sauerkraut ein. Die Bratwurst hatte geschmeckt, doch satt war er nicht. Seufzend warf er die zerknüllte Serviette in einen Papierkorb am Straßenrand.

Auf der Treppe der Polizeidirektion traf Henne auf Leonhardt.

»Hast du schon gegessen?«, fragte er.

»Ich wollte gerade zum Asiaten.«

Henne nickte widerstrebend. Reis und Soße süßsauer waren weniger sein Ding. Unerwarteterweise schmeckte ihm das Essen beim Asiaten dann aber doch vorzüglich. Vor allem die Ente, kross und saftig, war genau nach seinem Geschmack. Sie erinnerte ihn an Weihnachten. Satt und zufrieden stapfte er neben Leonhardt zurück ins Büro.

Auf dem Tisch lag die Post. Henne zog den Stapel zu sich heran und begann ihn durchzugehen. Nicht alles hatte mit dem aktuellen Fall zu tun.

Die Kollegen aus Dresden baten um Amtshilfe. Ein in Dresden bekannter Ladendieb sollte jetzt in Leipzig wohnen. Die Dresdner wollten ihn als Zeugen in einem Raubfall befragen. Das musste einer der anderen Kommissare übernehmen.

Eine Frau zeigte einen Einbruch an. Auch das musste ein anderer übernehmen.

Schuster wollte eine Rücksprache. Der Anwalt aus Königs Domizil in der Ritterstraße hatte sich beschwert. Das betraf ihn.

»Wie schäbig«, knurrte Henne.

»Du solltest das ernst nehmen«, sagte Leonhardt.

»Später.«

Henne schob den Notizzettel von Schuster ganz nach unten und griff nach dem nächsten Brief. Der Name des Absenders brachte seine Alarmglocken sofort zum Läuten. Lutz Zogstädt, einer von Königs schärfsten Konkurrenten.

ELF

Lutz Zogstädt residierte in einem modernen Bau im Norden der Stadt. Der hintere Teil des Grundstückes beherbergte einen beeindruckenden Fuhrpark sowie ein umfangreiches Materiallager. Als Henne die Tür öffnete, sah er sich dem Chef höchstpersönlich gegenüber. Eine Sekretärin schien für den Unternehmer unnötiger Luxus zu sein.

Zogstädt war ein hagerer Mann mit tief liegenden Augen, der die Hände nicht ruhig halten konnte. Ständig blätterte er in den Papieren auf dem überladenen Tisch. Als Henne sich vorgestellt hatte, schob Zogstädt die Computertastatur zurück, auf der er getippt hatte.

»Eines sage ich Ihnen gleich, der König hatte Dreck am Stecken. Der hat immer alle Aufträge weggeschnappt. Das ist nicht normal.«

»Die Aufträge von der Stadt?«

»Die und dazu die von der Bahn, der Post, der Universität, der Kirche. Alles hat König gekriegt.« Zogstädt schüttelte den Kopf. »Das war Korruption, darauf wette ich.«

»Die Ausschreibungsverfahren …«

»Hören Sie mir mit dem Mist auf.« Zogstädt trommelte mit den Fingern auf den Tisch. »Ich habe mich jedes Mal beworben. Ich liefere Qualität, meine Preise sind in Ordnung. Aber wurde ich genommen? Nie.«

»Sie glauben, das ging nicht mit rechten Dingen zu?«

»Niedliche Bezeichnung. Beschissen haben die, jedes Mal.«

»Das ist eine schwere Anschuldigung. Können Sie das beweisen?«

»Sind Sie von der Polizei oder ich?« Er blitzte Henne an.

»Immerhin haben Sie den Verdacht geäußert. Irgendwelche Hinweise müssen Sie ja haben.«

»Man hört allerhand.«

»So, so. Was hört man denn?«

»Ein Päckchen Kaffee, eine Schachtel Pralinen, auch mal Karten für ein Konzert, das ist normal. Aber Bestechungsgelder?« Zogstädt beugte seinen hageren Körper nach vorn, bis seine Nase beinah in Hennes Gesicht stach. »Von sechsstelligen Beträgen ist die Rede.«

»Und die soll König an wen gezahlt haben?«

Zogstädt sank auf seinen Stuhl zurück. »Wenn ich das wüsste«, sagte er leise.

»Angenommen, einer von Königs Konkurrenten will nicht länger tatenlos zusehen, wie König ein Auftrag nach dem anderen zugeschanzt wird. Er murkst ihn ab und lässt es wie einen Unfall aussehen. Was halten Sie davon?« Henne suchte in Zogstädts Gesicht nach einem Zeichen der Unsicherheit. Vergebens, Zogstädts Miene blieb starr.

»Reine Märchenstunde. Ich habe ihn nicht umgebracht.«

»Habe ich Sie danach gefragt?« Allmählich ging der Bauunternehmer Henne auf die Nerven. Hatte Zogstädt wirklich geglaubt, er könne ihn mit vagen Andeutungen abspeisen?

Henne zog den Brief aus der Jackentasche und hielt ihn Zogstädt hin. »Sie haben den hier geschrieben.«

Zogstädt rührte den Brief nicht an. »Mir geht es nicht um König und den Mord. Ich will, dass endlich mit dem Filz bei den öffentlichen Auftraggebern aufgeräumt wird.«

Henne wusste natürlich, dass Zogstädt recht hatte. Schon seit Jahren tauchten immer wieder Korruptionsverdächtigungen gegen das Leipziger Baudezernat auf. Die Presseberichte der letzten Wochen zeugten davon. Auch er war schon hin und wieder bei seiner Arbeit über schmutzige Machenschaften in der Bauindustrie gestolpert. Doch während andere Kommissare darüber hinwegsahen, brachte Henne das einfach nicht fertig. In seiner Welt, seiner Stadt, sollte es gerecht zugehen. Die Zeiten, in denen man nur mit Beziehungen weiterkam, sollten endgültig ausgemerzt werden. Zu vieles erinnerte ihn an alte Gewohnheiten. Orangen gegen ein Toilettenbecken, Schuhe gegen eine Genossenschaftswohnung. Wer etwas hatte, tauschte es gegen ein nicht minder begehrtes Gut. Marktwirtschaft im Kleinen hatte man das damals genannt.

Heute konnte man alles kaufen, möglicherweise auch einen deutschen Beamten, vorausgesetzt, man hatte Geld.

König hatte kein Geld mehr gehabt. Musste er deshalb sterben? Hennes Narbe meldete sich mit einem bohrenden Schmerz.

»Hören Sie, mein Geschäft läuft gut. Ich bin gefragt, bundesweit. Nur in Leipzig, da will man mich nicht haben«, sagte Zogstädt.

Henne ignorierte die Narbe. »Ihre Fahrzeuge sind oft in der Stadt.«

»Ich habe viele Kleinaufträge, private Bauherren, mal eine Reparatur, mal ein Umbau. Aber Großaufträge, zum Beispiel von der Stadtverwaltung, sind hier nicht drin.«

»Die werden ihre Gründe haben.« Es wurde Zeit, dass Zogstädt sagte, was er tatsächlich wollte.

»Von Anfang an hat die Stadt versucht, mir was ans Zeug zu flicken. Von angeblich unerlaubter Werbung bis Verstoß gegen die sonntägliche Ruhe. Den ganzen Mist habe ich schon durch. Von den Knöllchen der Politessen will ich gar nicht reden. Können Sie mir mal sagen, wie wir Handwerker Baustoffe und Werkzeug ausladen sollen, wenn überall Halteverbotsschilder stehen?«

»Wie machen es denn die anderen?«

Zogstädt stieß mit dem Finger in Hennes Richtung. »Genau da liegt der Hase im Pfeffer. Die haben einen Freibrief. Nur auf mich wird Jagd gemacht. Wahrscheinlich bin ich denen zu unbequem.«

»Wieso?« Henne zog die Augenbrauen nach oben.

»Ich lasse mir nichts gefallen. Schicken mir die Rathausköppe einen Bescheid, gehe ich in Widerspruch. Immer, schon aus Prinzip.«

»Zurück zu König«, sagte Henne. »Sie vermuten einen Bestechungsskandal, können es aber weder beweisen, noch haben Sie überhaupt Anhaltspunkte. Alles aus der Luft gegriffen. Das klingt für mich nach Futterneid.«

»Von wegen! Das habe ich ja bereits gesagt, ich bin überall tätig. König war bundesweit ein Niemand. Bis auf Leipzig, hier hat er sich als großer Baulöwe aufgespielt. Hier hat er alle großen Aufträge abgekriegt. Wenn das nicht verdächtig genug ist, weiß ich auch nicht weiter.«

Es war eine logische Schlussfolgerung, das musste Henne zugeben. »Ich werde dem nachgehen.«

Zogstädts Telefon klingelte. »Kann ich?«, fragte der Bauunternehmer.

Henne nickte. »Wir sind ohnehin fertig.« Im Hinausgehen klangen ihm noch immer Zogstädts Worte im Ohr: In Leipzig hat sich König als Baulöwe aufgespielt.

Im Büro durchforstete Leonhardt das Behördenverzeichnis. Als Henne eintrat, hing er am Telefon. Henne ließ sich in seinen Sessel fallen und wartete, bis Leonhardt aufgelegt hatte.

»Zogstädt, Bauunternehmer wie König, verdächtigt die Stadtverwaltung, König bevorzugt zu haben«, sagte Henne.

»Was bezweckt er damit?« Leonhardt spielte mit einem Kugelschreiber.

»Er will den Filz zerschlagen, sagt er.«

»Ein lobenswerter Vorsatz, doch damit hätte er nicht bis jetzt warten müssen.«

»Wenn er etwas mit Königs Tod zu tun hat, ist es eine gute Ablenkung.«

»Ich weiß nicht.« Leonhardt rümpfte die Nase. »Ich werde den Verdacht nicht los, dass er uns nur vor seinen Karren spannen will.«

»Sieh zu, dass du ihn durchleuchtest. Vor allem seine Firma.«

»Im Wirtschaftsdezernat liegt nichts gegen ihn vor.«

»Ach?« Henne war überrascht. Leonhardt hatte wieder einmal schneller als erwartet mitgedacht.

»Ich hab mich erkundigt, während du unterwegs warst.« Mit einem Lächeln legte Leonhardt den Kuli beiseite.

»Na schön. Dann kommt als Nächstes der Baudezernent dran, Kommering. Er muss mit uns kooperieren.«

»Morgen hast du die Chance.«

»Glaubst du, er weiß etwas?«

»Kann schon sein.«

»Ein guter Chef bekommt vieles mit.«

»Hm.« Leonhardt hörte nur mit einem halben Ohr hin. Er war längst in das Inhaltsverzeichnis der Ordner aus Königs Wohnung vertieft, das Frank inzwischen geliefert hatte.

»Planänderung, wir machen es heute.«

»Hm.« Dann begriff Leonhardt. »Was? Heute?«

»Bingo, mein Freund.«

»Wenn das mal gut geht.«

»Verlass dich auf mich, ich weiß, was ich tue.«

»Eben«, brummte Leonhardt.

»Verhaften Sie die üblichen Verdächtigen«, schnarrte Frank, als Henne ihm schnell Bescheid sagte.

»Wen denn?« Dann sah Henne das Zucken um Franks Mundwinkel und verstand. »Du und deine blöden Filme.«

»›Casablanca‹ ist nicht blöd.«

Zu Leonhardts Leidwesen nahmen sie Hennes Wagen. Ehe Leonhardt einstieg, versuchte er, die Hundehaare vom Polster des Beifahrersitzes zu entfernen. Vergebens, sie hingen fest wie Kletten. Brummend ließ er sich auf den Sitz fallen und nahm missbilligend zur Kenntnis, dass sie auch vor seiner dunklen Hose keinen Halt machten.

»Widerlich«, knurrte er.

»Kauf dir eine Fusselbürste.«

»Die Hose war teuer.«

»Dann sollte sie die paar Haare überstehen.«

Leonhardt pflückte wortlos am Stoff herum. Als Henne in die Prager Straße bog, gab er seine Bemühungen auf. »Der Parkplatz.« Er zeigte nach vorn, wo sich linker Hand hinter dem Ostplatz zahlreiche Parkzonen befanden. Im selben Moment wurde ihm klar, dass er sich die Mühe hätte sparen können. Wie immer ignorierte Henne den Hinweis und hielt direkt vor dem Eingangsbereich auf dem Fußweg. »Keine gute Idee«, sagte er trotzdem. »Du stehst praktisch vor den Nasen der Politessen.«

»Na und?« Henne warf eine Kopie seines Polizeiausweises hinter die Windschutzscheibe.

Leonhardt schüttelte den Kopf und stieg aus. Warum musste Henne seine Warnungen ständig ignorieren? Er meinte es doch bloß gut. An der Eingangstür wartete er, bis Henne zu ihm aufgeholt hatte.

Diesmal kannten sie den Weg.

Kommerings Sekretärin blieb vor Schreck der Mund offen stehen, als sich Henne vor ihr aufbaute.

»Machen Sie mal schnell«, sagte Henne, »und sagen Sie Ihrem Boss, dass wir da sind.«

»Das ist unmöglich. Er ist nicht zu sprechen.«

Leonhardt hätte sie warnen können. Henne kannte das Wort »unmöglich« nicht. Er freute sich schon auf seine Reaktion.

»Wetten, dass?« Henne beugte sich zu der Sekretärin, bis sich ihre Nasen fast berührten.

Die beiden fixierten sich, doch die Sekretärin ließ sich nicht so leicht einschüchtern.

»Ihr Termin ist morgen«, erklärte sie mit lauter Stimme.

»War, Schätzchen. So wie ich das sehe, ist er jetzt sofort«, sagte

Henne mit einer Miene, die Leonhardt gut kannte. Henne stand kurz davor zu explodieren.

»Herr Kommering ist sehr beschäftigt, das müssen Sie verstehen.«

Henne war augenscheinlich anderer Meinung. Er schob sie einfach beiseite und marschierte geradewegs in Kommerings Büro. Leonhardt folgte ihm. Die Sekretärin stürzte hinterher.

Der Baudezernent lag auf einer Couch. Er musste ein Nickerchen gehalten haben, aber vom Lärm aufgeschreckt rappelte er sich auf. Verwirrt fragte er: »Was ist hier los?«

»Kriminalpolizei.« Henne zückte seine Dienstmarke.

»Schon gut.« Kommering winkte der Sekretärin, dass alles in Ordnung sei. »Sie müssen entschuldigen«, wandte er sich an die Kommissare. »Jetlag. Ich bin heute Morgen direkt aus Houston gekommen. Eine Konferenz der Stadtentwickler und Bauplaner, höchst spannend.«

»Wir interessieren uns durchaus für Ihre Arbeit, aber auf andere Weise«, sagte Henne.

Kommering nahm hinter seinem Schreibtisch Platz. »Wenn Sie sich bitte deutlicher ausdrücken würden …«

»Es besteht der Verdacht, dass es bei der Vergabe von Bauaufträgen zu – sagen wir – Unregelmäßigkeiten kommt.«

»Das dürfte eine Unterstellung sein. Woher wollen Sie das überhaupt wissen?«

Leonhardt sah, dass Kommerings linkes Augenlid nervös zuckte.

»Ein Vogel hat es mir gezwitschert«, sagte Henne.

»Ihr Chef wird sich freuen, Ornithologen unter seinen Mitarbeitern zu haben.«

Zu Leonhardts Überraschung blieb Henne ruhig. Ohne die Stimme zu heben, sagte er nur: »Wie ist es nun: Kann es sein, dass Aufträge gegen Schmiergeld vergeben werden?«

»Undenkbar, doch ich werde es untersuchen lassen, wenn Sie mir sagen, um welche Bauaufträge es gehen soll. Genügt Ihnen das?« Kommering spielte mit seinem Füller.

»Wer in Geldschwierigkeiten steckt, lässt sich gewöhnlich eher bestechen als jemand, der keine Probleme hat.«

»Meine Mitarbeiter verdienen alle genug. Sie haben kein Zubrot nötig.«

Eine nette Bezeichnung für Schmiergeld. »Ihre Villa«, sagte Leonhardt. »Da liegen Sie bei den Hypothekenzahlungen im Rückstand. Fünf Monatsraten, wenn ich mich nicht irre.« Er fühlte Hennes erstaunten Blick im Rücken. Er hatte ihm nicht verraten, dass er sich umgehört hatte.

Kommering schnappte nach Luft. »Wie kommen Sie an meine persönlichen Daten?«

»Eine Routineabfrage bei Korruptionsvorwürfen, Herr Baudezernent.«

Henne trat an Leonhardts Seite. »Stimmt es, dass Sie mit Ihren Zahlungen im Rückstand sind, Herr Kommering?«

»Es ist nur eine vorübergehende Zahlungspause. Ich kann Ihnen versichern, ich bin solvent. Ich habe es nicht nötig, mich bestechen zu lassen.«

»Fünf Monatsraten zu je zweieinhalbtausend. Macht insgesamt zwölftausendfünfhundert.« Das war eine Stange Geld.

Kommering warf den Füller auf den Tisch. »Ich habe es einfach vergessen.«

»Natürlich.« Leonhardt runzelte die Stirn. Kommering griff nach Strohhalmen. Niemand vergaß so einfach mal zwölftausendfünfhundert Euro.

»Ende März habe ich die Bank gewechselt. Meine Finanzierung läuft jetzt über die Sparkasse.«

Leonhardt nickte. Wie Frank von seiner Freundin erfahren hatte, war Kommering tatsächlich erst seit April Kunde der Sparkasse. Leonhardt hatte Franks Aktenvermerk gelesen.

»Ich bin viel unterwegs. Ich hatte noch keine Zeit, einen neuen Dauerauftrag einzurichten. Glauben Sie es oder lassen Sie es bleiben.« Kommering gähnte unverhohlen, und Leonhardt fragte sich, ob der Baudezernent tatsächlich so müde war oder nur selbstsicher wirken wollte.

»Ich kann Ihnen nur empfehlen, Ihre Bauvergaben der letzten Monate zu untersuchen. Informieren Sie uns, wenn Sie fündig werden. Ich habe da so eine Ahnung, dass wir nicht lange warten müssen«, sagte Henne.

Auch Leonhardt glaubte, dass Kommering auf Korruptionshinweise stoßen würde. Dem hingegen schien ihre Meinung egal zu sein. Er blätterte in seinem Kalender herum und war schon drei Monate weiter. Vermutlich würde sich Kommering doch nicht so schnell mit der Prüfung der Bauvorhaben befassen wollen.

Als sich die Kommissare verabschiedeten, blickte Kommering kaum auf.

Draußen sagte Henne: »Mensch, Hagen, das war richtig klasse von dir.«

»Hältst du Kommering für einen weiteren Tatverdächtigen?«

Henne winkte ab. »Würdest du die Gans, die Eier legt, schlachten?«

»Kaum.«

»Falls Kommering von König bestochen wurde, dann hatte er ein Interesse daran, dass König weiter löhnt. Als Mörder kommt er nur in Betracht, wenn er von König erpresst wurde. Darauf aber weist nichts hin«, sagte Henne.

Leonhardt kratzte sich im Genick. »Zu blöd.«

»Schau dich mal in seinem Wohnviertel um. Vielleicht findest du jemanden aus der Nachbarschaft. Die Leute reden gern, vor allem über Leipzigs sogenannte Berühmtheiten. Kommering dürfte dazu zählen, zumindest lässt sich die Tagespresse oft genug über ihn aus.«

Henne kehrte in die Polizeidirektion zurück. Er winkte Gitta gut gelaunt zu. Sie hatte den Angela-Davis-Verschnitt abgelegt. Vielleicht war ihr darunter zu warm geworden. Ihr braunes Naturhaar jedenfalls gefiel ihm weit besser.

Sie winkte aufgeregt zu ihm herüber, doch so weit war es mit ihm nun doch noch nicht gekommen, dass er mit Gitta Gespräche über Frisuren führen wollte. Als er seine Bürotür erreicht hatte, ahnte er allerdings, dass Gitta ihn nur hatte warnen wollen.

Schuster hatte hektische rote Flecken im Gesicht. Wie eine Lokomotive kam er den Gang entlanggedampft und hielt direkt auf Henne zu. »Zu mir, Heine, sofort!« Ohne eine Antwort abzuwarten, machte er auf dem Absatz kehrt.

Henne blieb nichts übrig, als sich ergeben in sein Schicksal zu fügen. Der Kaffee musste warten.

»Was haben Sie sich bloß dabei gedacht«, sagte Schuster, als sie sich in seinem Büro gegenübersaßen. »Der Oberbürgermeister hat bei mir angerufen. Er hat geschäumt, und ich kann es ihm nicht einmal verdenken.«

»Aber …«

»Sie spazieren einfach so bei einem der wichtigsten Männer der Stadt ins Büro und werfen ihm Korruption und Bestechlichkeit vor.«

»Aber …«

»Und womit begründen Sie diesen Verdacht? Mit vertraulichen Daten des Baudezernenten. Das stelle man sich vor.« Mit einer Miene, die zwischen empört und verzweifelt schwankte, schüttelte Schuster den Kopf. »Ich kann es einfach nicht glauben.«

Vertraulich oder nicht, bei einem Mordfall konnte man nicht auf alles Rücksicht nehmen. »Wir mussten Kommering ein bisschen aufrütteln. Immerhin geht es um einen Mord«, sagte Henne.

»Zählt der Baudezernent zu den Verdächtigen?«

»Das wird sich herausstellen.«

»Eine klare Antwort, wenn ich bitten darf.« Schuster wippte mit dem Fuß.

»Bis jetzt ist er sauber. Aber …«

»Dann lassen Sie ihn gefälligst in Ruhe.«

»Ich ermittle, nicht mehr und nicht weniger.«

»Noch, Heine, noch ermitteln Sie. Sehen Sie sich vor, meine Geduld hat Grenzen.«

Henne starrte Schuster an. Was dachte sich der Alte eigentlich? Dass er Kommering aus Spaß aufgesucht hatte? Wollte er ihm deswegen etwa den Fall entziehen?

Schuster erwiderte Hennes Blick. Sein Gesicht war wie aus Stein. »Ich will weder Beschwerden noch Anzeigen wegen Verleumdung, Beleidigung oder Datenmissbrauch. Ist das klar?«

»Klar.« Henne gab sich Mühe, den Chef nicht merken zu lassen, wie wütend er war. »War's das?«

Schuster wies mit dem Kopf zur Tür. »Hauen Sie schon ab.«

Henne stand auf.

»Eines noch«, sagte Schuster. »Sollte sich herausstellen, dass Kommering wirklich Dreck am Stecken hat, informieren Sie mich auf der Stelle.«

Henne ging. Der Appetit auf den Kaffee war ihm vergangen. Der Alte machte es ihm weiß Gott nicht leicht. Henne war die ständigen Ermahnungen gehörig leid. Am liebsten hätte er alles hingeschmissen. Grübelnd strich er die Gänge entlang. Kommering hatte keine

Zeit verloren mit seiner Beschwerde beim Oberbürgermeister. Die Reaktion eines in die Enge getriebenen Verbrechers oder bloßes Machtgebaren, um zu zeigen, wer den längeren Arm hat – das war die entscheidende Frage.

Unbewusst hatte Henne den Weg zu Kienmann eingeschlagen. Vielleicht wusste der Freund, was er davon halten sollte. Kienmann war nicht nur Allgemeinmediziner, sondern auch Psychologe.

»Was ist los?«, fragte Kienmann, kaum dass Henne Platz genommen hatte.

»Sieht man mir das so deutlich an?«

Kienmann nickte und holte die Schnapsflasche aus ihrem Versteck. »Apfelbrand mit Rum, ganz mild.«

»Gib schon her.« Henne kippte das erste Glas in einem Zug. Gleich darauf bahnte sich eine Feuerwalze den Weg von seiner Kehle direkt ins Gedärm.

»Das tut gut, was?« Kienmann strahlte.

Henne war noch nicht zu klaren Tönen imstande und röchelte etwas, das beim besten Willen kaum als Zustimmung ausgelegt werden konnte. Doch Kienmann schien das anders zu sehen. Er ließ sich nicht beirren und schenkte nach. »Erzähl schon, was ist passiert?«

Henne berichtete in knappen Worten. »Schuster hat sich auf die Seite dieses Baumenschen geschlagen.«

»Was hast du erwartet? Schuster denkt in anderen Dimensionen. Das nennt man Politik, du solltest das allmählich kapiert haben. Er muss gemeinsame Front mit dem Oberbürgermeister machen. Denn wenn der OB und sein Polizeipräsident verstritten sind, wer soll dann noch an eine intakte Stadt glauben?«

Kienmann hatte natürlich recht, trotzdem ärgerte sich Henne. »Mir gefällt es nicht, wenn sich der Alte gegen seine Leute stellt.«

»Nun mach mal einen Punkt. Bisher hat er dich immer gedeckt, wenn du Mist gebaut hast.«

»Stimmt schon. Aber dafür habe ich mich mit genügend Erfolgen revanchiert. Erfolgen, mit denen er sich brüsten konnte, wohlgemerkt.«

»Seit wann kümmert dich das?«

Henne trank sein Glas leer und schüttelte sich. »Darum geht es doch gar nicht. Ich will in Ruhe ermitteln, das alleine zählt.«

»Für dich. Schuster hingegen muss jeden politischen Konflikt vermeiden.«

Unwillig verzog Henne das Gesicht. Ihm dämmerte langsam, dass sein Freund mehr Verständnis für Schuster als für ihn zeigte.

»Wie weit bist du überhaupt?«, fragte Kienmann.

»Abgesehen von Kommering gibt es mehrere Spuren.« Henne zögerte, sprach dann aber doch weiter. »Da wäre zum Beispiel Königs Architektin Miriam.«

»Miriam, aha.« Kienmann pfiff leise durch die Zähne.

»Was meinst du damit?«

»Nichts, ich habe lediglich registriert, wie du ihren Namen ausgesprochen hast.«

So ein Blödsinn. Wer weiß, was sich Kienmann eingebildet hatte. »Da bin ich aber gespannt.«

»Deine Stimme war weich.«

»Quatsch.«

»Mensch, Henne, mir machst du nichts vor. Was läuft zwischen euch?«

Kienmann war sein Freund, er hatte ihn schon oft gut beraten. Aber im Bezug auf Miriam sollte er selbst wissen, was zu tun war.

»Eigentlich keine große Sache.«

»Sag endlich.«

Henne begegnete Kienmanns aufmunternden Blick und beschloss, ihm alles zu erzählen. »Ich habe keine Ahnung, wie ich aus der Nummer herauskommen soll«, endete er.

»Dein Gefühlsleben möchte ich weiß Gott nicht haben.«

Kienmann war seit über dreißig Jahren glücklich verheiratet, und soweit Henne wusste, ohne irgendein nebenbei laufendes Verhältnis. »Ich auch nicht«, gestand er. »Hast du einen Tipp für mich? Als Psychologe?«

Kienmann hob die Hände. »Tut mir leid, wenn der Verstand in die Hose rutscht, bin ich ratlos.«

»Na, hör mal.«

»Ist doch wahr. Ich könnte dir sagen, vergiss sie einfach. Aber ob das hilft?«

Eine Weile brüteten beide vor sich hin. Nur das Ticken der Uhr an der Wand unterbrach die Stille.

»Ich werde sie nicht wiedersehen. Leonhardt kann sie übernehmen«, sagte Henne schließlich. Kienmann schaute ihn an, als hätte er soeben beschlossen, zu sterben. Er musste bitterer als beabsichtigt geklungen haben.

Als Henne sein Büro betrat, sah er Miriam auf dem Besucherstuhl vor seinem Schreibtisch sitzen. Ihr gegenüber hantierte Frank Diener mit einem Blatt Papier.

»Hübsches Zimmer«, begrüßte ihn Miriam.

Verdammt, er hatte sie doch für morgen bestellt. Was wollte sie hier? Womöglich konnte sie es nicht erwarten, ihr Gewissen zu erleichtern. Blöd, dass er Leonhardt auf Außendienst geschickt hatte.

Unbehagen kroch in ihm empor. Unwillig schüttelte er es ab. Der Tag konnte gar nicht schlechter werden, als er ohnehin schon war. »Ich übernehme.« Er nickte Frank zu und wartete, bis der den Raum verlassen hatte.

»Ich sehe, ihr habt euch bekannt gemacht«, sagte er zu Miriam, als sie allein waren.

»Der junge Mann hat mich auf dem Flur abgefangen. Rührend, wie zuvorkommend er war.«

»Du bist offiziell vorgeladen. Für morgen.« Henne legte bewusst einen strengen Ton in seine Worte. Er duldete nicht, dass sich jemand über seine Leute lustig machte.

»Ich habe mich schon gefragt, wie lange du warten willst, bis du mich vorlädst.« Sie strich eine Falte aus ihrem Seidenrock. Offensichtlich hatte sie sich für den Besuch in der Polizeidirektion extra hübsch gemacht.

»Nur zur Sicherheit. Wir müssen jeder Spur nachgehen.«

»Bin ich eine deiner Spuren?«

»Ja.«

Miriam lächelte, und Hennes Unmut schmolz dahin. Sein Herz klopfte.

»Ich sehe das folgendermaßen«, sagte sie. »Ich bin die verlassene Geliebte, bekomme Schmerzmittel und nehme Drogen, hin und wieder zumindest. Das spricht gegen mich. Für mich spricht, dass ich ihn wirklich geliebt habe. Durch seinen Tod habe ich ihn endgültig verloren. Als Mann und gleichzeitig als Geschäftspartner. Keine Liebe, keine Aufträge.« Ihr Lächeln wurde breiter. Sie zwinkerte ihm zu. »Pari – pari, mein Lieber.«

»Deine Logik hinkt.« Henne lächelte zurück. »Du hattest König bereits verloren. Tot oder lebendig, das ist egal, er hatte dich ja ohnehin verlassen. Du kennst dich auf dem Baugelände aus. Und du hast vermutlich aus der Geschäftspartnerschaft keinen großen Gewinn gezogen. Oder irre ich mich?«

»Du hast recht«, gab Miriam freimütig zu. »Dankwart hat mich für meine Arbeit nur sporadisch bezahlt. Wenn, dann allerdings ausgesprochen großzügig.«

»Eine Frau wie du und dieser König. Ich verstehe einfach nicht, wie das zusammenpassen soll.«

»Du bist eifersüchtig.« Sie lachte leise.

Ihre Worte gaben Henne einen Stich ins Herz. »Selbst wenn es so wäre, beantwortet es meine Frage nicht. Also?«

Miriam stand auf und ging zum Fenster. Sie sah hinaus. Henne konnte ihren Atem hören. Ihre Hände strichen unruhig über den Stoff ihres Rockes. Schließlich drehte sie sich um. »Mir ist es nicht immer gut gegangen. Im Grunde ist es mir richtig dreckig gegangen in den letzten Jahren. Keine Wohnung, keine Aufträge, keine Familie. Dankwart hatte Mitleid. Obwohl ich eine Fremde für ihn war, hat er mich aufgenommen und mir ein neues Leben verschafft.«

»Und dafür bist du seine Geliebte geworden?«

»Zuerst aus Dankbarkeit. Ich bin stolz, ich wollte mich bei ihm erkenntlich zeigen. Ich wollte nicht immer bloß nehmen.« Sie kam zurück an den Tisch und setzte sich. »Er war ein viel besserer Mensch, als manche meinen.«

»Manche?«

»Gordemitz oder Heiligenbrand, das Frettchen. Selling, Alexa. Nimm, wen du willst. Keiner von denen hat Dankwart richtig gekannt.«

Außer ihr, das wollte Miriam wohl damit sagen. Henne rieb sich seine Narbe.

»Er war ein starker Mensch, er hatte Visionen. Er glaubte an das, was er tat. Seine Kollegen in der Baubranche haben ihn oft ausgelacht. Als unwissenden Träumer haben sie ihn hingestellt. Als einen, dem es nur um Ruhm und Erfolg geht und der sich einen Platz neben den Mächtigen ersehnt. Alles Quatsch.« Sie wühlte in ihrer Tasche und zerrte ein Taschentuch heraus. Es war zerknittert und schmutzig.

Henne bemerkte Spuren von Lippenstift auf dem Stoff. Rot, die Farbe der Liebe. Sein Mund war auf einmal ganz trocken.

Miriam wischte sich eine Träne ab und hinterließ dabei einen blassroten Streifen auf ihrer Wange. »Dankwart war beseelt davon, dass etwas von ihm nach seinem Tod zurückbleiben sollte. Männer zeugen Kinder, um in ihnen fortzuleben. Dankwart war zeugungsunfähig. Männer pflanzen Bäume, aber er hat den Wald gehasst. Also hat er Häuser gebaut. Dafür hat er gelebt.«

Miriam verzog den Mund zu einem hilflosen Lächeln. Auf einmal wirkte sie zart und zerbrechlich. Henne verstand nicht, wie er glauben konnte, dass sie irgendetwas mit Königs Tod zu tun haben könnte. Er beugte sich vor und wischte ihr den Streifen ab. Am liebsten hätte er sie in die Arme genommen.

»Und was geschieht, wenn solche Träume zerplatzen?«, fragte er sanft. »König war pleite, wie du weißt. Kein Geld, keine Projekte. Er konnte keine Häuser mehr bauen.«

»Er hätte einen Ausweg gefunden, glaub mir.« Ihr Körper versteifte sich, und Henne ließ sie los.

Sein Blick fiel auf die Funde der Spurensicherung, die auf dem Tisch ausgebreitet waren. Fragmente von Fußabdrücken im getrockneten Schlamm, Holzsplitter. Als er sein Büro verlassen hatte, hatten sie noch nicht da gelegen. Vermutlich wollte Frank ihn auf etwas aufmerksam machen.

Er ergriff ein Tütchen, das einen kleinen weißen Knopf mit vier Löchern enthielt, wahrscheinlich von einem Hemd. »Könnte der König gehören?«, fragte er und reichte die Tüte zu Miriam weiter.

Sie schaute sich den Knopf genau an. »Möglich.«

Henne durchblätterte den Laborbericht. Seine Narbe zwickte wie immer, wenn er aufgeregt war. Er fand die Stelle, die er gesucht hatte. Königs Kleidung war analysiert und untersucht worden. Im Bericht fand sich kein Hinweis, dass ein Knopf fehlte. Auch, was mögliche DNA auf dem verdammten Knopf betraf – Fehlanzeige. Man hatte ihn in einer Pfütze unmittelbar neben der Leiche gefunden. Das Umfeld war mit unzähligen, nicht identifizierbaren DNA-Spuren zugemüllt gewesen. Haare, Hautpartikel und Urin, dazu Zement und Kalk, eine Baustelle eben.

Seine Narbe pulste stärker. Um sicher zu sein, dass der Knopf König gehörte, mussten sie seinen Kleiderschrank auseinandernehmen. Es war ein Heidenaufwand, aber unerlässlich. »Komm mit«, sagte er.

Miriam zuckte zusammen. »Bin ich verhaftet?«

»Wir sehen uns in Königs Wohnung um.«

»Du und ich?«

Henne nickte. Er hatte das unbestimmte Gefühl, dass Miriam dabei sein sollte, wenn er noch einmal Königs Sachen durchwühlte. Warum, hätte er nicht sagen können. Doch zum Glück musste niemand davon erfahren. Den Schlüssel zu Königs Wohnung ließ er vorsorglich liegen.

Die Läden hatten schon geschlossen, die Fenster bildeten dunkle Augen in der Häuserfront. Nur aus den Kneipen fielen schmale Lichtstreifen auf das Pflaster, doch hinter den Türen gähnte Leere. Für die Freisitze vor den Restaurants war es zu kalt.

Sie überquerten den Markt, gingen unter den Arkaden entlang und bogen in die Grimmaische Straße ein. Eine Straße weiter liefen sie Richtung Neumarkt, um kurz vor dem Riquet-Haus erneut abzubiegen.

Der Gastraum hinter den großen, hell erleuchteten Fenstern war leer. Für einen kurzen Moment glaubte Henne Alexas Blondschopf durch die Scheiben des Riquet-Cafés zu sehen. Um sie würde er sich später kümmern müssen.

Die Ritterstraße lag wie tot. Es herrschte Feierabendstimmung. Niemand sah sie, als sie vor Nummer 9 haltmachten. Henne zog einen Dietrich aus der Hosentasche.

»Was ist das?«, fragte Miriam.

»Ein nützliches Ding«, sagte er. »Das Geschenk eines notorischen Einbrechers.«

Er hatte den Dietrich vom flinken Karlchen, einem Kleinkriminellen, der sein Handwerkszeug als Zeichen der Besserung Leonhardt vererbt hatte. Leonhardt hatte den Dietrich in den Mülleimer gestopft, und von dort war er auf direktem Weg in Hennes Tasche gewandert.

Henne schob den Dietrich ins Schloss. Die Tür öffnete sich mit leisem Knacken.

»Schau an, was für ein geschickter Einbrecher du doch bist«, sagte Miriam und schnalzte mit der Zunge.

»Sehr geschickt«, bestätigte Henne.

Er schaltete das Licht im Treppenhaus an. Eine Lampe war kaputt, er fluchte leise. Im diffusen Licht der restlichen Lampe tastete er sich zur Treppe. Dabei hielt er Miriam an der Hand. Sie stiegen hinauf. Auf dem ersten Zwischenpodest war es heller. Die Lampen aus den oberen Stockwerken waren alle intakt. Henne ließ Miriam los. »Beeilen wir uns«, flüsterte er und ging schneller.

An Königs Wohnungstür klebte noch das Polizeisiegel. Ein Witzbold hatte ihm seine eigene Handschrift aufgedrückt: Die Elf hinter dem Kommissariat zierte ein Smiley.

Henne riss das Siegel ab und steckte es in die Tasche. Wieder kam der Dietrich zum Einsatz. Ein kurzer Dreh und die Tür schwang auf. Sie traten in den Wohnungsflur. Henne meinte Schritte im Treppenhaus zu hören und lauschte. Doch nein, er hatte sich geirrt. Alles war still. Vielleicht hatten ihm die Nerven einen Streich gespielt. Er runzelte die Stirn und klinkte die Tür sorgfältig ein.

Miriam war indessen ins Wohnzimmer gegangen. »Hier hat er also gelebt«, murmelte sie.

»Ich dachte, du kennst die Wohnung.«

»Wir haben uns immer bei mir getroffen.«

»Jetzt weißt du, wie er gewohnt hat, aber fass bitte nichts an.«

Draußen war es dämmrig geworden. Miriams Körper zeichnete sich vor dem grauen Fenster ab, ein schwarzer Schattenriss. Sie stand ihm zugewandt. Ihr Gesicht lag im Dunkeln.

Henne spürte, wie er hart wurde. Großer Gott! Alles, nur das nicht. »Ich verschwinde kurz mal im Bad«, krächzte er.

Das Neonlicht in dem weiß gekachelten Raum beruhigte ihn. Er öffnete den Hahn und schöpfte sich Wasser ins Gesicht, bis seine Erregung abebbte.

Zurück in der Stube ließ er die Rollläden herab, dann schaltete er den Deckenstrahler ein.

Miriam stand noch immer am Fenster. Das grelle Licht enthüllte feine Falten auf ihrer Stirn.

Henne besann sich, weswegen er in Königs Wohnung gekommen war. Der Knopf. »Ich schaue mir seine Klamotten an.«

Die Hemden und Hosen hingen unverändert akkurat auf den Bügeln. Die Spurensicherung war behutsam gewesen. Mit geübten Griffen tastete sich Henne Stück für Stück voran. Eine Stunde später wusste er, dass die Knöpfe an allen Kleidungsstücken komplett waren. Nirgends fehlte einer. Blieben die Kleider Königs in der Villa. Falls der Knopf nicht von König stammte, dann vielleicht von seinem Mörder. Henne ließ sich neben Miriam auf die Couch fallen.

»Was hast du erwartet?«, fragte Miriam.

Henne hob die Schultern. »Eine Eingebung, einen Hinweis, etwas in der Art.«

»Man sollte meinen, davon gäbe es mehr als genug.«

»Ach ja?«

»Du hast selbst gesagt, dass Dankwart Feinde hatte.«

»Nicht jeder Feind ist automatisch ein Mörder.«

»Du stocherst im Trüben«, sagte Miriam.

»Na, na.«

»An deiner Stelle würde ich mir Dankwarts Witwe vornehmen.«

Das hatte Henne ohnehin vor, doch von Miriam wollte er sich nicht in die Karten gucken lassen. »Du bist nur eifersüchtig, deshalb verdächtigst du Frau König.«

»Intellekt, mein Lieber. Ich habe nachgedacht. Die schöne Alexa hatte einen Grund, Dankwart loszuwerden. Sie ist seine Erbin.«

Leonhardt hatte mit dem Anwalt der Familie gesprochen. Das Ergebnis schlummerte in irgendeinem Ordner der Ermittlungsakte. Henne verwünschte seine Nachlässigkeit. »Woher weißt du das?«

»Er hat es mir erzählt.« Miriam betrachtete ihre Schuhe.

»Einfach so?«

»Einfach so.«

Eine Lüge, Henne spürte es sofort. »Ich frage mich noch immer, warum sie dich angerufen hat.«

Miriam wusste sofort, was er meinte. »Vielleicht hat es ihr ja Spaß gemacht, mich anzurufen. Vielleicht wollte sie sehen, wie ich reagiere, wenn weder sie noch ich Dankwart haben konnten.«

»Sie ist nicht der Typ dafür.«

»Glaubst du?«

»Welchen Grund sollte ich haben, das nicht zu glauben?«

Miriam wurde rot. »Ich habe dich angelogen«, sagte sie leise. »Ich kenne die schöne Alexa besser, als du ahnst. Wir haben eine Zeit lang zusammengewohnt. In Mailand. Sie hat als Model gearbeitet, und ich habe in Mailand Architektur studiert.«

»Aha.«

»Das ist typisch.«

»Was?« Henne fand, Miriam klang wie Erika, wenn sie sich streiten wollte.

»Na, das.«

»Ich habe keine Ahnung, was du meinst.«

»Ich sage dir, dass ich gelogen habe, und du hast nur ein ›aha‹ dafür übrig.«

»Was willst du denn? Soll ich dich anschreien? Soll ich toben? Ich bin es gewohnt, dass Verdächtige lügen.«

»Ich dachte, dir liegt etwas an mir. Aber offenbar bin ich dir egal. Sonst würde dich mein Eingeständnis nicht so kaltlassen.« Miriam klappte ein Etui auf. Aus einem Fach am Deckel zog sie ein Stück Papier. Und ein Mundstück. Sie legte beides auf ihr Knie und füllte es mit dem grünen Kraut aus dem Etui. Mit geübten Handgriffen rollte sie das Ganze zu einer Tüte zusammen.

Henne traute seinen Augen nicht. »Hast du sie noch alle?«

Ungerührt rauchte Miriam den Joint an. »Willst du auch?«

»Nicht zu glauben.« Henne stöhnte. »Du sitzt mit einem Polizisten in der Wohnung eines Ermordeten, deines Exgeliebten, und kiffst, als wärst du in Woodstock.«

»Sag mir, wie ich den ganzen Mist sonst ertragen soll.« Sie inhalierte tief.

»Na, so jedenfalls nicht.« Henne wollte ihr die Tüte aus der Hand reißen, doch Miriam war schneller. Sie sprang auf und flüchtete sich hinter den Sessel.

Henne setzte über den Sessel hinweg, verfehlte sie jedoch. Miriam rannte zum Tisch und Henne stürzte ihr nach. Der Tisch kippte, Miriam stolperte. Henne packte sie am Zipfel ihres Kleides und riss sie zu Boden. Krachend landete er neben ihr.

Sie rollte sich auf ihn, und ehe er es sich versah, hatte er den Joint zwischen den Lippen. Er hustete und spuckte. Miriam nahm einen Zug und pustete ihm ins Gesicht.

Der Rauch machte Henne benommen. Er sah ihren Mund. Größer, näher, rot und süß, und da war es mit seiner Beherrschung vorbei. Mit einem Stöhnen griff er nach ihr. Er spürte Miriams Finger an seinem Hosenstall nesteln und begann, ihre Bluse aufzuknöpfen. Es ratschte, als Miriam den Reißverschluss seiner Hose endlich herunterzog. In der linken Hand hielt sie noch immer den Joint.

Henne tastete nach dem Verschluss ihres Büstenhalters. Als er ihn nicht aufbekam, schob er den BH nach oben. Ihre Brüste tanzten vor seinen Lippen, als warteten sie nur darauf, dass er sich in ihnen vergrub.

Ein Wummern an der Tür brachte ihn zu sich. Er schob Miriam von sich weg und rappelte sich auf. Im Hinausgehen stopfte er sich das verrutschte Hemd in die Hose und zog den Reißverschluss zu. Ungehalten riss er die Tür auf. »Ja?«

Anwalt Mayerwill, dritter Stock rechts. Die Visage würde Henne nie vergessen. Mayerwill grinste, als er erkannte, mit wem er es zu tun hatte. Das Grinsen verstärkte sich, als er Miriam im Hintergrund erblickte. Nackt, wie Gott sie erschaffen hatte. Was, zum Teufel, trieb sie da? Wollte sie ihn fertigmachen? Henne öffnete den Mund, doch er brachte keinen Ton heraus.

»Ich habe seltsame … Geräusche gehört.« Mayerwill zwinkerte ihm zu. »Wenn Sie Hilfe brauchen …«

»Machen Sie, dass Sie wegkommen, oder ich vergesse mich.« Henne knallte die Tür zu.

Mayerwill, der die Nase neugierig vorgestreckt hatte, schrie auf.

Henne wartete eine Weile, um sicherzugehen, dass der Anwalt verschwunden war. Dann brachte er Miriam nach Hause.

Stumm gingen sie die Treppe hinunter und liefen nebeneinander zu Hennes Parkplatz. Den ganzen Weg durch die Stadt wechselten sie kein Wort. Als sie vor Miriams Wohnung ankamen, ließ Henne den Motor laufen. Sie stieg aus, und Henne startete und fuhr davon, ohne zu warten, bis sie im Hauseingang verschwunden war.

ZWÖLF

Fleur hatte schlecht geschlafen. Mehr als einmal war sie aus Träumen aufgeschreckt, in denen Alexa sie verhöhnt hatte. Während des gemeinsamen Frühstücks brachte sie kein Wort über die Lippen.

»Ich fahre in die Stadt. Soll ich dir etwas mitbringen?«, fragte Alexa, kurz bevor sie die Küche verließ.

Fleur schüttelte den Kopf. Mühsam geduldete sie sich, bis die Schwägerin das Haus verließ. Immer wieder schaute sie aus dem Fenster, ob sie auch wirklich in den Wagen stieg und fortfuhr. Dann war es endlich so weit, und sie hatte das Haus für sich allein. Gemächlich strich sie durch die Räume. Im Schlafgemach öffnete sie die Schränke, die seit Alexas Entsorgungswut viel leerer als vorher waren. Naserümpfend begutachtete sie die Dessous der Schwägerin, hauchdünne Winzigkeiten, lächerlich. Sie roch Alexas Parfüm, der süße Rosenduft erweckte Ekel in ihr.

Fleur knallte die Schranktür zu und nahm sich die Frisierkommode vor. Sie wusste, dass ganz hinten, versteckt unter Tüchern und Schals, die Schmuckschatulle stand. Sie zog sie hervor und klappte den Deckel auf. Fast zärtlich streichelte sie die Ringe und Ketten. Bald, sehr bald schon würden sie ihr gehören. Sie nahm einen ausgefallenen Anhänger heraus, ein goldgefasster Hämatit, ein Blutstein, der einst ihrer Mutter gehört hatte. Von der Mutter zur Tochter sollte er weitergegeben werden. Dankwart aber hatte ihn seinem dummen Weibchen geschenkt.

Der Rand des Schmuckstücks bohrte sich in Fleurs Finger, sie spürte es kaum. Am liebsten hätte sie den Stein nie wieder losgelassen. Doch Alexa durfte keinen Verdacht schöpfen. Mit Mühe legte sie ihn zurück.

Fleur schlich ins Badezimmer. Ihr Blick blieb an der großen Eckwanne haften. Die Schwägerin badete gern und ausgiebig. Ein laufender Fön ins Badewasser und die Sache wäre erledigt. Aber wie konnte sie das bewerkstelligen? Alexa verriegelte gewöhnlich die Tür, wenn sie ein Bad nahm.

Sie schaute in den Medikamentenschrank. Sollte sie Alexa Tabletten ins Essen mischen? Ein starkes Herzmittel vielleicht oder doch besser Rattengift?

Sie verwarf den Gedanken, beides war zu gefährlich. Alexas Tod musste wie ein Unfall aussehen. Da kam ihr ein Gedanke. Sie ging in Dankwarts Arbeitszimmer, wo der Computer stand. Es hatte lange gedauert, bis sie damit umgehen konnte. Sie hatte sogar einen Kurs an der Volkshochschule belegt, ganz im Geheimen. Dankwart und das blonde Dummchen hatten davon nichts mitbekommen. Mittlerweile kannte Fleur sich mit der Technik aus, im Laufe der Zeit war sie sogar richtig gut geworden. Dankwarts Passwort hatte sie zufällig entdeckt, als er einmal seinen Kalender vergessen hatte.

Sie schaltete das Gerät an und loggte sich ins Internet ein. Sie surfte von Website zu Website. Manche Stellen las sie laut. Erschienen sie ihr nützlich, druckte sie die Seiten aus. Sie verglich, sortierte, wog ab. Zu viel nutzloses Zeug, stellte sie fest, als sie die Sammlung prüfte. Der größte Teil war etwas für Anfänger, nicht für sie. Allmählich aber rundete sich das Bild, und zu guter Letzt hatte sie alles, was sie brauchte. Sie lehnte sich in den schweren Schreibtischsessel zurück, faltete die Hände und schloss die Augen. Ihr Plan war perfekt.

DREIZEHN

Ein leichter Nieselregen hüllte die Stadt in einen grauen Schleier. Das Kopfsteinpflaster glänzte dunkel, als Henne am Neuen Rathaus vorbei zur Burgstraße marschierte, wo das Regionalkirchenamt der Evangelisch-Lutherischen Kirche seinen Sitz hatte. Aus den sichergestellten Unterlagen aus Königs Wohnung war hervorgegangen, dass das dortige Baupflegebüro König mehrfach beauftragt und regelmäßig bezahlt hatte. Nun wollte sich Henne persönlich ein Bild davon machen.

Im Erdgeschoss des Gebäudes lief ihm eine ältere Dame über den Weg. Sie verwies ihn an Frau Markert, die ihr Büro im ersten Stock hatte.

Frau Markert war eine Frau in Hennes Alter, deren ausgeprägtes Kinn auf Energie und Willenskraft schließen ließ. Sie stellte sich als zuständige Ingenieurin des Regionalkirchenamts vor.

»Sie wundern sich?«, fragte sie.

»Ich hab mit einem Mann gerechnet«, gab Henne zu.

Frau Markert lächelte feinsinnig und sagte nichts.

»Bestimmt haben Sie schon erfahren, dass Dankwart König tot ist«, sagte Henne.

»Sein Tod ist sehr bedauerlich. Es ist ein großer Verlust.«

Abwarten, dachte Henne. »Sie waren also mit ihm zufrieden?«, fragte er.

»Mehr als das. Er hat gute Arbeit geleistet. Immer pünktlich, immer gute Qualität.«

»Das sollte man voraussetzen können.«

»Natürlich, aber gerade auf dem Bau kann vieles schieflaufen. Das Wetter, Genehmigungen, Materialmängel – es gibt jede Menge Faktoren, die den Baufortschritt beeinflussen.«

»Bei König war das nicht so?«

»Er war eine Ausnahme.« Frau Markert nickte, als wolle sie ihre Worte bekräftigen. »Es ist traurig, aber nicht alle Firmen sind seriös.«

»Wissen Sie, ob er für seine anderen Auftraggeber ebenso gut gearbeitet hat?«

»Ich nehme es an, jedenfalls habe ich nichts Gegenteiliges gehört. Schlechte Arbeit spricht sich herum.«

»Was passiert denn jetzt mit Ihren Bauprojekten? Werden sie fertiggestellt oder erst einmal auf Eis gelegt?«

»Natürlich müssen wir sehen, dass die angefangenen Bauarbeiten fortgeführt werden. Bislang liegt nur ein Angebot vor. Es scheint, als würden sich die Unternehmer scheuen, Königs Aufträge zu übernehmen.«

»Sie finden bestimmt noch jemand.« In Leipzig gab es mehr als genügend Bauunternehmer. Hennes fragte sich, warum sich die nicht für die Aufträge interessierten.

»Hoffentlich haben Sie recht. Konkurrenz belebt das Geschäft.«

»Dieser eine, der ein Angebot gemacht hat, wer ist es denn?«

»Der Name wird Ihnen wenig sagen. Lutz Zogstädt.«

Henne war wenig verwundert, im Dekanat der römisch-katholischen Kirche Ähnliches wie im Regionalkirchenamt der evangelischen Kirche zu hören. Auch dort war man mit König überaus zufrieden gewesen, auch dort hatte sich Zogstädt umgehend bereit erklärt, die begonnenen Aufträge fertigzustellen.

Im Grunde konnte man dem Unternehmer nicht vorwerfen, dass er sich um die Aufträge bewarb. Trotzdem war es sonderbar, dass er ausgerechnet überall dort auftauchte, wo König bislang im Sattel gesessen hatte. Entweder hatte Zogstädt einen guten Riecher, oder er wusste mehr, als er zugegeben hatte. Das würde sich zeigen, wenn Henne ihm erneut auf den Zahn fühlte.

»Sie schon wieder?« Zogstädt begrüßte ihn mürrisch. Er rieb sich seine tief liegenden Augen, als wäre er gerade erst aus dem Bett gekommen. Die Papiere auf seinem überfüllten Schreibtisch deuteten allerdings darauf hin, dass er schon seit einigen Stunden am Arbeiten war.

Wer weiß, was dem über die Leber gelaufen ist, dachte Henne. »Raten Sie mal, bei wem ich gerade war.«

»Wenn ich eine Glaskugel hätte, wäre ich Wahrsager geworden.«

»Offensichtlich sind Sie ja recht gut im Vorausschauen. Woher wussten Sie denn, bei welchen Auftraggebern Königs Tod eine Lücke hinterlassen hat?« Henne setzte sich auf einen Stuhl, der vor Zogstädts Schreibtisch stand.

»Daher also weht der Wind.« Zogstädt zog eine Schublade seines Schreibtisches auf und warf ein kleines Heft auf den Tisch. »Ich habe mich schon gefragt, wie lange es dauert, bis Sie dahinterkommen.«

Henne rührte das Heft nicht an. »Erzählen Sie schon.«

»Da gibt es nichts groß zu erzählen. Königs Handlanger, der Heiligenbrand, hat mich auf dem Laufenden gehalten.«

»Ohne Königs Wissen.«

»Anzunehmen.«

»Das ist hiermit beschlagnahmt.« Henne steckte das Heft ein.

»Das ist mein Eigentum, ich will es zurück.«

»Sicher, ich schicke es Ihnen mit einer roten Schleife.«

Zogstädt sprang auf, doch Henne bedachte ihn mit einem warnenden Blick. Es schien zu helfen, denn Zogstädt setzte sich wieder hin. »Ich hab den Heiligenbrand nicht darum gebeten«, sagte er. »Der hat sich förmlich aufgedrängt. Hätte ich da Nein sagen sollen? So eine Gelegenheit kommt nur einmal im Leben.«

»Die Gegenleistung?«

»Bitte?«

Henne rutschte auf dem Stuhl herum. Das Ding musste für Zwerge gemacht worden sein. Er fand kaum Platz auf der Sitzfläche, und anlehnen konnte er sich auch nicht. »Was haben Sie ihm für seine Spionage gegeben?«

»Nichts. Das können Sie mir ruhig glauben.«

Henne glaubte ihm kein Wort. »Falls Ihnen doch noch etwas dazu einfällt, melden Sie sich bitte bei mir. Meine Telefonnummer haben Sie ja.« Er stand auf.

Zogstädt sah nicht so aus, als würde er einen Anruf in Erwägung ziehen. Er rieb sich schon wieder die Augen und gähnte, als Henne grußlos ging.

Es hatte aufgehört zu regnen, die Pfützen auf der Straße vor der Polizeidirektion waren jedoch noch nicht verschwunden. Henne drückte sich an der Hauswand entlang. Das fehlte ihm noch, dass ein gaspedalliebender Autofahrer seine Hose ruinierte.

Im Büro hängte Henne die Jacke über die Stuhllehne und nahm den Kaffeepott, den Leonhardt vor ihn hinstellte, dankbar entgegen. Dann berichtete er, was er in Erfahrung gebracht hatte. Während Leonhardt interessiert zuhörte, blieb Frank auffallend still.

»Was ist?«, fragte Henne.

»Der Zogstädt ist eine falsche Spur.«

»Woher willst du das wissen?«

»Ich kenne ihn.«

»Da bin ich aber mal gespannt.« Auf Hennes Tisch lag Königs Ermittlungsakte mit dem Laborbericht. Er schob beides beiseite und hielt Leonhardt seine geleerte Tasse hin.

»Lutz und ich sind im selben Fußballverein. Er ist eine ehrliche Haut. Dafür verbürge ich mich«, sagte Frank.

»Ziemlich leichtfertig.«

»Ach was, ich bin mir sicher. Klar kämpft er um Aufträge, er muss schließlich leben. Seine Arbeiter übrigens auch.«

»Ist das alles, was du zu seiner Entlastung sagen kannst?« Henne nahm die Tasse entgegen, die Leonhardt gefüllt hatte.

»Vielleicht hat er ein wenig vorschnell gehandelt. Vielleicht hätte er warten sollen, bis sich die Aufregung um Königs Tod gelegt hat.«

»Vielleicht hätte er Heiligenbrands Spionageergebnisse ablehnen sollen«, sagte Henne.

Leonhardt griff nach der Ermittlungsakte und schlug sie auf. »Vielleicht, vielleicht, vielleicht. Ihr spekuliert eine Menge Mist. Ich habe Zogstädt überprüft. Er hat Leipziger Aufträge gar nicht nötig. Seine Bücher sind auf Monate im Voraus voll. Kein Hinweis auf Engpässe oder Zahlungsschwierigkeiten.«

Henne war immer noch nicht von der Unschuld Zogstädts überzeugt. Der Mann hatte ein Motiv, er konnte sich inkognito auf Baustellen herumtreiben, und sein Alibi für die Tatnacht hatten sie noch nicht überprüft. »Trotzdem will er unbedingt in der Stadt arbeiten.«

»Aber doch nur seinen Leuten zuliebe. Viele wohnen hier, sie wollen bei ihren Familien sein«, sagte Frank.

»Was für ein liebenswerter Arbeitgeber.«

»Er selbst hat auch etwas davon. Er spart Fahrtkosten und Unterkunft, wenn sie nicht reisen müssen.«

»Ihr nehmt mir jede Hoffnung, dass wir noch mal eine heiße Spur in diesem Fall finden.«

»Es besteht immer Hoffnung«, erwiderte Frank und klopfte Henne auf die Schulter. »›Herr der Ringe‹.«

Henne verschluckte sich und hustete. »Noch so ein blöder Spruch und ich sorge dafür, dass du die nächsten fünf Jahre keine Zeit hast, um ins Kino zu gehen.«

Frank grinste und verschwand.

Henne musterte Leonhardt, der sich in die Akte vertieft hatte. Ob er ihm von dem Desaster mit Miriam erzählen sollte? Nur für den Fall, dass Mayerwill es nicht auf sich beruhen ließ. Vielleicht war es besser, wenn Leonhardt dann schon Bescheid wusste. Henne räusperte sich und legte los.

»Du hast dich mit einer Verdächtigen eingelassen?« Leonhardt schüttelte den Kopf.

Henne konnte es ihm nicht verdenken. Er hätte vermutlich ebenso gehandelt, wenn sich sein Assistent so verhalten hätte. Allerdings war das bei Leonhardt und seinem Vorschriftenfimmel kaum zu erwarten. »Mea culpa.«

»Natürlich deine Schuld, wessen sonst? Was hast du dir bloß dabei gedacht?«

»Keine Ahnung.«

»Keine Ahnung.« Leonhardt verdrehte die Augen. »Weißt du, was das bedeutet? Mayerwill hat dich schon lange auf dem Kieker. Für den ist das ein gefundenes Fressen: Oberkommissar Heinrich Heine bumst eine Mörderin.«

»Wir hatten gar keinen Sex. Vermutlich sollte ich Mayerwill dafür dankbar sein, dass er zur rechten Zeit reingeplatzt ist.«

»Drangehalten ist so gut wie reingesteckt, hat mein Opa immer gesagt.«

»Lass deinen Opa aus dem Spiel. Und übrigens ist Miriam Jakob keine Mörderin.«

»Da bist du dir sicher, was?«

»Ziemlich.«

»Wenn du dich da mal nicht täuschst.«

»Der erfahrene Kriminalist in mir …«

Das Telefon schellte. Henne nahm den Hörer ab. Schuster brüllte so laut, dass es im ganzen Raum zu hören war. »Heine, zu mir, sofort.«

Henne stiefelte in Schusters Büro. Er konnte sich unschwer ausrechnen, was ihn erwartete.

Schuster empfing ihn mit zusammengezogenen Augenbrauen.

Offenbar war er schlecht gelaunt. »Stellen Sie sich vor, Heine, ich sitze beim Frühstück, nichts ahnend und einigermaßen glücklich, da bekomme ich einen Anruf. Nun raten Sie mal, wer dran war.«

»Mayerwill?«, sagte Henne.

»Dann stimmt es also?« Schuster riss die Augen auf.

»Kommt darauf an, was er erzählt hat.«

»Ich bin gespannt, Ihre Version zu hören.«

»Es war eine dumme Idee, das gebe ich zu. Ich hatte gehofft, dass Königs Freundin irgendetwas in der Wohnung entdecken würde, das wir übersehen haben. Nur deshalb habe ich sie mitgenommen. Dann ist auf einmal Mayerwill dazwischengeplatzt.«

»Die Frau soll nackt gewesen sein.«

Henne brummte etwas, das alles oder nichts bedeuten konnte.

»Ich habe entschieden, Sie von dem Fall zu entbinden.«

Henne brauchte eine Weile, ehe er kapierte. »Mayerwill wird sich freuen.« Mehr fiel ihm als Antwort nicht ein.

»Keine Widerrede, Heine. Sie sind bis auf Weiteres suspendiert.«

Henne machte wortlos kehrt und marschierte hinaus. Ziellos lief er treppauf, treppab. Das hatte ihm noch immer beim Denken geholfen. Auf der Toilette im ersten Stock wusch er sich das Gesicht. Das kalte Wasser beruhigte ihn ein wenig. Er stemmte die Hände auf den Beckenrand und starrte in den Abfluss. Wenn bloß der blöde Vorfall in Königs Wohnung spurlos verschwinden würde. Wie das Wasser im Abflussrohr. Aber das war wohl zu viel verlangt. Als ein Kollege vom Erkennungsdienst den Toilettenraum betrat, wischte Henne sich die Hände ab und ging.

Die Neuigkeit sprach sich schnell herum. Wohin Henne kam, trafen ihn mitleidige Blicke, sodass er sich beeilte, sein Büro zu erreichen.

»Kaffee?«, fragte Leonhardt. Seine Stimme schwankte verdächtig, bestimmt wusste auch er schon Bescheid.

»Sieh dich vor, du sprichst mit einem Verfemten.«

»Nun lass mal die Kirche im Dorf. Schuster will dir nichts Böses.«

»Klar, deshalb wirft er mich raus.«

»Unsinn, er nimmt dich aus der Schusslinie. Mayerwill hat bekommen, was er will, und hält die Klappe. Das ist der einzige Weg, um einen Skandal zu vermeiden.«

»Schuster ist mir so was von egal. Ich mache auch so weiter.« Niemand konnte ihm verbieten, sich weiter mit dem Fall zu beschäftigen. Miriam war keine Mörderin, und er würde es beweisen.

»Heinrich, überleg, was du tust«, sagte Leonhardt. »Wenn du dich widersetzt, riskierst du deinen Job.«

Henne horchte auf. Leonhardt hatte ihn mit Heinrich angesprochen. Dem Jungen musste die Sache wirklich zu Herzen gehen. »Na und? Ich habe einen Mörder zu stellen, das alleine zählt.«

Leonhardt ließ den Kaffee wortlos in die Tassen laufen.

»Nun schau nicht so betrübt. Sag lieber was.« Henne zog ihn von der Kaffeemaschine weg.

»Wenn du dir etwas in den Kopf gesetzt hast, sind alle Überredungsversuche vergebens.«

»Was sonst, ich bin ein sturer Bock.«

»Was hast du vor?«

»Zunächst steht die schöne Alexa auf dem Programm, Königs Alleinerbin.«

»Du hast meinen Bericht gelesen«, stellte Leonhardt fest.

Das hatte Henne natürlich nicht, aber er ließ ihn in dem Glauben. »Bei der Gelegenheit schauen wir uns in der Villa um.«

»Ohne Durchsuchungsbeschluss?«

»Seit wann schert sich eine Unperson wie ich um solche Lappalien.«

»Und was erhoffst du dir von einer Durchsuchungsaktion?«

»Die Kontoauszüge der Schweizer Bank. Dazu einen Hinweis auf den Täter.«

»Das ist reines Wunschdenken, Henne, und das weißt du auch.«

Henne holte den weißen Knopf hervor. »Der lag neben der Leiche.« Er blätterte in der Akte des Labors. »Hier steht es. Zwölf Zentimeter neben der rechten Hand.«

Leonhardt betrachtete den Knopf, den Henne vor ihm auf den Tisch gelegt hatte. »Stammt der von Königs Kleidung?«

»Zumindest nicht von der in seiner Wohnung.«

»Glattweiß mit vier Löchern. Könnte an ein Hemd passen.«

»Sieh ihn dir genau an.«

Leonhardt griff nach der Lupe, die auf dem Tisch lag. Sorgfältig drehte und wendete er den Knopf. »Du meinst das Muster auf dem Rand.«

»Es fällt nicht weiter auf, aber wenn man genau hinsieht, erkennt man ein winziges K.«

»K wie König.«

»Oder wie Kommering. Setz die SoKo auf den Herrn Baudezernenten an.«

Leonhardt zögerte.

»Mach schon. Solange Schuster nichts anderes entscheidet, ist das dein Fall.«

»Es heißt, Pallauer soll übernehmen.«

Ausgerechnet diese Niete, dachte Henne. Oberkommissar Pallauer hatte die geringste Aufklärungsquote vorzuweisen. Ein Resultat, für das er seine Mitarbeiter verantwortlich machte. Dabei lag es allein an ihm. Er hatte seinen eigenen Kopf, nur leider war der nicht mit herausragender Intelligenz gefüllt. Im Grunde wäre auch das zu ertragen gewesen, wenn Pallauer nicht so von sich überzeugt wäre. Er mochte gewöhnlich keine guten Vorschläge, wenn sie von anderen stammten.

»Ein Grund mehr zu handeln, solange er noch nicht aufgekreuzt ist«, sagte Henne. »Und er ist kalkulierbar. Mach einfach immer den zweitbesten Vorschlag, nie den besten, oder noch besser: Schlag ihm gleich das Gegenteil vor.«

»Du weißt, wie ich diese Spielchen hasse.« Leonhardt massierte seine Nase.

»Dann lass uns den Fall so schnell wie möglich erledigen.«

Frank trat ein. »Du bist noch da?«, fragte er Henne.

»Immer mit der Ruhe. Schuster hat mich vielleicht suspendiert, aber noch bestimme ich, wann ich gehe.«

»Bleib cool, Henne. Ich will dir ja nichts Böses.«

»Was willst du eigentlich hier?«

Frank blickte Leonhardt an. »Soll ich es ihm sagen?«

»Nur zu«, sagte der.

»Wir haben sämtliche Sozialleistungsträger abgeklopft. König hat fleißig kassiert. Statt Kranken-, Pflege-, Renten- oder Arbeitslosenversicherung für seine Leute zu zahlen, hat er die Kohle für sich behalten.«

»Unfallversicherung und Lohnsteuern?«, fragte Henne.

»Fehlanzeige, König hat auch das nicht abgeführt.«

»Da muss eine ganze Menge zusammengekommen sein.«

»Fünf schlappe Millionen, grob geschätzt.«
»Sauber.«
»So richtig zum Liebhaben«, sagte Frank. »Obwohl König bloß einen Hungerlohn gezahlt hat, musste er die armen Kerle von Arbeitern auch noch um ihre Absicherung bescheißen.«
»Seine Geliebte hat ihn als Ehrenmann hingestellt«, sagte Henne.
»Klar, die konnte vermutlich im Geld baden.«
»Miriam Jakob wurde auch nur sporadisch für ihre Arbeit als Architektin bezahlt.«
»Möglich, aber als Betthase musste sie bestimmt auf nichts verzichten.«
»Du bist ein böser junger Mann.«
»Ja, du hast recht. Ich bin böse.«
»Wenigstens siehst du es ein.«
»Niemals, das ist aus ›Arachnophobia‹.«
»Manchmal bist du genauso eklig wie diese Spinnenviecher«, sagte Leonhardt.
Wider Willen musste Henne lachen. »Lass den Spinner, Leonhardt. Wir verschwinden.«

»Du nimmst die Jakob in Schutz.«
Sie waren auf dem Weg zur Villa der Königs. Henne fädelte sich in den Verkehr der Hauptstraße. »Ich weiß, dass sie unschuldig ist«, sagte er.
»Was den Fall betrifft, vielleicht. Bleibt die Tatsache, dass sie versucht, dich zu beeinflussen.«
»Mensch, wie oft soll ich dir noch sagen, dass das nicht stimmt? Ich bin das Schwein, nicht sie.«
»Hast du Erika gebeichtet?«
»Noch nicht.«
»Meine Güte, wie hältst du das bloß aus?« Leonhardt schüttelte den Kopf.
Leonhardt hätte Manuela sicher keine Minute ruhig in die Augen sehen können. Henne hob die Schultern. »Ausweichen und Lügen gehören zu meinen Pflichten. Jetzt weißt du, dass ich besorgniserregend gut darin bin«, sagte er.
»Wenn das mal gut geht.«
»Es ist praktisch.«

»Praktisch? Ich nenne es reichlich unsentimental.«

Vor Leonhardt wollte Henne auf keinen Fall zugeben, dass er sich die ganze Nacht herumgewälzt hatte. Am Morgen war er viel früher als sonst aus dem Haus gegangen, um Erika nicht zu begegnen. Ihm graute jetzt schon vor dem Abend. Noch weniger sollte Leonhardt wissen, wie sehr er ihn beneidete, weil es für den Jungen keine andere als seine Manuela gab.

VIERZEHN

Vorsichtig lenkte Alexa König Dankwarts Sportwagen aus der Garage heraus. Sie wartete, bis sich das automatisch angetriebene Tor geschlossen hatte, dann legte sie den Vorwärtsgang ein und ließ den Wagen die Auffahrt hinabrollen.

Die Auffahrt war eigentlich gar nicht sehr steil, doch es reichte, dass das Auto immer schneller wurde, auch ohne dass Alexa Gas gab. Sie trat leicht auf die Bremse, aber der Wagen reagierte nicht. Alexa stieg fester auf das Pedal, doch der Wagen rollte einfach weiter. Wieder und wieder trat sie auf das Bremspedal. Die Toreinfahrt führte direkt auf die Straße, ein Auto konnte entlangfahren, ein Kind vorbeiradeln. Sie musste halten, sonst geschah womöglich ein Unglück. Doch die Bremse reagierte einfach nicht. Als ihr bewusst wurde, dass sie es nicht schaffen würde, hielt sie auf den linken Pfosten zu. Sie konnte nur hoffen, dass die Büsche, die davorstanden, den Aufprall abfangen würden.

Fleur kauerte zwischen einem überladenen Sessel und zwei aufeinandergestapelten Schubladen und brütete vor sich hin. Sie spielte mit einer Packung Papiertaschentücher, riss den Verschluss auf, klebte ihn wieder zu. Auf, zu, auf, zu.

Alexas Autounfall hatte bei der Schwägerin keine Spuren hinterlassen. Sie war mopsfidel, auch wenn sie sich leidend gab. Theater für die Kripoleute, aber ihr konnte Alexa nichts vormachen.

Einen Moment lang hatte Fleur erwogen, einen sauberen Schlussstrich zu ziehen. Der Tablettenvorrat in Alexas Badezimmerschrank reichte sicher aus.

Doch die Idee hatte einen Haken: der Geliebte. Dem Mistkerl war ein plötzlicher Abgang seiner schönen Alexa mit Sicherheit verdächtig, und war die Polizei erst einmal hellhörig, setzten die sich am Ende noch im ganzen Haus fest. Es reichte schon, dass dieser Neger und sein Begleiter bei Alexa aufgekreuzt waren. Die beiden gingen Fleur gewaltig auf den Wecker, vor allem der Schwarze. Da war der Einfall mit der Bremsleitung viel besser gewesen. Der Schlitz in die Leitung hatte gewirkt. Mist, dass Alexa nicht schnell genug gefahren war.

Mechanisch zerrte Fleur Taschentuch für Taschentuch aus der Packung und zerpflückte sie zu winzigen Schnipseln.

Dieser Oberkommissar Schiller – nein, Heine – hatte einen Blick, der ihr Angst machte. Als ob er ihr in die Seele schauen könnte. Ein durchgeknallter Typ, sie wurde aus ihm nicht schlau. Dazu seine Größe! Wie ein Riese aus dem Märchen, das ihr das Kindermädchen vorm Schlafengehen immer vorgelesen hatte. Halb tot vor Angst hatte sie gelauscht und sich trotzdem jeden Abend dasselbe Märchen gewünscht. Der Riese hatte Fleur abgestoßen und gleichzeitig fasziniert.

Doch an diesem Kommissar gab es nichts, das sie anzog. Er machte ihr nur Angst. Neben ihm kam sie sich klein und schutzlos vor. Dankwart hätte gewusst, wie man mit so einem umgeht. Aber Dankwart war nicht mehr da.

Mit einem Mal vermisste Fleur den Bruder. Sie drückte die zwei letzten Papierschnipsel aufeinander, als könnten sie wieder zusammenwachsen. Als es nicht gelang, ließ sie sie auf den Boden fallen und zerrte das nächste Papiertaschentuch aus der Hülle. Sie war die Letzte eines mächtigen Geschlechts, die letzte noch lebende König aus Leipzig. Es war eine erdrückende Erkenntnis.

Es gab niemanden, mit dem sie hätte über diese Bürde reden können. Sie hatte es einmal versucht, aber Alexa hatte sie ausgelacht. Eine Unternehmerfamilie, die mit Unterwäsche und Strümpfen ihr Geld verdient hatte, als »großes Geschlecht« zu bezeichnen wäre vermessen, hatte sie gesagt. Doch Fleur wusste es besser, sie dachte in anderen Dimensionen.

Sie erinnerte sich noch gut an die Feste, die ihre Mutter zu geben pflegte. Eindrucksvolle Feiern an mit Speisen und Getränken überladenen Tischen. Gäste aus dem ganzen Land waren eingeladen, alle reich und schön, jedenfalls die Frauen. Fleur hatte sie stundenlang bestaunen können. Für die Männer hatte sie damals keinen Blick gehabt. Die hatten weder bunte Kleider noch prachtvollen Schmuck getragen.

Natürlich waren die Kinder ausgeschlossen gewesen. Sie hatte trotzdem Wege gefunden, um einen Blick in den Festsaal zu werfen. Meist hatte sie sich an die Tür geschlichen und hindurchgelinst, wenn die Dienstmädchen zum Servieren hinein und heraus eilten. Bis die Mutter sie erwischt hatte und sie in die obere Etage verbannt wurde. Dort hatte sie auf dem Treppenabsatz gehockt und nach unten gelauscht.

Einmal war ein Paar schwankend und kichernd nach oben gekommen. Fleur hatte sich versteckt, dann war sie den beiden bis in eines der Zimmer gefolgt. Sie hatte alles gesehen, das Zucken und Zappeln, Stöhnen und Kreischen. Widerlich! Obwohl sie weglaufen wollte, war sie wie angewachsen dagestanden. Irgendwann war sie langsam zu dem Kamin geschlichen und hatte den Schürhaken genommen. Im letzten Moment hatte sich der Mann umgedreht. Der Schürhaken war Fleurs Händen entglitten. Wie von Furien gehetzt war sie geflohen. Seitdem verabscheute sie Festlichkeiten aller Art.

Die Papierfetzchen bildeten mittlerweile ein ansehnliches Häufchen. Wie der Inhalt eines Federkissens, so leicht und flockig lagen sie über den Boden verstreut.

Wenn es nicht anders ging, musste sie eben zu drastischeren Mitteln greifen. Sie war bereit, aus Fehlern zu lernen. Vor diesem Heine würde sie sich allerdings vorsehen müssen. Am besten, sie ging ihm aus dem Weg.

Achtlos krabbelte sie über das Häufchen hinweg zum Bett. Voller Eifer wuchtete sie Säcke und Tüten zur Seite, baute Türme und Stapel, wo bereits andere Sachen und Gegenstände wirr durcheinanderlagen, nur um sie gleich darauf woandershin zu verfrachten. Nach einer halben Stunde war ihre Energie verbraucht. Kraftlos ließ sie sich an Ort und Stelle auf ein Bündel Decken fallen.

Sie legte die Stirn in Falten, doch so angestrengt sie auch nachdachte, es fiel ihr nicht mehr ein, was sie soeben noch gesucht hatte.

Das altvertraute Beben kündigte sich an. Wie eine Welle rollte es durch ihren Leib. Ihr Kopf schmerzte, als wolle er zerspringen. Dazu dieses Zucken, diesmal am rechten Augenlid.

»Nicht jetzt«, schrie sie zornig.

Die Wut verlieh ihr neue Kräfte. Sie raffte sich auf und wühlte sich bis zum Fenster durch den Müll hindurch. Sie kam gerade noch rechtzeitig um zu sehen, wie Kommissar Heine geradewegs auf den Eingang zumarschierte.

Die Villa strahlte unverändert moderne Eleganz aus. Hennes Blick wanderte an der weißen Fassade empor. Im Obergeschoss bewegte sich eine Gardine, und Henne schmunzelte. Fleur König war wie immer im Bilde.

Alexa empfing sie im selben Raum wie beim letzten Mal. Von der sterilen Ordnung war nicht viel übrig geblieben. Auf dem Tisch stapelten sich Zeitschriften und Bücher, die Couch war mit zerwühlten Kissen übersät.

Die Hausherrin steuerte auf einen Sessel zu und hüllte sich in eine Decke.

»Sie müssen entschuldigen, es geht mir ziemlich schlecht.«

»Krank?«

»Nichts Ernstes, ein dummer Unfall. Die Bremse meines Wagens hat versagt.«

»Was ist passiert?«

»Ich bin von der Auffahrt zur Straße gefahren. Sie ist abschüssig, wie Sie sicher bemerkt haben. Beim Einlenken wollte ich bremsen. Es ging nicht, da bin ich an die Mauer geprallt.«

»Kann ich Ihr Auto sehen?«

»Das ist schon in der Werkstatt. Der Monteur hat den Fehler bereits entdeckt, die Bremsflüssigkeit ist ausgelaufen.«

»Das kommt normalerweise sehr selten vor«, sagte Leonhardt.

Henne wusste, dass jeder siebte Autofahrer selten unter die Motorhaube schaute. So blieben Mängel oft unentdeckt, ein vor Kurzem erst gerissenes Bremskabel hätte aber selbst ein routinierter Fahrer vermutlich nicht bemerkt.

»Wissen Sie noch, wann der letzte Wartungstermin war?«, fragte er stattdessen.

»Eigentlich ist es Dankwarts Wagen.«

»Das heißt?«

»Er hat sich penibel genau um die technischen Sachen gekümmert. Das war eine Marotte von ihm.« Sie setzte sich rasch aufrecht. »Ich wollte nichts Schlechtes über ihn sagen.«

»Wir alle haben unsere Macken«, sagte Leonhardt. »Männer und Technik – das kennen Sie gewiss.«

»Ich habe von technischen Dingen leider wenig Ahnung.«

»Obwohl Ihr Mann also regelmäßig den Wagen hat warten lassen, ist es zu dem Unfall gekommen.« Henne wandte sich an Leonhardt: »Hast du eine Ahnung, wie das zueinander passt?«

»Marderschaden, zum Beispiel.«

Oder jemand hat daran herummanipuliert, dachte Henne.

»Der Flüssigkeitsbehälter war fast leer«, sagte Alexa noch einmal und zog die Decke bis zum Kinn.

»Hätte das nicht auffallen müssen?«

»Ihm bestimmt.«

»Aber?«

Alexa zuckte mit den Schultern. »Mir jedenfalls nicht. Ich habe noch nie unter die Motorhaube eines Autos geschaut.«

»Haben Sie sich verletzt?«, fragte Henne.

»Eine Prellung am Oberkörper. Ich war noch nicht angeschnallt. Der Schreck hat mich viel mehr mitgenommen.«

»Seien Sie froh, dass nichts Schlimmeres passiert ist.« Das meinte Henne ernst.

»Mittlerweile geht es mir schon wieder besser. Meine Schwägerin hat mir ein Beruhigungsmittel gegeben.«

»Gut, dass sie so schnell zur Stelle war.«

»Fleur? Sie war gar nicht da. Ein Bekannter hat mich gefunden und ins Haus gebracht.«

In Henne meldete sich dunkel die Erinnerung an einen jungen langhaarigen Mann, der Arm in Arm mit der Königin die Straße entlanggelaufen war. »Dieser Bekannte hat sich dann wohl auch um den Wagen gekümmert, nicht?«

»Genau.«

»Sie sind sehr vertrauensselig.«

»Ich habe eine gute Menschenkenntnis, das ist alles.«

Unvermittelt sah Henne den jungen Mann vor sich, den er Arm in Arm mit Alexa beobachtet hatte. »Was dagegen, wenn ich mich umschaue?«

Alexa antwortete nicht. Sie saß regungslos wie eine Statue in der Sofaecke. Henne verzichtete darauf, ein zweites Mal zu fragen.

Lässig schlenderte er zur Tür des angrenzenden Zimmers und schaute hinein. Schrank, Schreibtisch, Stuhl, sonst nichts.

»Ihr Arbeitszimmer?«, fragte er.

»Dankwarts Reich.«

Henne machte Anstalten hineinzugehen.

»Ich nehme an, Sie haben einen Durchsuchungsbeschluss. Ansonsten sehe ich mich gezwungen, Ihnen den Zutritt zu verweigern.« Alexa reckte den Hals.

»Regen Sie sich bloß nicht auf«, erwiderte Henne. Er ignorierte den Blick, mit dem ihn Alexa zu durchbohren schien.

Leonhardt zog ein Notizbuch aus seiner Jackentasche und zückte seinen Kugelschreiber. »Ihr Mann hatte ein Konto in der Schweiz.«

Alexa wandte sich Leonhardt zu. »Er hatte mehrere Konten.«

»Doch anders als bei den übrigen Konten haben wir in seiner Wohnung keinen einzigen Bankauszug gefunden, der zu dem Schweizer Konto passt.«

Alexa zog die Decke bis unters Kinn. »Ich schlage vor, Sie wenden sich deshalb an unseren Anwalt.«

»Das haben wir bereits getan. Er weiß ebenso wenig wie wir. Falls Sie mehr wissen, sollten Sie kooperieren«, sagte Henne.

»Ich werde es mir überlegen.«

»Warten Sie nicht zu lange damit. Meine Geduld hat Grenzen.«

»Was wollen Sie damit sagen?«

»Wir können Sie auch in die Polizeidirektion bestellen. Dort ist es nicht so gemütlich wie hier. Ich persönlich halte viel davon, Personen, die meine Ermittlungsarbeit behindern, mal eben in eine Zelle zu stecken.«

»Wollen Sie mir drohen?«

»Sehr scharfsinnig.«

»Das dürfen Sie nicht, Sie sind Polizist.«

Henne hätte beinah laut aufgelacht. Alexa hatte entschieden zu viele Kriminalfilme gesehen. »An Ihrer Stelle würde ich mich nicht darauf versteifen.«

Kaum standen die Worte im Raum, fiel Henne ein, dass er womöglich in kurzer Zeit kein Polizist mehr sein würde. Vielleicht sollte er Schuster zuvorkommen und jetzt gleich den Dienst quittieren. Eine wenig begeisternde Aussicht.

»Hast du alles?«, wollte er von Leonhardt wissen.

»Bis auf die Autowerkstatt.«

»Auto-Junker, Roscherstraße«, sagte Alexa schnell.

»Sag mal, spinnst du?«, fragte Leonhardt, als sie zu Hennes Wagen liefen. »Wie konntest du der bloß mit einer Zelle drohen? Wenn das rauskommt, hast du neuen Ärger am Hals.«

Henne verzog den Mund. Wenn schon, schließlich war es sein Hals.

Während sie zurückfuhren, war weder Henne noch Leonhardt nach weiterer Unterhaltung zumute. Henne zog den Wagen schräg über die Fahrspuren des Stadtringes und bog in die Hauptstraße gen Westen ein.

»Ich habe Kohldampf«, brummte er.

»Deine Probleme möchte ich haben.« Leonhardt trommelte auf dem Armaturenbrett herum.

»Jetzt tu bloß nicht so, als müsstest du die Welt retten.«

»Das muss ich nicht, aber mir sitzt Pallauer im Nacken. Ich habe keine Ahnung, wie ich dem erklären soll, dass ich nie im Büro bin.«

»Ermittlungen, ganz einfach.«

»Wir haben nichts Handfestes vorzuweisen, schon vergessen?«

»Jammern auf hohem Niveau? Das bin ich von dir gar nicht gewohnt.«

»Du klingst, als ob du einen Plan hättest. Spuck es endlich aus, Henne.«

»Die Königin hat mich vom Schreibtisch ihres Mannes fernhalten wollen. Erstaunlich, sie steckt voller Überraschungen. Jetzt bin ich so richtig neugierig.«

»Was schlägst du vor?«

»Ich will mich auch ohne ihr Einverständnis ein wenig umsehen. Einen Durchsuchungsbeschluss brauche ich dafür nicht.«

»Du willst einbrechen«, stellte Leonhardt nüchtern fest.

»Bingo.«

»Mann, Schuster wird toben.«

»Ich bin ohnehin auf seiner Abschussliste.«

»Aber musst du es deswegen gleich übertreiben?«

Henne bog auf den Schotterweg ein, der in den Gartenverein führte und nur für Lieferanten freigegeben war. Vor der Roten Emma bremste er scharf. Leonhardt flog nach vorn, dann zurück und knallte mit dem Hinterkopf an die stählerne Abtrennung, die an den Vorderlehnen angebracht war, um Dschingis daran zu hindern, zur Frontscheibe zu klettern.

»Verdammt, musst du wie ein Verrückter fahren?«

»Komm, wir gehen essen.«

Leonhardt rappelte sich auf. »Die Rote Emma hat zu.«

»Willy weiß Bescheid.«

Sie nahmen die Hintertür durch die Küche. Willy, der auf sie gewartet hatte, präsentierte zwei Teller bis zum Rand gefüllt mit ausgelassener Grützwurst, umrahmt von Sauerkraut und Kartoffelbrei.

»Tote Oma. Mahlzeit«, sagte er.

Henne und Leonhardt nahmen im Gastraum am Stammtisch Platz, griffen zu den Löffeln und schaufelten drauflos.

»Nachschlag?«, fragte Willy, als die Teller leer waren. Henne und Leonhardt wollten. Ungefragt stellte Willy zwei Schnapsgläser dazu.

»Kaffee wäre mir lieber«, sagte Leonhardt. Sein Handy piepste, Leonhardt ging ran. Während er lauschte, verfinsterte sich sein Gesicht. Mit einem kurzen Gruß beendete er dann das Gespräch. »Das war Gitta. Pallauer hat mehrfach nach mir gefragt. Es wird Zeit, dass ich mich in der Direktion blicken lasse.«

»Ich wollte eigentlich noch bleiben«, sagte Henne.

»Kein Problem, ich fahre mit der Straßenbahn.«

Henne schaute ihm nach, als er von Willy durch die Küche zum Hinterausgang gebracht wurde.

Als der Wirt zurückkam, holte er eine Flasche Klaren aus dem Kühlschrank unter der Theke und setzte sich auf den Stuhl, auf dem eben noch Leonhardt gehockt hatte.

»Was macht deine neue Flamme?« Willys Frage kam beiläufig, und gerade deshalb meinte Henne, echte Sorge darin zu erkennen.

»Ärger«, sagte er nur.

»Das war vorauszusehen. Erika teilt nicht gern.«

»Ich hab noch nicht mit ihr geredet.«

Willy füllte die Gläser. »Es wäre besser, du beichtest es ihr, bevor sie es von anderen erfährt.«

»Meine Güte, was soll ich ihr denn sagen? Ich liebe sie. Das mit Miriam hat nichts damit zu tun.«

Willy guckte. Eine verirrte Fliege summte an der Fensterscheibe. Sonst war es still.

Henne, der eigentlich gar keine Lust mehr auf einen Klaren hatte, kippte den Schnaps hinunter, um Willys Blick auszuweichen.

»Der ist gut für die Verdauung nach dem fettigen Essen«, sagte Willy, und dann, als Henne schon hoffte, er wäre auf andere Gedanken gekommen, fügte er hinzu: »Ein Mann zwischen zwei Frauen, Henne, das geht nie gut.«

»Ja doch, ich habe es begriffen.«

»Du machst dir etwas vor. Wie lange kennen wir uns schon? Neun oder zehn Jahre?«

»So ungefähr.«

»Ich durchschaue dich ziemlich gut. Du schwankst wie ein Segler auf hoher See ohne Steuermann.«

»Netter Vergleich«, grummelte Henne. Willy hatte sich vor seinem Kneipier-Leben als Schiffskoch durchgeschlagen und musste das immer wieder anbringen. Solche blöden Anspielungen könnte er aber ruhig bleiben lassen.

»Ist aber so. Du musst dich entscheiden.«

»Als ob das so einfach wäre.« Henne seufzte. Ulrike, Erikas beste Freundin, hatte einmal ein Wort gebraucht für einen Lover, der fremdgegangen war: schwanzgesteuert. Eine treffende Formulierung, hatte Henne damals gefunden. Aber da war es auch nicht um ihn gegangen. Miriam machte es ihm leicht, sie war einfach der Typ, der Sex liebte und das auch zeigte. Und jetzt gehörte auch er zu den Schwanzgesteuerten.

Auf dem Heimweg kam Henne an einem Blumenladen vorbei. Er erinnerte sich, dass er schon gestern einen Strauß hatte kaufen wollen, suchte sich einen Parkplatz und trat ein. Die Floristin empfahl rote Rosen, wahrscheinlich ihr Allheilmittel, doch er fand Rosen zu abgeschmackt und entschied sich für eine Sonnenblume garniert mit Grünzeug und einer großen gelben Schleife.

Er platzierte den Strauß auf dem Beifahrersitz und achtete während der Fahrt darauf, dass er nicht herunterfiel. Zu Hause angekommen, beeilte er sich, die Blumen nach oben in die Wohnung zu bringen.

Erika war nicht da. Er stellte den Strauß in eine helle Vase mitten auf den Küchentisch. Die Sonne malte Kringel auf den Boden, Staubkörnchen tanzten im Licht. Auf einmal fühlte er sich überflüssig und fehl am Platz. Er sollte arbeiten, anstatt in der Wohnung herumzustehen wie Besuch.

Als er in den Spiegel im Korridor schaute, erschrak er. Graue Haut und ein paar Falten waren in seinem Gesicht zu sehen, die gestern noch nicht da gewesen waren. Er kam sich unendlich alt vor.

Ein Schlüssel drehte sich im Schloss. Erika stand in der Tür. Sie trug das hellblaue Shirt, das Henne an ihr so liebte.

»Nanu, du bist schon da?«, sagte sie.

Henne nahm ihr die Einkaufstüte ab und brachte sie in die Küche. »Ich habe frei.«

»Ist dein Fall schon aufgeklärt? Das dürfte ein neuer Rekord sein, acht Tage.«

»Hm.«

»Ich freue mich für dich. Eigentlich wollte ich am Nachmittag zu Manuela, aber wenn du schon mal da bist, können wir auch etwas gemeinsam machen.«

»Du kennst Leonhardts Frau?« Komisch, das hatte Leonhardt nie erwähnt.

»Es hat sich einfach ergeben. Ich helfe ihr mit den Kindern. Spielen, spazieren gehen und so.«

Henne dämmerte unversehens, woher Erikas plötzlicher Wunsch nach einem Baby stammte. »Lass dich von mir nicht abhalten.«

»Ach was, ich würde wirklich gern bei dir bleiben. Wir sollten uns ohnehin einmal richtig aussprechen. Bisher war dafür nie Zeit.«

Das saß.

Auch wenn sich Erika bewusst neutral ausdrückte, wusste er, was sie meinte. Wenn sie keine Zeit füreinander hatten, lag das in erster Linie an ihm.

Henne fuhr sich durchs Haar, strich die Narbe entlang, zwirbelte seinen Bart und verbarg die Hände schließlich auf dem Rücken. Er sollte sich um seine Frau kümmern, statt sich mit Miriam Jakob auf dem Boden zu wälzen. Er hoffte inständig, dass Erika ihm das schlechte Gewissen nicht ansah.

Eine unbegründete Sorge. Erika schien überhaupt nicht auf ihn zu achten. Sie war damit beschäftigt, den Einkauf in die Schränke zu sortieren. »Was wollen wir unternehmen? Kino? Da kann man sich nicht unterhalten. Lieber spazieren gehen?«

»Sei nicht böse, aber mir fällt gerade ein, ich muss noch etwas erledigen. Hätte ich beinah vergessen.« Henne hoffte, dass er ehrlich klang.

Erika hatte die letzte Tüte im Schrank verstaut und richtete sich auf. Sie warf ihm einen schnellen Blick zu, dann steckte sie eine Tüte Gummibärchen in ihre Handtasche.

»In Ordnung, Manuela wird sich freuen. Ich bin gegen Abend zurück. Danke übrigens für die Blumen.« Sie küsste ihn flüchtig aufs

Kinn und ging in den Flur. Henne hörte ihren Schlüsselbund klappern. Dann knallte die Tür ins Schloss. Er war allein.

Henne holte das Wurstpaket aus dem Kühlschrank, gab Dschingis, den das Geräusch der sich öffnenden Kühlschranktür angelockt hatte, eine Scheibe Salami und steckte sich dann selbst eine in den Mund.

»Ich bin ein Feigling, mein Lieber.« Er kaute mit vollen Backen.

Dschingis hechelte und beschenkte sein Herrchen mit einem klebrigen Sabberfaden.

Henne warf einen Blick in den Futternapf. Er war bis an den Rand gefüllt. Trotzdem legte er eine Scheibe Wurst obendrauf. »Sei brav, ich bin bald wieder da.«

Suspendierung hin oder her, er brachte es nicht fertig, Pallauer den Fall zu überlassen. Henne setzte sich in seinen Wagen und fuhr noch einmal zur König-Villa hinaus. Es konnte nicht schaden, sich bei Tageslicht gründlich umzuschauen, damit er sich des Nachts besser zurechtfand. Wenn schon ein Einbruch, dann mit allem Drum und Dran. Das hieß auskundschaften, tarnen, anschleichen, das Schloss knacken, zuschlagen.

So sein Plan, doch als er vor der Villa vorfuhr, konnte er gerade rechtzeitig anhalten, um den Sportwagen vorbeizulassen, in dem Alexa aus der Einfahrt kam. Umgehend wendete Henne und folgte ihr.

Eine Zeit lang hatte er den Verdacht, dass sie nur ziellos durch die Gegend fuhr, doch dann schlug sie die Richtung nach Wurzen ein. Keine Ahnung, was sie in der verschlafenen Kreisstadt wollte. Wurzen war kein Ziel für eine mondäne Dame aus der Model-Branche. Obwohl die Stadt durchaus Sehenswertes zu bieten hatte – Ringelnatz und Jakobsweg zum Beispiel.

Die B 6 war mäßig befahren. Borsdorf, Machern, Bennewitz, die Orte flogen nur so vorbei. Alexa war eine flotte Fahrerin, die offensichtlich etwas gegen Geschwindigkeitsbegrenzungen hatte. Kaum lag ein Auto zwischen ihnen, musste Henne überholen, um sie nicht aus den Augen zu verlieren. Er hatte Mühe, sich unauffällig im Hintergrund zu halten. Im Stillen beglückwünschte er sich, dass sie nicht auf den Folgeverkehr achtete, denn sonst hätte sie ihn unweigerlich entdeckt.

Sie querten die Mulde. Nach dem Jahrhunderthochwasser 2002

war Henne als Helfer vor Ort in Dehnitz gewesen, hatte geschaufelt und geschleppt. Jetzt war der Wasserpegel auf das normale Maß abgesunken.

Er überlegte, was Ringelnatz wohl aus dem Hochwasser gemacht hätte.

Den Flusse hoch und runter
tummelt ein Schwall sich munter,
trifft auf einen verrückten Barsch,
denkt sich dabei …

»Himmel, Sakrament, du Arsch!«

Henne stieg auf die Bremse. Ein Auto hatte ihn überholt und war kurz vor ihm wieder eingeschert. Fast hätte es geknallt.

Gerade noch rechtzeitig bemerkte er, dass Alexa vor ihm das Tempo zügelte und die Abfahrt Richtung Westrand des Zentrums nahm, wo sich Dom und Schloss von Wurzen auf einem Hügel erhoben.

Sie bog in die Auffahrt zum Schloss ein. Das Schloss beherbergte ein Hotel. Wenn Alexa überhaupt ein Ziel hatte, dann konnte es nur das Hotel sein. Was auch immer sie dort hinführte, er würde es bald wissen. Das Gelände war überschaubar, er konnte sie nicht aus den Augen verlieren. Mit dem Auto allerdings würde er auffallen. Henne stellte seinen Wagen auf dem Marktplatz ab und ging zu Fuß weiter hoch zum Schloss.

Die Sonne hatte das Pflaster aufgeheizt, und Henne kam ins Schwitzen. Zwischen den hellen Mauern des Schlosshofes war es angenehmer. Ein laues Lüftchen wehte über die akkurat angelegten Wege, die sich an den Rasenflächen entlangzogen. Männer und Frauen standen in Grüppchen herum oder saßen unter den Sonnenschirmen und tranken Wasser und Kaffee.

Henne hielt einen vorbeieilenden Kellner an. »Ist ja mächtig viel los heute.«

»Fachtagung Stadtumbau Ost, wir sind ausgebucht«, erklärte der Mann und lief schon wieder weiter.

Henne ging die Mauer entlang. Alexa König war nirgends zu sehen. Vielleicht hatte er drinnen mehr Glück.

Er lugte durch die gläserne Tür des Eingangsbereiches. Alexa König stand neben dem Empfangstresen des Hotels und war in eine Unterhaltung vertieft. Das enge rote Kleid, das sie trug, brachte ihre schlanke Figur bestens zur Geltung. Sie zog alle Blicke auf sich. Ihr Gesprächspartner war Paul Kommering, der Baudezernent. Sein dunkler, hochgeschlossener Anzug ließ ihn wie einen Pfarrer wirken. Was zum Teufel hatten die beiden miteinander zu tun?

Henne drückte sich eng an die Hauswand und beobachtete sie durch die Glasscheibe. Alexa gestikulierte und sprach erregt auf Kommering ein.

Der schüttelte den Kopf wie ein Wackeldackel. Er konnte gar nicht mehr aufhören mit dem Kopfschütteln. Die beiden stritten sich, das war unübersehbar. Henne hätte zu gern gewusst, worum es ging, doch er konnte kein Wort hören. Er musste hinein in die Empfangshalle und näher heran.

Alexa redete weiter auf Kommering ein, ihr schönes Gesicht war verzerrt, die Augen weit geöffnet. Sie fasste Kommering am Arm, der lachte und schüttelte sie ab. Einen Moment stand Alexa mit geöffnetem Mund da und starrte ihn an. Dann drehte sie sich abrupt um und stürmte aus dem Hotel, keine zwei Meter von Henne entfernt. Sie schien ihn jedoch nicht gesehen zu haben.

Kommering folgte ihr gemächlich. Henne blieb keine Zeit, zu verschwinden, denn schon hatte Kommering ihn entdeckt.

»Sieh da, der Oberkommissar. Was treibt Sie in Sachsens Weiten?«

»So weit ist Wurzen nun auch wieder nicht.«

»Eine schöne Stadt, was? Aufwendig saniert und restauriert dank der Städtebaufördermittel von Bund und Land.«

»Hübsch.« Bestimmt hätte auch König gern hier gebaut. Zogstädt hatte jedoch gesagt, dass König nur in Leipzig Aufträge bekommen hatte. »Sie sind beruflich hier?«

»Eine Tagung, das Übliche«, erwiderte Kommering. »Es gibt Vorträge, Diskussionen und Workshops. Wenigstens geht das Ganze nicht länger als einen Tag. Morgen bin ich wieder im Amt.«

Henne fragte sich, wo Alexa König morgen sein würde. Im Moment war sie gewiss längst wieder auf dem Weg nach Leipzig, sie war davongestürzt, als wäre sie auf der Flucht.

»Welche Rolle spielt eigentlich Frau König bei der Tagung?«

Kommering knöpfte seine Anzugjacke auf und vergrub die Hände in den Hosentaschen. »Keine. Das war ein rein privates Treffen.«

»So, so.«

»Was wollen Sie damit sagen?« Kommering nahm die Hände aus den Taschen, als bereitete er sich auf einen Schlagabtausch vor. Eine Vorstellung, die Henne belustigte. Mit ihm konnte es so leicht niemand aufnehmen.

»Ich dachte, sie besucht die Tagung. Als Bauunternehmerin sozusagen.« Henne lächelte.

»Kaum. Erstens war ihr Mann der Unternehmer, und zweitens verfügt sie gar nicht über die erforderliche Kompetenz, um einer Fachtagung folgen zu können.«

Anders ausgedrückt, Kommering hielt sie für dumm. Eine Ansicht, mit der er nicht alleine stand. Königs Schwester dachte da sicher ähnlich.

»Ihre private Beziehung …« Er zögerte, um den Anschein zu erwecken, es wäre ihm unangenehm, das Thema anzuschneiden. »Welcher Art ist die?«

Kommering winkte ab. »Ich habe Frau König heute zum ersten Mal gesehen und hoffe, dabei bleibt es auch.«

»Wollte sie etwas von Ihnen?«

»Da sei Gott vor!«

»Immerhin hat sie den Weg von Leipzig auf sich genommen.«

»Ich habe ihr das Treffen vorgeschlagen, weil es eine Sache zwischen uns zu klären gibt, die keinen Aufschub duldet.«

»Lassen Sie mich raten: Dankwart König hat die städtischen Beamten bestochen.«

Kommering grinste amüsiert, und Henne ahnte sogleich, dass er mit seiner Vermutung falschlag.

»Die Untersuchungen in meinem Dezernat laufen noch. Bis jetzt hat sich noch kein Anhaltspunkt für eine Bestechung ergeben«, sagte Kommering.

»Warum wollten Sie Frau König denn treffen?«

»Wie ich schon sagte, aus privaten Gründen. Unser Treffen hat nichts mit dem toten König zu tun.«

Henne trat dicht an Kommering heran und schaute auf ihn hinab. »Sie sagen mir, worum es zwischen Ihnen ging, und ich entscheide, ob das mit dem Mord in Verbindung steht oder nicht.«

»Ein Einschüchterungsversuch? Zieht bei mir nicht.« Kommering trat zur Seite und ließ Henne ins Leere blicken. Mit drei langen

Schritten war er an der Glastür. »Die Pause ist vorbei, ich muss zurück. Freut mich, Sie hier getroffen zu haben. Ihr Chef wird stolz auf Sie sein, wenn ich ihm berichte, wie fleißig Sie sind.« Mit einem Lächeln, das irgendwo zwischen Höflichkeit und Abscheu lag, ließ er Henne stehen.

»Scheißkerl.« Das war alles, was Henne dazu einfiel. Schuster würde toben. Gedankenversunken lief Henne zu seinem Auto. Auf der Rückfahrt fasste er das Ergebnis zusammen. Zwischen Alexa und Kommering gab es eine Verbindung. Noch wusste er nicht, was die beiden verband. Trotzdem beschloss er, das Ergebnis als Erfolg zu werten.

Der Kulkwitzer See lag glatt und ruhig in der frühabendlichen Sonne. Möwen schaukelten auf den Wellen des klaren Wassers, ein Schwanenpaar gründelte am Schilfgürtel neben dem Zeltplatz nach Wasserpflanzen. Von fern war das Quietschen der Straßenbahn an der Wendeschleife zu hören.

Henne stand auf dem asphaltierten Weg oberhalb der Badestelle und blickte auf das Wasser. Ursprünglich hatte er ins Sportbad an der Elster zum Schwimmen gewollt. Dort war es jedoch zu voll gewesen und so war er weitergefahren. Eher zufällig hatte es ihn hierher in den äußersten Westen der Stadt verschlagen, ins Randgebiet Lausen, direkt am Kulkwitzer See.

Am Ufer hockte ein Angler auf einem Campingstuhl. Henne lief die Böschung hinab und gesellte sich dazu. Schweigend starrte er auf die Pose, die unbeweglich im Wasser hing.

Der Angler nahm eine Bierflasche aus dem neben ihm stehenden, mit Wasser gefüllten Eimer. Mit einem Plopp flog der Kronkorken ins Gras.

»Sie beißen heute nicht«, murmelte er.

Henne ging weiter. Je länger er lief, umso unruhiger wurde er. Ein paar hundert Meter weiter, auf der Höhe des Ortseingangsschildes zu Markranstädt, drehte er um. Angler hatten nicht immer Glück, manchmal bissen Fische an, manchmal nicht. Es wurde verdammt noch mal Zeit, dass endlich auch bei ihm ein Fisch am Haken hing. Ob Hai oder Hering, Königs Mörder war gefährlich, er musste an Land gezogen werden.

FÜNFZEHN

Längst hatte die Nacht dunkle Schatten über die Stadt gelegt, und noch immer stand Henne am Fenster des Wohnzimmers und schaute hinaus. Seit Kommerings Drohung schwankte er, ob er seinen Plan wirklich durchführen sollte. Konnte er es riskieren, bei Alexa einzubrechen, oder würde ihm das endgültig die Entlassung bescheren? Noch nie war er so unsicher gewesen wie jetzt.

»Siehst du da draußen etwas Spannendes?« Erika stellte sich barfuß und im Nachthemd neben ihn.

»Ich denke nach.«

»Aha.«

Er legte den Arm um sie, und sie kuschelte sich an ihn.

»Mein Fall ist ziemlich verzwickt«, sagte Henne leise. »Ich weiß einfach nicht weiter.«

»Ich dachte, er wäre gelöst.«

»Schuster hat mich suspendiert.«

Erika machte sich los und sah ihn überrascht an. »Erzähl es mir.« Sie zog ihn zur Couch. Dann ging sie zum Barschrank und füllte zwei Gläser mit Meißner Obstbrand. »Vielleicht spricht es sich damit leichter.«

Henne berichtete, was sich seit dem Fund der Leiche zugetragen hatte. Er ließ nichts aus, beschönigte nichts, auch nicht die Sache mit Miriam. Als er endete, war die Flasche nur noch halb voll, und er suchte in Erikas Gesicht nach einem Zeichen, was sie wohl denken mochte.

Erika hockte ihm wie erstarrt gegenüber.

»Warum sagst du nichts?« Henne griff erneut zur Flasche.

Eine Träne rann Erikas Wange hinunter, eine weitere folgte und noch eine, und dann weinte sie richtig.

Henne konnte nicht verhindern, dass bei ihrem Anblick sein Gedicht in ihm sang: *Den Flusse hoch und runter tummelt ein Schwall sich munter …* Lachen stieg in ihm auf und schlug in ein Schluchzen um. Er stand auf, schwankte und ging vor ihr auf die Knie. »Ich bin ein Esel«, flüsterte er und umschlang sie.

Die ganze Qual brach sich Bahn: Erika, Miriam, Schuster, der Job. Er klammerte sich an sie.

Sie schob ihn von sich weg. »Zuerst musst du dir über deine Gefühle klar werden.«

»Das bin ich. Ich liebe dich.« Henne nahm ihre Hand.

Traurig sah sie ihn an. »Du bist voreilig, mein Lieber.«

»Ich weiß genau, ich liebe nur dich.«

»Wirst du diese Frau wiedersehen?«

»Ich nehme es an, aber rein dienstlich.«

»Du bist nicht mehr im Dienst.«

Natürlich hatte sie recht, doch er war überzeugt, dass er noch immer Polizeiarbeit leistete. Er ermittelte, er kombinierte, er zog Schlüsse. Aus Erikas Mund klang die Wahrheit viel grausamer als bei Schuster. »Verdammt, ich will diesen Fall lösen. Pallauer wird es vermasseln. Am Ende läuft draußen ein Mörder ungestraft herum.«

»Was, wenn es diese Miriam Jakob war?«, fragte Erika. Ihre Stimme war sanft, aber ihre Augen glitzerten hart.

Wieder hatte sie ihn überrascht. Er zögerte. Aber selbst wenn er alle persönlichen Gefühle beiseiteließ, sagte der Kommissar in ihm, dass Miriam keine Mörderin war.

»Schon gut, spar dir die Antwort.« Erika atmete tief ein und aus. Langsam erhob sie sich und ging zur Tür.

»Erika!«

Sie verschwand im Schlafzimmer. Der Schlüssel knirschte im Schloss. Sie hatte ihn ausgesperrt.

Trübsinnig machte Henne sich über den restlichen Obstler her. Gegen Morgen fiel er in einen unruhigen Schlaf. Er träumte, dass Mayerwill und Erika ihn durch Königs Wohnung jagten, beide in blutrote Korsagen und Strapse mit roten Strümpfen gekleidet. In der Küche hockte Schuster nackt auf der Spüle. Er flüchtete ins Bad, wo Miriam auf ihn wartete und ihm ihre nasse Unterwäsche ins Gesicht schleuderte. Kaum hatte er sie beiseitegeschoben, traf sie ihn erneut. Er drehte den Kopf zur Seite und griff nach der Wäsche.

Ein Japsen und Hecheln drang an sein Ohr. Die Wäsche fühlte sich auf einmal pelzig an, wie Fell. Henne blinzelte einige Male, dann öffnete er mühsam die Augen und schaute direkt in Dschingis' Schnauze. Die Hundezunge schnellte hervor und wischte über seine Nase. Unwillig schob er den Hund von sich. Henne schluckte, sein Hals war rau, der pelzige Geschmack erinnerte ihn an den Obstler.

Er schaute auf seine Armbanduhr. Die Zeiger verschwammen,

er kniff die Augen zusammen und riss sie gleich darauf wieder auf. Kurz nach zehn. Er sollte ausgeruht sein, doch er fühlte sich wie zerschlagen.

Stöhnend kam Henne auf die Beine und tastete sich ins Badezimmer. Erleichtert ließ er sich dort auf die Toilette fallen. In seinem Kopf marschierte eine Terrakottasoldaten-Armee im Gleichschritt herum.

Die Dusche hatte jegliche Verlockung verloren, doch er raffte sich auf und schaffte es immerhin, den Hahn aufzudrehen. Als er nackt unter dem Strahl stand, trieb ihm das kalte Wasser Tränen in die Augen, und er schnappte nach Luft.

Er fand den Hebel zur Temperaturregelung, stellte ihn auf warm und ging erschöpft in die Hocke. Das Wasser strömte über ihn hinweg. Nebel füllte das Bad und hüllte ihn wie eine weiche Decke ein.

Erika wusste endlich Bescheid, und obwohl Henne vor ihrer Reaktion graute, fühlte er sich, als wäre ein Felsbrocken von ihm genommen. Nun lag es an ihr, wie es mit ihnen weitergehen sollte. Er konnte nur hoffen, dass sie ihm noch einmal verzeihen würde.

Das Schrillen des Telefons riss ihn aus der nassen Wärme. Er stellte das Wasser ab, lief in den Flur und nahm den Hörer aus der Halterung. Es war Leonhardt, der in zehn Minuten zum Frühstück vorbeischauen wollte.

Henne schlüpfte in ein Holzfällerhemd und eine alte Cordhose, die ausgeleiert, aber herrlich bequem war. Zwei Minuten später zog er das Hemd wieder aus. Der dicke Stoff war entschieden zu warm. Er wählte ein lockeres T-Shirt.

Als Leonhardt schellte, brodelte der Kaffee in der Maschine.

»Hast du eine Poolparty gefeiert?« Leonhardt zeigte auf die nassen Flecken im Flur, Überbleibsel von Hennes Spurt zum Telefon.

»Komm in die Küche.«

Leonhardt hatte Brötchen mitgebracht, und Henne legte sie in ein Körbchen und verteilte alles, was der Kühlschrank hergab, auf dem Tisch. Eine Weile kauten sie schweigend.

»Was gibt es?«, fragte Henne schließlich.

Leonhardt stopfte sich den Rest seines Brötchens in den Mund und sah sich nach einer Serviette um. Wortlos reichte ihm Henne ein Stück Küchenkrepp.

Nachdem sich Leonhardt umständlich den Mund abgewischt hatte, sagte er: »Pallauer hat einen Ermittlungs-Stopp verordnet. Er will erst die Akten sichten.«

»Herrgott, das kann ja ewig dauern.«

Pallauer ging der Ruf voraus, sein Team wäre nicht aufgrund, sondern *trotz* seiner Führung erfolgreich. Er war ausgesprochen pflichtgetreu und stellte das strikte Einhalten der Vorschriften über alles. Er war ein aufgeblasener, selbstbewusster Wichtigtuer, ein bestens geeigneter Beamter eben, von denen es reichlich in der Direktion zu finden gab. Henne dagegen war lieber ein guter Ermittler als ein perfekter Paragrafenreiter.

»Und was gibt's bei dir?«, fragte Leonhardt. »Du warst gestern nicht mehr zu erreichen.«

»Wurzen«, antwortete Henne, während er noch auf einem Salamibrötchen kaute.

Leonhardt guckte verständnislos.

»Ich bin der König nach Wurzen gefolgt, und wen trifft sie da? Den Kommering.«

»Donnerwetter.« Leonhardt schnalzte mit der Zunge.

»Angeblich privat, aber ich traue dem Hund nicht über den Weg.«

Dschingis reckte den Hals.

»Du warst nicht gemeint«, sagte Henne und warf ihm ein Stückchen Wurst zu.

»Hast du irgendeine Vermutung, was zwischen den beiden läuft?«, fragte Leonhardt.

»Ich bin ahnungslos wie ein Baby.«

»Gib mal einen Zettel und Stift.«

»Wozu das denn?«

»Mach einfach.«

Henne riss ein Blatt Papier von einem Notizblock ab und reichte Leonhardt einen Kuli. Der malte kleine Figuren auf den Zettel, die er mit Namen versah. In die linke obere Ecke kam Alexa König, daneben Miriam Jakob, unten rechts Heiligenbrand und Gordemitz, links unten Selling und am Rand Zogstädt und Kommering. Dankwart stand in der Mitte.

»Dann mal los«, sagte Leonhardt. »Wer steht wie mit wem in welcher Beziehung?«

Gemeinsam brüteten sie über dem Blatt, zogen Striche und Verbindungen, diskutierten, überschrieben, diskutierten erneut.

»Gordemitz scheidet aus«, sagte Henne. »Der verliert mit Königs Tod am meisten.«

»Die Jakob?«

Henne rieb sich die Narbe. »Sie hat ein Motiv«, sagte er zögernd. »Rache. König hatte sie kurz vor seinem Tod verlassen.«

Leonhardt starrte Henne an.

Henne starrte zurück. »Was ist?«

»Das höre ich jetzt zum ersten Mal. Ich will nicht hoffen, dass du es absichtlich verheimlicht hast.«

»Ich verheimliche gar nichts«, knurrte Henne.

Leonhardt widmete sich wieder ihrem Papier. »Gut, die Jakob hatte also ein Motiv. Alexa König ebenfalls, sie erbt schließlich das Ganze.«

»Wobei noch unklar ist, woraus genau das Ganze besteht.«

»Die Grundstücke dürften ihr sicher sein«, sagte Leonhardt.

»Falls sie nicht belastet sind.«

»Wenn Habgier als Motiv ausscheidet, bleibt aber immer noch die Angst, mittellos dazustehen. König wollte sie verlassen, das hat zumindest seine Schwester gesagt.«

»Die hast du in deinem schönen Gemälde vergessen«, sagte Henne.

Leonhardt nahm den Zettel, der mittlerweile wie ein Schnittmuster aussah, und fügte Alexa Fleurs Namen hinzu, direkt unter Dankwart König. »Warum sollte sie den eigenen Bruder umbringen?«

»Mach ein Fragezeichen.«

Leonhardt tat, wie ihm geheißen. »Kommen wir zu Heiligenbrand. Der ist nach wie vor reichlich undurchsichtig.«

»Eines hast du bislang außer Acht gelassen«, warf Henne ein. »Keiner unserer Verdächtigen hat den Erpresserbrief geschrieben.«

»Das können wir nicht mit Bestimmtheit sagen.«

»Zumindest hat Beuthe die Fingerabdrücke nicht zuordnen können.«

»Im Bericht steht, dass es keine gab. Von Königs abgesehen.«

»Sonderbar.«

»Das finde ich nicht. Der Erpresser hat eben Handschuhe getragen.«

»Einer, der sich für besonders schlau hält, was?«

»Der große Unbekannte«, murmelte Leonhardt.

»Irgendwo hockt ein Fehler. Irgendetwas haben wir übersehen.«

»Vielleicht findet es Pallauer in den Akten.«

Henne wischte Leonhardts Einwand mit einer ungeduldigen Handbewegung beiseite. Pallauer würde nichts herausfinden. Dazu war er viel zu sehr von den eigenen Fähigkeiten überzeugt, hinterfragte nichts und schien schon alles zu wissen, noch ehe überhaupt Fakten vorlagen.

»So ein Stück Papier muss doch jede Menge DNS-Spuren aufweisen«, sagte Henne.

»Tut es eben nicht, das steht in Beuthes Laborbericht. Pallauer gibt sich damit zufrieden. Der Brief interessiert ihn nicht.«

»Wenn du den Namen noch einmal aussprichst, fange ich an zu schreien.«

»Meinetwegen, das soll befreiend wirken.«

»Wie es aussieht, stecken wir gehörig fest.«

»Eben.« Leonhardt faltete den Zettel zusammen.

»Ich sehe nur einen sinnvollen Weg. Wir müssen an Königs Schreibtisch ran. An seinen Computer übrigens auch.«

»Du bist also immer noch der Meinung, dass ein Einbruch eine gute Idee wäre?«

»Hast du eine bessere?«

Leonhardt schüttelte den Kopf.

»Heute Nacht, abgemacht?«

»Also gut. Ich gebe dir Rückendeckung.«

»Lass mal, ich mache es allein. Es reicht, wenn ich von Schuster rausgeschmissen werde. Du bist viel zu gut, als dass die Leipziger Kripo auf dich verzichten könnte.«

Leonhardt stand auf und reckte die Faust. »Einer für alle, alle für einen.«

»Mein tapferer Musketier.« Henne grinste.

»Lass bloß nicht Frank hören, dass ich einen Filmspruch losgelassen habe.«

»Versprochen. Aber jetzt mach dich vom Acker, ich muss ausgeschlafen sein.«

»Anständige, normale Leute schlafen nachts.« Leonhardt packte seine Sachen zusammen.

»Ich bin weder anständig noch normal.«

Als Leonhardt schon die Klinke in der Hand hatte, entgegnete er: »Niemand weiß das besser als ich.«

Kaum war Leonhardt fort, machte sich auch Henne auf den Weg. Heute würde ihn nichts und niemand davon abhalten, einige Runden im Wasser zu drehen.

Im Schwimmbad roch es wie immer schon im Eingangsbereich nach Chlor. Henne zahlte eine Stundenkarte und begab sich in die Umkleidekabine. Er suchte eine Weile, ehe er einen freien Spind fand. Als er aus der Jeans schlüpfte, trat er in eine Pfütze. Knurrend hängte er die nasse Socke über den Kleiderbügel. Wenn er Glück hatte, trocknete sie, bis er sich später wieder anzog.

Er duschte ausgiebig und trat durch die Pendeltür in die Halle. Es war voll. Grauhaarige Köpfe, wohin er auch schaute. Seniorentag. Dabei hatte er absichtlich die Mittagszeit gewählt.

Gingen die älteren Herrschaften denn nicht zum Essen? Es hieß ja, im Alter hätte man nicht mehr so viel Appetit. Oder vielleicht waren sie am Ende so wie er davon ausgegangen, dass sie zu dieser Zeit das Bad für sich allein hatten.

Henne stellte seine Badelatschen an einem Startblock ab. Mit einem Sprung hechtete er über die Köpfe der am Beckenrand hängenden Rentner ins Nass.

»Das is keen Spielplatz, mei Gudster«, schimpfte eine Dame in einem Badeanzug, der ihr vermutlich vor einigen Jahren mal gepasst hatte. Seine Träger hatten sich tief in das Fleisch ihrer Schultern gegraben.

Henne kraulte davon. Am gegenüberliegenden Beckenrand sah es nicht besser aus. Auch dort klammerten sich die älteren Semester am Rand fest, als wären sie kurz vorm Ertrinken. Wie Ölsardinen in der Büchse, fehlte bloß noch, dass sie ihr Kaffeekränzchen dabei abhielten. Henne drehte ab.

Zwanzig Bahnen später war er so erschöpft, dass ihn die Nähe der wassertretenden Altweiberbeine nicht länger abschrecken konnte. Er steuerte eine Stelle zwischen zwei Frauen an, die in ein reges Gespräch vertieft waren.

»Sag ich doch«, bemerkte die eine gerade, als Henne direkt neben ihr aus dem Wasser tauchte. Ein empörtes »Huch« war die Folge.

»Mahlzeit«, sagte Henne und lächelte die beiden an. Die eine der

Frauen trug eine Badekappe, die aus lauter Blüten zu bestehen schien. Ein beachtliches Exemplar. Die andere hatte eine rot-weiß gestreifte Schwimmkappe auf dem Kopf. Keine der Frauen schien jünger als siebzig zu sein.

Die mit der Blumenbadekappe rückte ein Stückchen zur Seite. »Sie sind ja ganz außer Atem, mein Lieber.«

»Das gibt sich gleich.«

»Sie sehen kräftig aus. Ja, die Jugend.«

Henne bereute schon, dass er sich ausgerechnet diese Stelle zum Ausruhen ausgesucht hatte, da schob die Frau ihre auf die Nasenspitze gerutschte Brille nach oben und musterte ihn durch die dicken Gläser. Der Ausdruck in den übergroßen blassblauen Augen jagte ihm einen Schauer über den Rücken.

Er lächelte noch breiter, doch war er selbst überrascht, als es zu helfen schien. Der Blick der alten Frau ließ ihn los, allerdings nur, um weiter über seinen Körper zu wandern.

Er konnte es nicht verhindern, dass die Frau seinen Bauch, zumindest den Teil, der aus dem Wasser ragte, begutachtete und dann erneut seine Augen suchte.

»Schicke Narbe«, sagte sie und winkte in seine Richtung. Wassertropfen landeten auf Hennes Haut. »Die stammt wohl von einer Schlägerei?«

Henne blieb keine Zeit für eine Antwort, denn die Frau setzte übergangslos hinzu: »Ich bin Yvetta Magdalena Helene. Neben Ihnen ist meine Schwester Lotte.«

»Natürlich, Lotte, naheliegend.«

»Und wie heißen Sie?«

»Mustafa«, sagte Henne.

»Wie exotisch. Ich kannte mal einen Mohamed ...«

»Yvi!« Lotte hob die Hand.

»Mohamed war eine Urlaubsbekanntschaft, sehr attraktiv und so freundlich. Leider hatten wir wenig Zeit füreinander, wie das eben so ist. Selbst der schönste Urlaub geht einmal zu Ende.« Yvi fuhr sich über die runzligen Lippen. »Sie sind nicht von hier, ich hätte Sie sonst bestimmt schon gesehen.«

Henne wischte sich das Wasser aus dem Gesicht. Er war zum Schwimmen hergekommen und nicht, um in den wie eine Mühle laufenden Redefluss einer neugierigen Dame zu geraten.

»Wie nun – sind Sie von weit her?«

Henne riss sich zusammen. »Von unheimlich weit her.« Es klang schroffer als beabsichtigt, doch er ahnte, dadurch würde Yvi sich nicht zum Schweigen bringen lassen. Menschen wie sie konnten nicht den Mund halten, selbst dann nicht, wenn man ihn ihnen mit einem Korken verschließen würde. Er gab sich noch eine Minute, dann würde er eine andere Stelle suchen, an der er sich ausruhen konnte. Dumm, dass am Beckenrand keine andere Stelle frei war.

»Lassen Sie mich raten: Sie sind beruflich in der Stadt.« Yvi hatte eine Strähne von undefinierbarer Farbe unter ihrer Badehaube hervorgezupft. »Ich wette, Sie sind Musiker oder Schauspieler.«

»Yvetta!« Lottes Tonfall erinnerte Henne an seine Mutter. Doch Yvi würde genauso wie er auf den energischen Tadel nur so reagieren, indem sie auf Durchzug schaltete.

»Ich hab es! Sie sind Bodyguard«, sagte Yvi da auch schon. »Einer, der Damen begleitet. Klar, bei Ihrem Körperbau. Dass ich nicht eher darauf gekommen bin. Was halten Sie davon, wenn ich Sie engagiere?« Ihr Gebiss klackte in die alte Stellung zurück.

»Yvetta Magdalena!« Lotte griff über Henne hinweg nach dem Arm ihrer Schwester und zerrte daran. »Lass ihn in Ruhe, du siehst doch, dass er sich nicht unterhalten will.«

Eilig tauchte Henne unter und kam erst in der Mitte des Beckens wieder hoch. Selbst von dort aus konnte er Lottes Stimme noch laut hören. Offenbar ging sie heftig mit der flotten Yvi ins Gericht. Doch es war vergebens. Yvi winkte ihm zu und rief etwas übers Wasser, das nach einer Telefonnummer klang. Auf schnellstem Wege flüchtete Henne in die Umkleidekabine. Unter der Dusche merkte er, dass er seine Badelatschen am Startblock liegen lassen hatte. Er ließ sie, wo sie waren.

Er duschte in Windeseile und zog sich an. Bevor er ging, linste er vorsichtig in den Eingangsbereich. Weder von Yvi noch von Lotte eine Spur. Erleichtert machte er, dass er zum Auto kam.

Auf dem Nachhauseweg wollte er schnell noch ein paar Brötchen in der Bäckerei Mansfelder kaufen. Er stieß die Tür auf und schrak im selben Augenblick zurück. Zu spät. Gitta hatte ihn schon gesehen. Mit ausgebreiteten Armen kam sie auf ihn zu. Auf ihrem Kopf prangte ein Dutt, der dunkelrote und violette Haarsträhnen enthielt. Zu jugendlich, wie Henne fand, denn Gitta sah ungewöhnlich alt aus, richtig sorgenvoll. Dicke Ringe unter den Augen, Kummerfalten auf Nase und Stirn.

»Mensch, Henne. Was für eine Überraschung.«

»Hallo, Gitta«, begrüßte Henne sie. »Dir scheint's ja nicht gut zu gehen.«

»Man sieht es mir also schon an.«

»Nichts für ungut, aber ja. Ich sehe es.«

Gitta guckte traurig. »Stimmt, es geht mir richtig mistig. Pallauer macht uns das Leben zur Hölle.«

»Wieso hast du überhaupt etwas mit dem zu tun?«

»Seit er die SoKo leitet, macht er selbst vor dem Empfang nicht halt. Wir sollen ihn unterstützen, er beruft sich auf Schuster. Im Klartext heißt das, wir müssen mit seinen Launen auskommen.«

»Oje.«

»Gestern zum Beispiel. Es war schon spät, alle waren weg, bis auf mich. Ich hätte früher Schluss machen sollen, kann ich dir sagen. Pallauer hat mich verdonnert, einen Brief für ihn zu schreiben. Auskunftsersuchen nach irgendwo am Rande der Zivilisation. Rate mal, wie lange er mich beschäftigt hat.«

»Dreißig Minuten?«, fragte Henne. Pallauer war für seine Ausdauer bekannt.

»Zwei geschlagene Stunden.«

»Aber das ist doch bloß ein Formular.«

»War es, mein Lieber. Pallauer gefiel weder Text noch Aufbau, also musste ich das gesamte Ding überarbeiten. Sieben Mal.«

»Wenn das der Bund der Steuerzahler wüsste.«

»Wir sparen auf Teufel komm raus, was immer es kostet.« Gitta zitierte den altbekannten Scherz, doch Henne war nicht zum Lachen zumute.

»Komm, ich spendiere dir einen Kaffee«, sagte er.

»Geht nicht.« Gitta zeigte auf ihre Tasche. »Meine Sahnetorte wird warm.«

»Sahnetorte? Das klingt gut.«

»Normalerweise würde ich dir etwas abgeben. Aber in meiner Situation? Nee, ich brauche die Nervennahrung nötiger als du. Du musst den Blödmann schließlich nicht ertragen.« Gitta verabschiedete sich.

Henne war der Appetit auf Brötchen vergangen.

SECHZEHN

Fleur starrte auf das Telefon in ihrer Hand. An die zwanzig Mal hatte sie die Nummer gewählt, immer war der Anrufbeantworter angesprungen. Zum Donnerwetter noch mal, dieses Flittchen sollte gefälligst mit ihr reden!

Wütend schmetterte sie das Telefon zu Boden. Es gab einen empörten Piepton von sich, als es über die Fliesen schlitterte.

Fleur kratzte sich am Kinn. Reden, reden, echote es in ihr. Falsch, korrigierte sie sich sogleich. Nicht reden, zuhören sollte diese unmögliche Person. Für eine Frau wie sie war es unter der Würde, mit einer Miriam Jakob zu diskutieren.

Und überhaupt! Sie hatte alles sorgfältig durchdacht. Wie konnte es dieses Weib nur wagen, ihren Plan zu durchkreuzen.

Sie ging in die Küche und öffnete den Kühlschrank. Sie hatte keinen Hunger, doch sie verspürte das drängende Verlangen, ihre Zähne in irgendetwas zu schlagen. Beißen, reißen, kauen.

Der Kühlschrank war gut gefüllt, das musste man Alexa lassen. Die achtete stets darauf, dass ordentliches Essen vorhanden war. Fleur inspizierte den Inhalt. Eisbergsalat, Eier, Tomaten, Putenfleisch, Schnittkäse. Bei der Gänseleberpastete stockte Fleur. Sie nahm sie heraus, beäugte sie und stellte sie angewidert zurück. Schließlich griff sie nach einer Tomate und biss hinein. Der Saft lief ihr übers Kinn und tropfte auf die Bluse. Sie ignorierte es und stopfte die Tomate vollends in den Mund, würgte und schluckte, kaute schließlich und schluckte wieder. Kaum hatte sie die Tomate hinter, nahm sie sich den Salatkopf vor. Es krachte, als sie Stücke herausbiss. Er war frisch. Sie aß ihn unangemacht zur Hälfte auf und warf den Rest in das Gemüsefach, um sich dem Putenfleisch zu widmen. Sie riss die Verpackung auf und holte das weiche Fleisch heraus. Es war roh, so hatte sie es gern.

Nach zwei, drei Bissen legte sie es zurück. Sie wollte etwas anderes, etwas Klebriges, Süßes. Marmelade. Sie fuhr mit Zeige- und Mittelfinger in das Glas und steckte sich die Masse in den Mund.

Ihre Wut flaute allmählich ab. Sie warf die Kühlschranktür zu und suchte das Telefon. Unter dem Schrank fand sie es schließlich und wählte die Nummer. Und wenn sie den ganzen Tag warten musste, sie würde es so lange klingeln lassen, bis sie das Flittchen zu Hause erwischte.

Als ob der Himmel ihren Wunsch gehört hätte, klang unvermittelt die Stimme dieser Jakob aus dem Hörer. »Ja?«

Damit hatte Fleur nun doch nicht so schnell gerechnet. Sie verschluckte sich vor Schreck und hustete. Dann presste sie ein Taschentuch auf die Lippen und raunte: »Du hast Dankwart König auf dem Gewissen. Das wirst du büßen.«

»Wer spricht denn da?«, fragte Miriam.

»Jemand, der Bescheid weiß. Es gibt nur eine Lösung für dich. Geh zur Polizei und gestehe, was du getan hast.«

»Wer sind Sie?«

Fleur schwieg.

»Hallo? Wer sind Sie, um Himmels willen.«

»Ich sage es ein letztes Mal: Gesteh den Mord oder du …«

»Oder was?« Die Jakob brüllte direkt in den Hörer. »Sagen Sie gefälligst, was Sie wollen, oder lassen Sie mich mit dem Quatsch in Frieden!«

»Quatsch?« Fleur warf aufgebracht das Taschentuch beiseite. »Das ist kein Quatsch, das ist bitterer Ernst. Du Mörderin! Du Hure!«

»Alexa? Bist du das?«

Fleur schmetterte das Telefon in eine Ecke. Sie warf sich auf die Couch und lachte lauthals los. Ihr ganzer Körper bebte, sie lachte und lachte, bis sie nach Luft japste.

Das hatte besser geklappt, als sie sich ausgemalt hatte. Die Jakob hatte Alexa im Verdacht. Nichts konnte ihr mehr Genugtuung verschaffen.

SIEBZEHN

Kurz vor Mitternacht rollte Henne mit abgestelltem Motor und ausgeschalteten Scheinwerfern auf den verwilderten Parkplatz, zwei Grundstücke von Königs Villa entfernt. Der Himmel war mit Wolken bedeckt, Mond und Sterne waren verborgen. Aber man hätte sie auch bei wolkenlosem Himmel kaum sehen können, denn die Bäume auf dem Platz waren im Laufe der Zeit viel zu groß geworden. Ihre Wipfel ließen kaum eine Lücke frei. Ein Wunder, dass die Parkflächen noch nicht zugewuchert waren.

Henne stieg aus und schloss leise die Autotür.

»Pst.«

Henne fuhr herum und erkannte Leonhardt, der neben einem Essigbaum stand, schwarz gekleidet und mit Kohle im Gesicht.

»Meine Güte, wir sind doch nicht im Krieg.« Henne schloss die Knöpfe seiner Lederjacke.

»Sei leise«, flüsterte Leonhardt. »Hier wimmelt es von Hunden. Einer hätte mir beinah ans Bein gepinkelt, sein Besitzer hat ihn gerade rechtzeitig weggezogen.«

»Hat er dich gesehen?«

»Das Herrchen? Nein.«

»Gut, dann lass uns loslegen.«

»Warte!«

»Was denn noch?«

»Hier, nimm.« Leonhardt reichte Henne eine schwarze Wollmütze, die nur die Augen freiließ.

Henne stopfte die Mütze achtlos in die Tasche und lief los.

»Setz sie auf«, flüsterte Leonhardt und schloss zu ihm auf.

»Ich werde mich hüten.«

»Warum musst du immer widersprechen?«

»Mit dem Ding sehe ich aus wie ein Einbrecher.«

»Meine Güte!« Leonhardt packte Henne am Arm.

Henne schüttelte ihn ab. »Halt den Mund, ich weiß, was du sagen willst.«

»Aber …«

»Still jetzt.« Sie hatten Königs Grundstück erreicht. »Du bleibst hier und hältst die Augen auf.«

»Warnzeichen?«, fragte Leonhardt leise.

»Katzenjammer, Hundegebell, Eulenschrei – such dir etwas aus.«

»Okay, ich pfeife zweimal.«

Henne verschwand in der Dunkelheit. Gebückt rannte er am Rand der Auffahrt auf das Haus zu. Er schüttelte das vage Unbehagen, das ihn erfasst hatte, ab und schlich an der Hauswand entlang. Sein Ziel war der Hintereingang, dort wollte er den Einbruch in aller Ruhe ausführen.

Als er die Tür erreichte, hielt er inne und lauschte. Das Haus lag im Schlaf. Er nestelte das Handwerkszeug des flinken Karlchens aus der Tasche und begann.

Die Arbeit war schwer. Es dauerte geraume Zeit, ehe er mit dem Sicherheitsschloss klarkam, doch schließlich schaffte er es. Leise öffnete er die Tür, schob sich ins Innere und lauschte erneut. Noch immer rührte sich nichts.

Er rief sich die Raumaufteilung ins Gedächtnis. Linker Hand musste die Küche liegen, rechts ging es in das Zimmer, das er bereits kannte. Vorsichtig tastete er sich an der Wand entlang.

Auf einmal flammte Licht auf und tauchte ihn in milchige Helligkeit. Er erstarrte, aber nichts geschah. Als er erkannte, woher der Lichtstrahl kam, atmete er auf. Der Bewegungsmelder vor der Eingangstür hatte die Außenbeleuchtung in Gang gesetzt, doch niemand war zu sehen. Ein streunendes Tier wahrscheinlich. Henne schlich weiter.

Nach wenigen Metern war er am Wohnzimmer angekommen.

Das Licht war inzwischen verloschen, und Henne wartete, bis sich seine Augen wieder an das Dunkel gewöhnt hatten. Trotzdem ahnte er die Möbel mehr, als dass er sie sah. Vorsichtig ging er um sie herum, um keinen Lärm zu machen.

Die Tür zum angrenzenden Arbeitszimmer war geschlossen. Er zog seine Taschenlampe hervor und schaltete sie an. Im schwachen Lichtkegel betrachtete er nachdenklich die Klinke. Wenn er Glück hatte, ließ sie sich geräuschlos öffnen. Langsam drückte er die Klinke herab. Mit einem leisen Knacken rutschte die Schlossfalle aus der Türzarge. Henne lauschte. Alles blieb ruhig. Er öffnete die Tür einen Spalt und lauschte erneut. Nichts rührte sich im Haus. Henne stieß die Tür gänzlich auf und trat ein. Verwirrt schwenkte er die Taschenlampe umher und hielt abrupt inne.

Da war etwas, er konnte es nicht sehen, aber hören. Ein kaum wahrnehmbares Pusten wehte von der linken Seite zu ihm herüber, und auf einmal wusste er, was es war. Da atmete ein Mensch.

Henne machte das Licht aus und tat, als ob er den Raum verlassen wollte. Stattdessen warf er sich unerwartet in die Richtung, wo er den anderen vermutete.

Er traf einen Körper, riss ihn zu Boden und knallte ihm sein Knie in den Unterleib. Ein lautes, tiefes Stöhnen bewies, dass er getroffen hatte. Henne knipste die Taschenlampe an und richtete den Strahl auf sein Opfer.

»Verdammte Scheiße, was machst du hier?«

Zu seinen Füßen krümmte sich Frank Diener, der nicht in der Lage war, ihm zu antworten.

»Komm erst mal raus hier.« Henne zerrte Frank hoch. Franks Beine knickten ein, Henne konnte ihn nicht halten und ließ ihn auf den Boden sinken.

»Versuche, so tief wie möglich zu atmen.«

Frank nickte und atmete ein paarmal tief ein und aus. »Es geht schon wieder«, sagte er dann, und Henne half ihm auf. Er hakte Frank unter und schleppte ihn aus dem Arbeitszimmer hinaus, durch Empfangsraum und Flur zur Hintertür.

Draußen lehnte er Frank an die Hauswand und verschloss die Hintertür, als wären sie nie da gewesen.

»Los, vorwärts.« Er schubste Frank vor sich her.

Leonhardt kam ihnen entgegen. Er stellte keine Fragen, sondern packte Frank am Arm. Am Parkplatz angekommen, hievten sie ihn ins Auto.

Während Henne startete, versuchte Leonhardt seine Kriegsbemalung zu entfernen, doch je mehr er wischte, desto schlimmer sah er aus. »Wenn uns jetzt einer sieht, sind wir geliefert.«

»Dir wird schon eine Ausrede einfallen«, sagte Henne. »Erzähl mir nicht, du hättest nichts von Frank gewusst.«

Leonhardt schaute aus dem Fenster. War wohl gekränkt, sein Herr Assistent. Henne fragte: »Was nun? Hat es euch die Sprache verschlagen?«

Frank räusperte sich. »Leonhardt hatte tatsächlich keine Ahnung. Ich hab es allein geplant.«

»Meine Güte, aber warum denn?«

»Wir brauchen Beweise, doch Pallauer denkt nicht im Traum an einen Durchsuchungsbeschluss. Also wollte ich das machen, was du tun würdest, wäre es noch dein Fall. Verdammter Mist, ich wusste doch nicht, was du vorhast.«

»Scheiße«, knurrte Henne. Noch schwankte er, ob er geschmeichelt oder sauer sein sollte. »Sag lieber, was du entdeckt hast.«

»Nichts, leider. Ich habe alle Zimmer durchsucht, aber keinen Hinweis auf das Bankkonto gefunden.«

»Frau König …«

»Hat geschlafen wie ein Baby. Ich war vorsichtig. In dem ganzen Haus gibt es keinen Hinweis, dass dort ein Mann gewohnt hat. Zumindest nicht in den Räumen der schönen Witwe.« Frank hustete.

»Bleiben noch die Zimmer der Schwester«, sagte Henne, obwohl er bezweifelte, dass König dort Unterlagen deponiert haben könnte.

Frank beugte sich vom Rücksitz aus nach vorn. »Einen Versuch ist es zwar wert, aber ich verspreche mir nichts davon.«

»Irgendwelche besseren Vorschläge?«

»Wir müssen herausbekommen, wo die Sachen aus dem Arbeitsraum sind.«

Leonhardt stöhnte. »Die berühmte Nadel im Heuhaufen.«

»Denkt doch mal nach. Wo landen Schränke, Tische, PCs, die man nicht mehr braucht?«

»Sperrmüll«, antwortete Frank wie aus der Pistole geschossen.

»Oder An- und Verkauf. Oder soziale Einrichtungen. Alles ist möglich«, sagte Leonhardt.

»Ich mache mich morgen über die Nachbarschaft her. Möbelwagen bleiben selten unbeobachtet. Man will schließlich wissen, was sich bei anderen im Hause tut«, sagte Henne.

»Ich liebe es, wenn ein Plan funktioniert.« Frank hielt Henne den anerkennend nach oben gestreckten Daumen unter die Nase.

»Das musst ausgerechnet du sagen. Heute jedenfalls ist alles schiefgelaufen.«

»Das ›A-Team‹.«

»Hä?«

»Hannibals Worte. Er liebt es, wenn ein Plan funktioniert.«

Henne warf einen argwöhnischen Blick über die Schulter. Frank grinste ihn an, und da wusste Henne Bescheid. »Wer hätte geglaubt, dass ich mich mit einem durchgeknallten Kinofreak abgebe.« Er stieg aufs Gas, dass Frank auf den Rücksitz geworfen wurde.

Kurze Zeit später hatten sie Gohlis erreicht. Henne setzte Frank an dessen Wohnung ab und fuhr zu Leonhardts Heim, einem Reihenhaus in einer biederen Siedlung, in der ein Eingang dem anderen glich.

»Du solltest dich waschen«, sagte er.

Leonhardt lächelte gequält, dann stieg er aus.

Henne schaute ihm nach. Es gab ihm einen Stich ins Herz, als er sah, dass Manuela ihren Mann an der Tür in Empfang nahm. Auf ihn wartete niemand daheim.

Fleur wiegte sich vor und zurück. Sie summte vor sich hin. Die hinter ihr liegenden Stunden waren gut gewesen. Alexa war ausgegangen, Fleur hatte das Haus für sich gehabt. Ruhelos war sie durch die Zimmer gestreift. Wieder und wieder. Es hatte ihr Freude gemacht, die Einrichtungsgegenstände zu berühren, Alexas Schreibtisch, den Bücherschrank. Bald würde alles ihr gehören. Jedes einzelne Stück.

Wenn es nur schon so weit wäre! Das Warten war lästig, aber jetzt konnte es nicht mehr lange dauern.

Sie hatte einige Stunden geschlafen. Eine Seltenheit, denn sie fand immer weniger Ruhe. Kaum machte sie sich lang, hämmerte das verdammte Herz, als wolle es ihr die Rippen brechen. Dazu das Zucken, das Kribbeln. Unerträglich.

Erst spät am Abend war sie aufgewacht. Immerhin, sie hatte neue Kraft geschöpft. Dunkelheit umgab sie, sie hatte einen Moment gebraucht, um zu sich zu kommen. Dann hatte sie ein Scharren gehört.

Die Polizei war da gewesen. Heimlich, sie hatten nicht geschellt. Dieser riesige Schwarze hatte sich an der Hintertür zu schaffen gemacht. Er war leise gewesen, aber nicht leise genug. Vor ihr konnte niemand etwas verbergen. Schon gar nicht in ihrem eigenen Haus.

Sie summte lauter, wiegte sich stärker und stieß fast mit dem Kopf an ihr Bettgestell. Auf dem Boden vor dem Bett war kaum Platz.

Sie hatte den Schwarzen beobachtet. Anfangs hatte sie gedacht, er wäre ein Einbrecher. Erst als das Außenlicht angegangen war, hatte sie ihn erkannt. Wie ein ertappter Dieb hatte er dagestanden und gewittert. Hätte sie eine Waffe gehabt, wäre er ein toter Mann gewesen. Doch sie hatte sich damit begnügen müssen, ihn zu beschatten.

Katzensanft war sie ihm nachgeschlichen. Dann waren da Geräusche gewesen. Ein Rumpeln und Stöhnen. Sie war nach oben geflohen, in Sicherheit.

Das Summen schwoll an. Sie warf sich nach vorn und knallte mit dem Kopf an das Bett. Augenblicklich brach das Summen ab. Benommen rieb Fleur sich die Stirn. Woran hatte sie eben noch gedacht?

Richtig, diese Jakob musste Alexa angezeigt haben. Wozu sonst strolchte dieser große Bulle im Haus herum, wenn nicht, um Beweise für die Schuld der Schwägerin zu finden? Zu gern hätte sie gewusst, ob er etwas gefunden hatte.

Vielleicht sollte sie nachschauen. Außerdem musste sie wissen, was die beängstigenden Geräusche aus dem Wohnzimmer zu bedeuten hatten. Sie könnte hinuntergehen …

Doch sie blieb reglos auf dem Boden hocken. Das Summen setzte wieder ein. Langsam stand sie auf und tappte die Treppe hinab. Sie drehte das Licht an. Sie brauchte es im Grunde nicht, doch sie wollte ganz sicher sein, dass der Kommissar weg war. Das leise Türenklappern allein war noch kein Beweis.

Der Flur lag vor ihr, rein und ordentlich. Nichts deutete darauf hin, dass hier vor Kurzem jemand entlanggeschlichen war.

Sie ging in Alexas Empfangsraum, wie sie ihn nannte. Auch hier war alles beim Alten.

Die Tür zu Dankwarts Arbeitszimmer war angelehnt. Fleur lief hin und drückte sie auf. Im ersten Moment wollte sie nicht glauben, was sie sah. Sie biss sich auf die Lippen, bis sie Blut schmeckte, aber das Bild blieb. Dankwarts Arbeitszimmer war ratzekahl leer. Wütend hämmerte Fleur gegen die Wand. »Alexa, du Miststück. Das ist dein Werk!«

»Guten Morgen.« Ulrike, Erikas Freundin, lächelte Henne an und zwängte sich an ihm vorbei in den Korridor.

»Erika ist nicht da.«

»Ich weiß.« Ulrike war schon in der Küche und füllte die Kaffeemaschine. »Mach dich gesellschaftsfein, ich mach inzwischen Frühstück.«

Henne verzog sich ins Bad. Als er zehn Minuten später wieder auftauchte, hatte Ulrike den Tisch gedeckt und schenkte ihm eine Tasse Kaffee ein. »So, jetzt erzähl mal, was du dir bei der Sache gedacht hast.«

Er schielte auf ihren dünnen Pullover, der gelb und orange war, mit pinkfarbenen Sternen auf der Vorderseite, dass ihm vom Anblick die Augen brannten. »Keine Ahnung. Was meinst du?«

»Ich sage bloß: Miriam Jakob.«

»Das geht nur Erika und mich etwas an.«

»Erika ist meine Freundin. Wenn es ihr schlecht geht, leide ich mit.«

Er sollte sie hinauswerfen, doch Henne wusste, er würde nichts dergleichen tun, sondern ihr zuhören und im schlimmsten Fall sein Herz ausschütten. Doch so weit war es noch nicht. Noch setzte er sich zur Wehr. »Willst du auch an unserem Sexleben teilhaben?«, fragte er.

»Sei nicht albern.« Ulrike schnitt ein Brötchen auf und legte ihm ein halbes auf den Teller.

Henne trank den Kaffee und murrte: »Du brauchst mich nicht zu bemuttern. Ich bin erwachsen.«

»Groß und volljährig meinetwegen, aber erwachsen?« Sie nahm die Brötchenhälfte zurück und bestrich sie mit Butter. »Schwer vorstellbar. Käse oder Wurst?«

»Wurst.«

Dschingis reagierte sofort und legte ihm den Kopf auf den Oberschenkel.

»Für ihn auch«, sagte Henne.

»Hunde füttert man nicht vom Tisch.«

Natürlich, Ulrike und ihre Prinzipien. Trotzig pflückte Henne die Wurst vom Brot und steckte sie Dschingis ins Maul.

Ulrike tat, als hätte sie es nicht gesehen. »Erika will wissen, woran sie ist. Verstehst du das nicht?«

»Warum fragt sie mich nicht selbst?«

»Weil du ein Esel bist.«

Da hatte sie natürlich nicht unrecht, trotzdem behagte es Henne nicht, die Wahrheit aus Ulrikes Mund zu hören. »Du musst es ja wissen.«

»Hör zu, Heinrich«, Ulrike beugte sich vor und ergriff seine Hand, »ich will euch helfen. Ich mache mir Sorgen. Dieses ständige Auf und Ab in eurer Ehe macht Erika kaputt.«

»Denkst du, mir geht es anders?«

»Dann tu etwas dagegen.«

»Du hast sicher jede Menge Vorschläge für mich. Ich bin gespannt.«

»Zunächst muss du dir im Klaren sein, was du willst. Das ist der springende Punkt.«

Henne starrte Ulrike an. »Ich habe es Erika deutlich gesagt.«

»Du hast ihr gesagt, du liebst sie. Aber sie glaubt dir nicht so recht, und das kann ich gut verstehen.«

»Ach nee!«

»Vielleicht sollte ich dir eine Geschichte erzählen.«

»Nur zu.«

Ulrike lehnte sich zurück und schaute zum Fenster hinaus. »Es war einmal eine Frau, die hatte zwei Männer. Einen für die Liebe, Romantik und Sex, einen für den Gedankenaustausch, gemeinsame Theaterbesuche, Bildungsreisen. War sie bei dem einen, sehnte sie sich nach dem anderen und umgekehrt. Das ging eine Weile mehr oder weniger gut. Sie fühlte sich zwar mies dabei, uneins und zerrissen, keiner der Männer merkte etwas davon. Eines Tages hatte sie einen schweren Unfall. Sie fand sich im Krankenhaus wieder, und da standen beide an ihrem Bett. Bis dahin hatten die beiden nichts voneinander gewusst. Was, glaubst du, ist dann passiert?« Ulrike schaute Henne an. »Sie haben beide mit ihr Schluss gemacht, und seitdem ist sie allein.«

Henne erinnerte sich dunkel, dass Erika ihm vor Jahren von Ulrikes Unfall erzählt hatte. »Du redest von dir.«

»Korrekt. Pass auf, dass es dir nicht ebenso ergeht.«

»Nett, dass du dich um mich sorgst. Gerade eben hast du noch Erika vorgeschoben.«

»Du bist wirklich ein Esel.« Ulrike lächelte. »Ich mag euch beide.«

Henne lächelte zurück. Im Grunde war Ulrike in Ordnung. Sie schien nicht zu wissen, weshalb Erika ihn verlassen hatte. Ob er ihr alles erzählen sollte? Warum eigentlich nicht, er hatte nichts zu verlieren. Er holte tief Luft, und dann begann er zu reden: von seinem Zwiespalt, seinen Gefühlen, Erikas Kinderwunsch und der Sackgasse, in der er mit dem Mordfall steckte, obwohl er suspendiert war und sich eigentlich nicht mehr darum zu kümmern hatte.

Er war dankbar, dass ihn Ulrike nicht unterbrach, sondern nur zuhörte und dafür sorgte, dass seine Kaffeetasse nicht leer wurde.

»Deinen Job bist du vermutlich los«, sagte sie, als er endlich schwieg. »Zumindest, wenn es dir nicht gelingt, einen Treffer zu landen, der deinen Boss vom Gegenteil überzeugt. Aber das musst du alleine geradebiegen. Dabei wirst du dich dieser Miriam stellen müssen. Schenke ihr reinen Wein ein, erzähl ihr von Erika. Sag ihr, dass du verheiratet bist. Um Erika kümmere ich mich. Vielleicht kann ich sie davon überzeugen, dass du sie wirklich noch liebst.«

Henne bekam feuchte Hände. Sein Herz klopfte wie damals, als er Erika kennengelernt hatte. Ulrike war Erikas beste Freundin. Wenn Erika auf jemanden hörte, dann auf sie. »Das würdest du tun?«

»Wir Frauen mögen Wellness-Wochenenden. Erika ist da keine Ausnahme. Zeig ihr, dass es dir ernst ist.«

»Danke für …«

Ulrike lachte auf. »Höre ich da einen Anflug von Menschlichkeit? Glaub nicht, dass ich nicht wüsste, wie du über mich denkst. Du hältst mich für eine neunmalkluge Emanze, die den ganzen Tag nichts anderes zu tun hat, als auf ihren Prinzipien herumzureiten. Manchmal sind Prinzipien gut, sie geben einem Halt und Stabilität. Aber ich habe gemerkt, dass es noch mehr im Leben gibt.«

»Das wäre?« Henne musterte Ulrike und fand, sie sah anders aus als sonst. Sie schien von innen zu leuchten.

»Männer beispielsweise. Ich habe mich verliebt. Begreifst du jetzt, warum ich nicht zusehen kann, dass Erika unglücklich ist?«

»Freundinnen teilen alles, was?« Es sollte ein Scherz sein, doch Henne konnte nicht verhindern, dass seine Stimme zitterte.

Ulrike verdrehte die Augen. »Ich kann es nicht oft genug betonen: Du bist und bleibst ein Esel!«

»Womit du vermutlich recht hast.«

ACHTZEHN

Die Luft hatte sich merklich abgekühlt. Ein Tiefdruckgebiet war angekündigt, mit Nässe, Wind und fallenden Temperaturen. Henne schloss den Reißverschluss der Lederjacke bis zum Kinn und stiefelte frohgemut den Cranachweg entlang. Heute wollte er sich unter den Nachbarn der Königs umtun. Er rechnete sich gute Chancen aus, sie tagsüber anzutreffen. Das Viertel bestand überwiegend aus Villen und alten Herrenhäusern. Hier lebte eine betuchte Gesellschaft, in der die Frauen nicht arbeiten mussten.

Am ersten Haus konnte er sich das Klingeln sparen. Im Garten werkelte eine grobknochige Frau in geblümten Gummistiefeln an den Rosensträuchern herum. Der Garten war wohl das Hobby der sich selbst überlassenen Ehefrau, während der Herr Gemahl Geld scheffelte, um es an der Seite einer Schönheit auszugeben.

Er schaute auf das Namensschild unter der Klingel. »Sind Sie Frau Lebs?«

Die Frau richtete sich auf und kam an den Zaun. »Ja. Worum geht es denn?«

»Sie haben herrliche Rosen.«

Hennes Worte zauberten ein Strahlen auf die Wangen der älteren Dame.

»Ich lasse sie mir aus Albrighton kommen, aus Schottland. Direkt von der David Austin Limited.«

»Ziemlicher Umstand.«

»Mittlerweile kann man die Sorte auch in Deutschland kaufen, doch ich möchte beste Qualität.«

»Wer will das nicht? Aber wer auf Qualität achtet, hat auch wirklich etwas davon.«

»Nicht wahr?« Frau Lebs pflückte ein welkes Blatt von einer Blüte.

Es amüsierte Henne, dass die Frau so offensichtlich geschmeichelt war. »Sie haben den schönsten Garten in der ganzen Straße. Wenn ich dagegen den von gegenüber sehe …«

»Ach, die Königs haben dafür keinen Sinn.«

Der Garten um die König-Villa herum bestand im Grunde nur aus Rasen, sah man von einigen Büschen am Rande ab. »Vielleicht machen es die nächsten Eigentümer besser.«

»Sagen Sie bloß, Frau König will verkaufen. Allerdings, was will sie sonst mit dem großen Haus? Jetzt, wo ihr Mann nicht mehr ist.«

»Ist Ihnen in den letzten Tagen ein Fahrzeug aufgefallen? Ein Möbeltransporter oder etwas in der Art?«

»Warum fragen Sie?« Sie kniff die Augen leicht zusammen.

Henne hielt ihr seinen Dienstausweis unter die Nase. Es war die richtige Entscheidung, denn sie entspannte sich sofort wieder.

»Ich bin erst heute aus China zurückgekommen. Eine Geschäftsreise, ich handle mit Stoffen. Eigentlich sollte ich schon in der Firma sein, aber ich wollte noch schnell die Rosen beschneiden. Es soll regnen, wissen Sie?«

Also doch keine frustrierte Gattin. Henne tat ihr innerlich Abbitte. »Dann will ich Sie nicht länger aufhalten, Frau Lebs.« Da hatte er mit seiner Beurteilung der Frau offenbar voll danebengelegen. Ab sofort wollte er vorsichtiger sein.

Er ging weiter. Auf dieser Straßenseite standen die Häuser nicht so weit voneinander entfernt wie auf der gegenüberliegenden Seite. Das nächste Haus war ein Doppelhaus, beide Hälften identisch, sogar die Blumenkränze an den Haustüren glichen sich. Die Bewohner waren nicht zu Hause.

Eine junge Frau mit russischem Akzent zwei Häuser weiter erzählte ihm zwischen Tür und Angel, dass Mitarbeiter des Roten Kreuzes Möbel von der König-Villa abgeholt hatten. Mehr wusste sie nicht oder wollte sie nicht sagen. Ihre Maniküre wartete.

Er bedankte sich und fuhr zum Sozialmarkt des Deutschen Roten Kreuzes ins nahe gelegene Zwenkau.

Eine Mitarbeiterin empfing ihn am Eingang einer Lagerhalle, die voller Möbel war. Schränke und Wohnwände, Couchgarnituren und einzelne Sessel standen ordentlich aufgereiht neben-, hinter- und übereinander. Sogar komplette Küchen gab es, Geräte inbegriffen.

»Mein Name ist Ballert«, sagte die Frau. »Wenn Sie mich brauchen, ich bin dort hinten.«

Frau Ballert wies in den hinteren Teil der Lagerhalle, und Henne mutmaßte, dass sich dort ihr Büro befand. Sie war eine füllige Person, aber überaus behände. Schon war sie im Begriff, hinter einer wuchtigen Schrankwand zu verschwinden, da hielt Henne sie zurück.

»Ich habe schon entdeckt, was ich möchte.«

Königs Schreibtisch stand zwischen zwei Bücherregale mit Tatzenfüßen gedrängt. Dahinter befanden sich das Sideboard und der Büroschrank, beides wie der Schreibtisch aus poliertem Holz und mit unverwechselbaren Intarsien versehen. Man sah auf Anhieb, dass die Möbelstücke zusammengehörten.

»Wenn Sie einen Bezugsschein haben, können Sie sie kaufen«, sagte Frau Ballert und zauberte einen Stift aus ihrer Jackentasche.

»Ich suche die Unterlagen, die in den Schränken waren.« Zum zweiten Mal an diesem Tag wies sich Henne nicht ganz korrekt als Polizist im Dienst aus.

»Der Inhalt der Schränke ist schon zerschreddert und entsorgt. Die Leipziger Stadtreinigung hat den Abfall abgeholt.«

»Das ging aber fix.« Henne hatte schon erlebt, dass die Mitarbeiter der Stadtreinigung tagelang auf sich warten ließen. Vor allem, wenn es darum ging, die Leipziger Straßen im Winter von Schnee und Eis zu befreien.

»Der Müll wird immer dienstags geholt.«

»Wissen Sie, wo die Technik geblieben ist? Computer und so?«

Frau Ballert musste nicht lange überlegen. »Den PC habe ich erst gestern verkauft. Ein junger Mann hat ihn mitgenommen.«

»Kennen Sie seinen Namen und die Adresse?«

»Warten Sie einen Augenblick, ich sehe mal nach.« Sie verschwand in ihrem Büro und kam kurz darauf zurück.

»Paslik, heißt der Mann. Jörg Paslik.«

Mit der Adresse in der Tasche machte sich Henne auf den Weg. Er kam sich wie ein Goldgräber vor, der zwar nicht auf den ganz großen Fund, aber immerhin auf ein Nugget gestoßen war.

Jörg Paslik hauste am anderen Ende der Stadt in einem Mehrfamilienhaus, das die Bezeichnung kaum verdiente. Das Dach wies undichte Stellen auf, ein grünes Netz schützte Passanten vor herabfallenden Ziegeln, und das Mauerwerk war notdürftig mit einigen grauen Planen gesichert.

Paslik war der Einzige, der noch in dem Haus wohnte. Wahrscheinlich hauste er illegal hier, auf ein Namensschild hatte er jedenfalls verzichtet. Ein geöffnetes Fenster im ersten Stock, aus dem eine Gardine hing, zeigte Henne, in welchem Stockwerk Paslik wohnte.

Er zwängte sich durch die schief in den Angeln hängende Haustür und kletterte über Steine und Putzbrocken ins Obergeschoss. Die Treppe knarrte bei jedem Schritt bedenklich, doch sie hielt Hennes beträchtlichem Gewicht stand.

Im ersten Stock angekommen, hämmerte er an die Wohnungstür. Es war eine große, zweiflügelige Tür aus Holz mit geriffelten Milchglasscheiben, die zum Treppenhaus hin durch Metallgitter geschützt waren. Die rechte Scheibe hatte einen Sprung. Der beige Anstrich der Tür war an vielen Stellen abgeblättert und gab den Blick auf darunter liegende Farbschichten frei. Auch hier fehlte ein Namensschild.

Henne sparte sich lange Überlegungen und stemmte sich kurzerhand mit der Schulter gegen die Stelle, an der die Flügel der Tür aufeinandertrafen. Wie erwartet sprang sie ohne großen Widerstand auf. Der Weg war frei.

Henne fand Paslik im zweiten Zimmer rechts von einem Korridor, der mit Sperrmüll vollgestellt war.

Der junge Mann lag auf einer Matratze, die keinen Deut sauberer als die restliche Wohnung war. Er schien vor sich hin zu träumen. Neben ihm lagen einige leere Bierbüchsen und ein benutztes Fixerbesteck. Paslik hatte langes, verfilztes Haar, das ihm ins Gesicht hing. Er hielt seine dürren Arme vor der Brust verschränkt, als wäre er im Gebet.

Henne kickte die Spritze beiseite. »Bisschen viel, mein Junge, was?«

Er bekam nur ein undeutliches Murmeln zur Antwort.

Henne ging neben der Matratze in die Hocke. »Du hast etwas, das ich suche«, sagte er. »Ich will den PC, den du beim DRK ergattert hast.«

Paslik verdrehte die Augen, bis nur noch das Weiße zu sehen war. Dann sackte er auf die Seite.

Henne erhob sich. »Mensch, ist der fertig.«

Der Computer stand hinter der Tür, deswegen hatte er ihn beim Hereinkommen nicht sofort gesehen. Henne fingerte fünf Zehn-Euro-Scheine aus der Geldbörse und legte sie auf das Kopfkissen neben den jungen Mann. Es war ein gutes Geschäft für den Jungen, auch wenn er das Geld sicher nur in Bier und Stoff anlegen würde.

Henne klemmte sich den PC samt Monitor und Tastatur unter den Arm und ging. Auf der Treppe stolperte er über einen Eimer.

Verdammter Mist, konnte ein suspendierter Bulle noch tiefer fallen? Er beförderte den Eimer mit einem wütenden Tritt bis ins Erdgeschoss.

Henne hatte die Geräte auf dem Rücksitz seines Wagens verstaut. Als er kurz vor dem Zwenkauer Ortsausgangsschild einen Blitzer entdeckte, bremste er scharf. Die Tastatur rutschte vom Sitz und Henne fluchte.

Rechter Hand stach ihm der Aushang eines Reisebüros ins Auge: Ein schneeweißes Haus mit Holzbalkonen vor malerischer Kulisse garantierte Erholung im Bayrischen Wald, Wellness inbegriffen. Kurzentschlossen machte er halt und buchte das nächste Wochenende. Ulrike sollte sehen, dass er ihren Rat beherzigte, auch wenn er selbst wenig von Massagen und Masken, Schwitzbädern und Früchtedrinks hielt.

Zu Hause drapierte er die Buchung auf dem Telefontisch im Flur. Erika musste direkt darüber stolpern, wenn sie kam. Doch er wartete vergebens. Erika ließ sich nicht blicken.

Irgendwann schlief er ein und irrte im Traum durch endlose Lagerräume voller Sperrmüll und Unmengen von Computern, alle mit Königs Namen versehen. Kaum hatte er einen davon hochgefahren, zerplatzte er in tausend Teilchen.

Am nächsten Tag tauchte Leonhardt kurz nach acht bei Henne auf. Seine Jacke und Hose waren zerknittert, als hätte er darin geschlafen.

»Ich habe die ganze Nacht in der Baugrube zugebracht«, sagte er.

»Aha.«

»Pallauer dachte, der Mörder treibt sich dort herum. Schlechtes Gewissen und so.«

»Lass mich raten: Die Warterei war vergebens.«

»Stimmt.« Leonhardt rieb sich die Augen. »Pallauer ist ein hoffnungsloser Fall. Ich habe mein Bestes versucht. Genau, wie du gesagt hast: das Gegenteil vorschlagen, damit er das Richtige macht. Leider ist das voll in die Hose gegangen.«

Zum Teufel mit Pallauer, der brachte es fertig, die sinnlosesten Dinge anzustellen. »Erzähl mir, was passiert ist. Ich koche in der Zwischenzeit Kaffee«, sagte Henne und schob Leonhardt in die Küche.

Leonhardt ließ sich auf einen Stuhl fallen. »Der hat uns so richtig in die Scheiße geritten.«

»Massiver Dumpfsinn, das war zu erwarten.«

»Als Erstes hat er den Zoll über die Baustelle gejagt. Verdacht auf Schwarzarbeit. Es war natürlich keine Sau da, aber jetzt sind die Bauarbeiter gewarnt. Und als ob das nicht genug wäre, hat er Heiligenbrand in U-Haft nehmen lassen. Frag mich nicht, mit welcher Begründung, aber Mayerwill ist schon dabei, den Haftbefehl zu zerpflücken.«

»Weiß Schuster davon?« Henne füllte Wasser in den Tank der Kaffeekanne und legte eine Filtertüte ein.

Leonhardt schüttelte den Kopf. »Dann hat Pallauer Sellings Frau über ihren Mann aufgeklärt.«

»Der Gay-Club.« Henne hatte es befürchtet.

»Vollkommen sinnlos, aber du kannst dir vorstellen, wie es dem Selling jetzt geht. Von Vertrauen in die Polizei keine Spur.«

»Pallauer gehört zu den Beamten, die sich nicht im Geringsten um die Menschen scheren, mit denen sie zu tun haben«, sagte Henne und tat einen Löffel Kaffeepulver mehr als sonst in die Maschine.

»Wir können von Glück reden, wenn er sich lediglich schmutziger Geheimnisse bedient und nicht gleich zu Schlagstock und Wasserwerfer greift, um die Ermittlungen voranzubringen.«

Henne schaltete die Kaffeemaschine ein. »Was ist mit dem Knopf?«

»Den ignoriert Pallauer beharrlich. Ein Knopf sei für ihn ohne Belang, das hat er wortwörtlich gesagt. Ich habe trotzdem Sellings Frau befragt. Sie schwört, den Knopf noch nie an der Kleidung ihres Mannes gesehen zu haben.«

»Damit können wir getrost davon ausgehen, dass er nicht ihrem Mann gehört.«

»Eine Frau, die zwar nicht die sexuellen Vorlieben ihres Gatten, dafür aber seine Wäsche kennt, hältst du für vertrauenswürdig?«

Henne registrierte Leonhardts hochgezogene Augenbrauen. »Klar doch, das ist normal. Welcher Mann erzählt seiner Angetrauten schon von seinen sexuellen Phantasien.«

»Ich zum Beispiel. Und du brauchst mich gar nicht so anzugucken, als wäre ich von einem anderen Stern.«

Wollte Manuela wirklich hören, dass Leonhardt von einem Dreier träumte? Aber vielleicht tat er das ja nicht. »Ein Wunder, dass deine Ehe noch hält.«

»Im Gegensatz zu deiner.«

Das hatte gesessen. Henne hob den Deckel der vor sich hin schnaufenden Kaffeemaschine und schaute nach, ob noch Wasser im Filter stand. »Unser Mörder hat bis jetzt Glück gehabt. Er ist gerissen, aber nicht besonders intelligent«, sagte er.

»Das wird uns wenig nützen, Pallauer ist ja auch nicht gerade helle. In dieser Hinsicht haben wir dem Täter also nichts voraus.« Offenbar hatte Leonhardt von Pallauer und seinen Einfällen die Nase gestrichen voll. Er gähnte so herzhaft, dass Henne befürchtete, er würde sich den Kiefer verrenken.

»Frank hat sich gestern in Kommerings Umfeld umgehört«, sagte Leonhardt, nachdem er sich Kaffee eingeschenkt hatte.

»Und? Hat er irgendwas aus den Leuten rausholen können?«

»Die Nachbarn sprechen nur in den höchsten Tönen von ihm. Ein netter Mensch, äußerst integer. Man vertraut ihm.«

»Ein Mann, ein Wort.«

»Genau. Seine Familie ist ebenso beliebt.«

»Kinder?«

»Ein erwachsener Sohn. Er heißt Robert.« Leonhardt wartete, bis Henne den fertigen Kaffee in die Tassen gefüllt hatte. »Der Junge hat eine Freundin«, sagte er dann.

»Grundgütiger Gott, was ist daran besonders?« Junge Männer machen eben mit Mädels rum, zumindest wenn sie nicht schwul sind. Leonhardt war auch mal jung.

»Sie ist schön, und sie heißt Alexa König.«

»Meine Fresse.« Henne ließ die Hand sinken, mit der er eben seine Tasse zum Mund führen wollte. Der langhaarige Mann, den er an Alexa Königs Seite gesehen hatte, war demzufolge Robert Kommering gewesen.

»Dem alten Kommering soll das Verhältnis gar nicht passen. Er will nicht ins Gerede kommen, und die Nachbarn verstehen das.«

»Was kann er schon dagegen tun?«

»Er hat der König ins Gewissen geredet.«

Ein flüchtiger Gedanke durchzuckte Henne. Wieder sah er den Baudezernenten und Alexa König auf dem Wurzener Schloss streiten. »Das weißt du aus sicherer Quelle? Von wem hat Frank diese Information?«

»Ich denke, die Frau Gemahlin ist sicher genug.«

»Sag bloß, Frank hat Frau Kommering ausgequetscht. Dann ist er der Nächste, der Ärger mit Schuster bekommt.«

»Das glaube ich nicht. Frank hat sich als Roberts Studienfreund ausgegeben. Frau Kommering fand ihn sehr nett.«

»Mein Gott, er kann von Glück sagen, dass es gut gegangen ist. Was, wenn Robert Kommering dazugekommen wäre?«

»Ausgeschlossen. Der saß vier Straßen weiter in einer Verkehrskontrolle.«

»Verstehe.«

»Frank hat sich wirklich super geschlagen.«

»Das kann man wohl sagen. Das Verhältnis mit Alexa macht den jungen Kommering verdächtig.« Henne kratzte sich am Nacken.

»Kaum. Der hat ein bombenfestes Alibi für die Tatzeit.«

»Bombenfest? Das schreit danach, doppelt misstrauisch zu sein.«

Leonhardt holte einen Zettel aus der Tasche. »Hier, Frau Kommering hat angegeben, dass er bis am Tag nach der Tatnacht in Vilnius war. Das liegt in Litauen, mehr als tausend Kilometer entfernt.«

»Geografie ist zwar nicht mein Steckenpferd, aber dass Vilnius weit weg ist, weiß ich immerhin. Was hat er dort gemacht?«

Leonhardt hatte seine Tasse geleert und goss sich nach.

»Er ist Musiker von Beruf, Schlagzeuger bei einer Band. Sie hatten einen Fernsehauftritt. Er war keinen Augenblick allein.«

»Schade, es hätte zu gut gepasst.« Der Sohn von Kommering hätte gleich zwei Motive gehabt, um König umzulegen: Er war eifersüchtig. Und er wollte seinen Vater vor einem Korruptionsskandal schützen. Zu dumm, dass er aus dem Kreis der Verdächtigen ausschied.

»Selbst wenn Robert Kommering zur Tatzeit in Leipzig gewesen wäre, bleibt immer noch die Tatsache, dass die DNA unter Königs Nägeln mit Gewissheit weiblichen Ursprungs ist.«

»Nach dem jetzigen Ermittlungsstand gibt es nur drei Frauen, die in Frage kommen. Hat man denen Proben abgenommen?«

»Pallauer überlegt noch. Bis jetzt haben wir nur die Fingerabdrücke, und auch die nur von der Jakob.«

»Irgendwie ahne ich, dass es Pallauer so richtig verkacken wird.

Aber ich habe ebenfalls Neuigkeiten.« Henne zeigte Leonhardt den PC, der neben dem Küchentisch stand.

»Du hast dir endlich auch einen Rechner zugelegt.«

»Der stammt aus Königs Büro.«

Leonhardt beugte sich vor, als hätte er sich verhört. »Das ist nicht dein Ernst.«

»Kannst du die Programme starten? Ich hatte ihn schon angeschlossen und hochgefahren, kam aber dann nicht weiter.«

»Klar, lass mal sehen.«

Leonhardt hievte die Teile auf den Tisch, verkabelte sie und tippte wenig später auf der Tastatur herum.

Henne schaute ihm über die Schulter. »Fast wie ein zweiter Gregor.«

»Was?«

»Dein Getippe. Du hast flinke Finger, alle Achtung.«

»Jetzt das Passwort. Ich versuche es zuerst mit ›König‹.« Nichts geschah. »Okay, dann eben ›Dankwart‹.« Wieder nichts.

Leonhardt starrte auf den Monitor. »Was würdest du an Königs Stelle wählen?«

Henne hob die Schultern. »Geburtsdatum, Name der Geliebten, so was wird oft genommen. Am besten, du gehst alles Mögliche aus seinem Umfeld durch, Namen, Hochzeitsdatum, was weiß ich? Ruf Frank an, er soll dir die Daten geben.«

Während Henne die Kanne und die Tassen ausspülte, telefonierte Leonhardt mit Frank und probierte alle Möglichkeiten aus. Das Ergebnis war gleich null.

»Das scheint ein aussichtloses Unterfangen zu sein«, sagte Henne und setzte sich zu ihm.

»Seit wann gibst du so schnell auf?«

»Was für eine Chance gibt es denn noch, dass wir das Ding knacken?«

»Ich kann zwar mit einem PC umgehen, aber ich bin kein Hacker. Dafür gibt es die Spezialisten in der Direktion.«

»Vergiss es, wir können keinen aus der Computerabteilung mit hineinziehen. Schuster würde es ihnen ewig vorhalten.«

»Dann eben einen Cracker.«

»Was willst du mit einem Keks?«

»Cracker-Hacker, ich kann dir den Unterschied nicht erklären.

Jedenfalls brauchen wir einen, der das Passwort knacken kann, und zwar illegal«, sagte Leonhardt.

»Einen aus der Szene, meinst du? Kennst du jemanden?«

Leonhardt stand auf. »Sonst hätte ich es dir nicht vorgeschlagen. Ich kann aber nicht versprechen, dass es funktioniert.«

»Das ist unsere letzte Hoffnung, der Papierkram ist nämlich futsch.« Henne berichtete, was er beim DRK erfahren hatte.

»Dumm gelaufen«, sagte Leonhardt.

»Wir könnten immer noch die Schweizer Bank um Auskunft bitten.«

»Eher beißt sich Pallauer die Zunge ab.«

»Du musst ihn eben dazu bringen. Mit ein wenig Geschick und Strategie …«

»Das ist ausgeschlossen, und das weißt du auch.«

Henne nickte in Richtung des PCs. »Nimmst du den Rechner mit?«

»Mach ich. Morgen oder übermorgen bringe ich ihn zurück. Dann wissen wir mehr.«

»Beeil dich, ich will am Wochenende mit Erika verreisen. Mit meiner Beziehung ist nämlich alles in Butter.«

Leonhardt stöpselte den Rechner ab, und Henne brachte ihn zur Tür. Sein Blick fiel auf das Bild von Erika, das neben der Wellness-Buchung auf dem Telefontisch im Korridor stand. Erika lachte ihn an, und er fragte sich, ob das Foto womöglich alles war, was ihm von ihr blieb.

NEUNZEHN

»Möchtest du auch einen Tee?«

Alexa war ungewöhnlich freundlich, und Fleur beeilte sich zu nicken. Gleich war es so weit. Alexa füllte den Kocher mit Wasser und griff nach dem Stecker.

»Willst du wirklich verkaufen?«, fragte sie. Vielleicht hatte Alexa es sich doch noch anders überlegt.

»Was soll ich sonst mit dem Kasten anstellen?«

»Wir könnten weiter zusammenbleiben. Du und ich, wir sind schließlich eine Familie.« Vielleicht gelang es ihr, Alexa umzustimmen. Falls sie darauf einging, war es noch nicht zu spät.

»Damit ich so ende wie du? Schau dich an: verbraucht und verschrumpelt, eine alte Jungfer. Ich will leben, endlich frei sein.«

Fleur zwang sich, die Beleidigung zu überhören. »Dankwart hatte dir doch alles geboten. Du bist doch immer frei gewesen.«

»Er hat mir alles gegeben, außer Liebe.«

»Liebe! Was für ein sentimentaler Schwachsinn. Hast du überhaupt kein Verantwortungsgefühl? Weißt du nicht, was du mir schuldig bist?«

Unvermittelt knallte Alexa den Kocher auf die Küchenablage. Fleur zuckte zusammen.

»Und was soll ich dir schulden, Fleur, was?«

»Zeitlebens hat sich mein Bruder um mich gekümmert. Du bist seine Erbin, du nimmst seine Stellung ein. Auch mir gegenüber.«

Alexa verzog den Mund. »Verschone mich mit diesem Quatsch.«

»So siehst du das also.«

»Wir werden einen Platz für dich finden. In einem Damenstift oder einer schönen kleinen Wohnung.«

Fleur ballte die Hände. Sie wollte weder in eine Wohnung noch sonst wohin.

Hier war ihr Zuhause, hier wollte sie bleiben. Alexa war unbelehrbar, sie hatte die Strafe verdient.

Alexa nahm den Kocher wieder auf. Gleich musste es passieren. Fleur kniff die Augen zusammen. Sie hörte, wie Alexa versuchte, den Stecker in die Steckdose zu drücken. Die Kontaktstifte scharrten auf dem Kunststoff der Dose, dann rasteten sie in der Feder ein.

Fleur wartete auf den Knall. Aber nichts geschah. Irritiert riss sie die Augen wieder auf.

Alexa, die nach wie vor putzmunter war, stellte Tassen und Zucker auf ein Tablett. Warum zum Teufel lag sie nicht am Boden?

»Mir ist der Appetit auf Tee vergangen«, stieß Fleur hervor und stürzte die Treppe hinauf in ihr Reich. Sie brauchte geraume Zeit, ehe sie mit bebenden Händen den Schlüssel ins Schlüsselloch stecken konnten. Kaum eingetreten, knallte sie die Tür hinter sich zu und schloss sogleich wieder ab.

Hastig kletterte sie über Tüten und Taschen und warf alles, was ihr im Wege stand, beiseite. Sie kämpfte sich zum Fenster vor. Dort hatte sie ihren Plan geschmiedet. Dort, irgendwo in dem Durcheinander auf dem Nachttisch musste das Buch noch liegen.

Fleur fegte den Stapel Zeitschriften vom Tisch, ein Teller mit dem angetrockneten Rest eines Spiegeleis landete daneben und zersprang. Sie bückte sich und wühlte die Zeitschriften durch. Zwischen einem Modeheft und einem Boulevardblatt fand sie endlich das Buch. Es war zerfleddert und voller Flecke, ein altes Lehrbuch, das sie im Müll des Nachbarhauses gefunden hatte. Der Gärtnersohn hatte eine Ausbildung zum Elektroinstallateur angestrebt, aber vorzeitig abgebrochen.

Aufgeregt blätterte sie darin herum, bis sie die Stelle entdeckte, die sie auswendig kannte. Sie fuhr mit dem Zeigefinger die Zeilen entlang.

»Schutzleiter grün-gelb, Nullleiter blau, Phase braun.«

Genau so hatte sie es im Stecker des Wasserkochers vorgefunden.

»Mit einem Schraubendreher die Schraubklemmen lösen, die Leiter gemäß Vorgabe unter die Schraubklemmen legen und festschrauben.«

Sie hatte alles wie beschrieben getan, allerdings den Schutzleiter mit der Phase vertauscht. *Lebensgefahr*, so stand es in dem Buch. Es war schwer gewesen, den Stecker so zusammenzuschrauben, dass das Kabel nicht wieder herausrutschte. Alle Mühe umsonst.

»Kein Verlass auf den Müll«, knurrte sie und warf das Buch in eine Ecke.

Sie kroch zurück zur Tür, baute sich vor dem dort hängenden blinden Spiegel auf und musterte sich.

Vertrocknete Jungfer, hatte Alexa gesagt. Gewiss, sie war nicht so schön wie Alexa. Ihr Haar hatte einen stumpfen mausgrauen Ton. Die Nase war zu spitz geraten und stach wie ein Pfeil aus ihrem dürren Gesicht. Langsam fuhr Fleur mit den Zeigefingern die Falten entlang, die sich von ihren Nasenflügeln zum Mund zogen. Sie krallte die Finger in ihre Haut, als könne sie sie wie eine Maske abstreifen. Stechender Schmerz durchzuckte ihren Kopf.

Fleur starrte auf die roten Abdrücke, die ihre Nägel auf ihren Wangen hinterlassen hatten. Alexa hatte ganz recht, sie war alt und hässlich. Doch sie konnte nicht zulassen, dass ihr das wenige, was ihr geblieben war, genommen wurde.

Sie wandte sich um und überflog die Schätze, die sie im Laufe der Jahre zusammengetragen hatte. Ihr ganzes Hab und Gut, das für andere lediglich ein Haufen Abfall war. Sie sah Alexas alte Kleidungsstücke, die wie bunte Flecken aus dem Blau der Müllsäcke hervorstachen.

Alexa war zu einem Problem geworden, und Probleme musste man lösen.

ZWANZIG

Henne hatte beschlossen, den Tag zu nutzen, um sich in Form zu bringen. Schwimmen war ihm endgültig verleidet, und so blieb noch Laufen. Er war in seinen Trainingsanzug gestiegen, hatte die Turnschuhe geschnürt und joggte mit Dschingis am Ufer der Pleiße entlang. Noch war es trocken, doch am Horizont türmte sich bereits eine Wolkenfront, die ausgiebigen Regen versprach.

»Los, mein Junge, gib Gas«, keuchte Henne. Seit zehn Minuten kämpfte er mit Seitenstechen, aber bis zur Brücke wollte er noch durchhalten.

Dschingis spitzte die Ohren, dann setzte er zum Spurt an. Die Hundeleine ruckte, Henne stolperte und ließ sie los. Dschingis raste davon. Die Leine zog er wie einen Schweif hinter sich her.

»Bei Fuß!«, brüllte Henne, obwohl er wusste, dass er keine Chance hatte. Wenn Dschingis losstürmte, hatte er immer das Nachsehen.

Dschingis hatte ein Opfer gefunden. Aufgeregt bellend sprang er um eine Frau mit braunem, kurzen Haar herum. Die sprach beruhigend auf ihn ein. Im Näherkommen erkannte Henne Miriam Jakob. Wie er war sie in Laufkleidung, allerdings machte sie eine weit bessere Figur. Er zog den Bauch ein.

»Hallo«, begrüßte er sie und versuchte, seine Stimme möglichst normal klingen zu lassen.

»Selbst hallo.«

Ihr Lächeln ließ sein Herz hüpfen. Er schob es auf die Anstrengung des Sprints. »Was machst du hier?«

»Joggen, schätze ich, genau wie du. Wir haben viele Gemeinsamkeiten. Hast du das noch nicht bemerkt?« Miriam klang sarkastisch, geradezu verbissen. Sie vereinnahmte ihn mit einer Selbstverständlichkeit, die ihn ärgerte. Sie qualmte Zigaretten und sie kiffte sich zu. Alles Eigenschaften, die er nicht gerade schätzte. Trotzdem zog es ihn zu ihr hin.

Er hatte plötzlich ein flaues Gefühl in der Magengegend. Miriam war alles andere als gut für sein inneres Gleichgewicht.

»So viele Gemeinsamkeiten haben wir gar nicht«, sagte er.

»Wo bist du die letzten Tage gewesen?«, fragte sie. »Du hättest dich melden können.«

»Ich hatte Arbeit, jede Menge Stress.«

»Im Ernst?«

In ihren Augen blitzten goldene Funken auf. Hennes Magengrummeln wurde stärker. »Ich muss mit dir reden.«

»Komm heute Abend zu mir.«

Er zögerte und erwiderte dann: »Besser jetzt.« Keine zehn Meter vor ihnen stand eine Bank. »Setzen wir uns einen Augenblick.«

Miriam folgte ihm und nahm neben ihm Platz.

Dschingis weigerte sich, unter die Bank zu kriechen. Er knurrte leise. Henne zog ihn schließlich am Halsband an seine Seite. »Er ist nicht immer so«, sagte er.

»Vergiss den Hund. Sag lieber, was du auf einmal hast.« Miriam holte die unvermeidliche Zigarette aus der Tasche ihrer Joggingjacke und zündete sie an.

Henne bemerkte das leichte Beben ihrer Hand. Sie tat ihm leid, doch er widerstand der Versuchung, nach ihrer Hand zu greifen. »Du musst mir glauben, dass das nicht leicht für mich ist.«

»Ach ja?« Miriam inhalierte und blies einen Ring in die Luft. Er stieg hoch in die Äste des Baumes hinter der Bank, wo er sich auflöste.

»Ich habe dir etwas verschwiegen«, sagte Henne.

»Das bin ich gewohnt.« Ein weiterer Ring stieg empor.

»Meine Güte, tu doch nicht so abgeklärt.«

»Ich weiß, was du sagen willst. Du bist verheiratet. Na und?«

Wieder knurrte Dschingis. Henne kraulte ihn mechanisch am Kopf. »Du hast es die ganze Zeit gewusst?«

»Natürlich, und es ist kein Problem für mich.« Miriam drückte die Zigarette aus. Die Bewegung hatte etwas Endgültiges. Sie bestätigte Henne in seinem Entschluss.

»Vielleicht ist es das wirklich nicht, ich aber denke anders darüber.«

»Und wie?«

»Du brauchst einen Besseren. Einen, der gut für dich ist.«

»Woher willst du wissen, dass du nicht der Richtige für mich bist?«

»Ich bin egoistisch und rücksichtslos, und ich werde mich nicht von Erika trennen.« Das sollte reichen.

»Männer, die mir guttun. Pah! Zwischen denen und den Männern, die mir gefallen, liegen Welten.«

»Dir ist eben die große Liebe noch nicht begegnet.«

»Aber ich habe dich doch gern.«

Darauf wusste Henne nichts zu erwidern.

»Was ist mit dir? Du willst doch auch etwas von mir. Wir gehören zusammen.«

Er fühlte ihre Hand auf seiner und entzog sich ihr. Leise sagte er: »Ich liebe meine Frau. Ich will sie nicht länger betrügen, und erst recht will ich sie nicht verlieren.«

»Sie muss nichts von uns erfahren.«

»Du hast mich nicht verstanden. Ich will dich nicht wiedersehen.«

»Was ich will, spielt wohl keine Rolle?« Miriam zerrte am Reißverschluss ihrer Jacke. In ihren Augen standen Tränen.

Das flaue Gefühl im Magen war noch immer da. Henne verdrängte es, so gut er es vermochte, und zwang sich aufzustehen. Seine Beine waren wie Blei. »Leb wohl, ich kann nicht anders.«

Dschingis war sofort an seiner Seite.

»Du kannst mich nicht einfach abservieren.« Miriam sprang auf.

Dschingis blaffte. Auffordernd schaute er an Henne hoch. Henne nahm ihn an die Leine, und ohne sich noch einmal umzudrehen, lief er davon.

Miriam schrie ihnen etwas hinterher, aber Henne konnte es schon nicht mehr verstehen. Ein Donner rollte über den Fluss, kurz darauf ein Blitz. Dann brach das Unwetter los.

Bis auf die Haut durchnässt kam Henne zu Hause an. Er rubbelte Dschingis trocken, dann pellte er sich aus den Klamotten und stellte sich unter die Dusche. Das heiße Wasser prasselte auf seine Haut, bis er am ganzen Körper rot war wie ein Krebs.

Er brühte sich einen starken Kaffee und holte Lissy hervor. Es war noch nicht lange her, dass er Saxofon gespielt hatte. Nach einer kurzen Einspielphase legte er die Noten zu »L'Arlésienne« auf den Notenständer. Die Bizet-Suite handelte von einem armen Burschen, der wegen zweier Frauen sein Leben weggeworfen hatte. Er begann im Marschrhythmus, kräftig und laut. Der zweite Teil war getragen, melancholisch. Henne spielte ihn mit geschlossenen Augen, die Noten waren ihm vertraut. Dann begann er von vorn und wiederholte den Marsch. Die Klänge füllten Henne mit Zuversicht, als wüssten sie, wie klug er entschieden hatte. Nichts konnte ihn jetzt noch daran hindern, Erika zurückzugewinnen.

Hagen Leonhardt ging durch das Gebäude der ehemaligen Süßwarenfabrik, das seit einigen Jahren für Wohnzwecke genutzt wurde. Ursprünglich sollte es zu hochwertigen Lofts umgebaut werden, doch nachdem der Bauträger pleitegegangen war, hatte die Nachfolgergesellschaft entschieden, das Projekt vorerst auf Eis zu legen. Seitdem wurde der eine Flügel des Gebäudes unentgeltlich von verschiedenen Vereinen genutzt. In dem anderen Flügel wohnten Studenten gegen ein geringes Entgelt in mit eigenen Mitteln notdürftig hergerichteten Räumen.

Einer von ihnen war Clemens Riedel, ein Informatikstudent, der wegen Datendiebstahl und als Hacker straffällig geworden war. Das Studium lenkte seine Begabung in die richtigen Bahnen. Hin und wieder brach er trotzdem aus. Er betrachtete die Sicherheitssysteme von Unternehmen und Institutionen als seine ganz persönliche Herausforderung.

Leonhardt hatte Clemens einmal vor einer Anklage bewahrt und sich damit seine Loyalität erworben. Denn obschon Clemens als Ass in der Welt der Bits und Bytes galt, war er im realen Leben alles andere als ein Ass. Kurz gesagt, war er ein Computerfreak.

»Wo brennt es diesmal?«, fragte er, kaum dass Leonhardt Königs PC vor ihm abgesetzt hatte.

»Ich will den Zugriff auf sämtliche Dateien, die in diesem Rechner stecken. Er ist passwortgeschützt.«

»Hohes Tier?« Clemens klappte das Buch zu, in dem er gelesen hatte, und stand auf. Seine ausgewaschene Jeans hing ihm in den Knien, sodass Leonhardt den Rand der Unterhose sehen konnte.

»Kaum. Der Computer gehört einem Bauunternehmer.«

Clemens kratzte sich am Kinn. »Baufritzen sind zwar technisch begabt, aber keine Konkurrenz. Sobald ich das Passwort habe, melde ich mich.«

»Heute?«, fragte Leonhardt.

»Was springt dabei heraus?« Clemens legte den Kopf schief.

Leonhardt legte einen Fünfzig-Euro-Schein auf den Tisch. Das entsprach offenbar dem üblichen Preis.

»In Ordnung, kommen Sie nach der ›Tagesschau‹«, sagte Clemens, ließ sich wieder in den Sessel fallen und vertiefte sich erneut in sein Buch.

Leonhardt nahm ihm sein Benehmen nicht übel. Der Junge zeigte gute Ansätze. Jemand, der sich für Literatur und die Nachrichten interessierte, dem konnte die Welt nicht ganz am Arsch vorbeigehen.

»Mutzemaus? Was für ein idiotisches Wort.« Henne schüttelte den Kopf.

»Du würdest nicht glauben, auf welche Ideen die Leute kommen«, sagte Leonhardt. »Mutzemaus zählt noch zu den harmlosesten. Es war leicht zu knacken.«

Er rückte den Monitor auf Hennes Küchentisch zurecht und fragte: »Soll ich mich einloggen?«

»Klar doch, ich bin schon ganz gespannt.«

Leonhardt tippte die Buchstaben in das Passwortfeld und drückte auf Enter. Kurz darauf öffnete sich der Arbeitsplatz.

»Hier dürften seine Kontendaten sein.« Leonhardt zeigte auf einen Ordner. »Da muss ich mich separat anmelden.«

Er schaute auf den Zettel, den er neben dem Monitor abgelegt hatte und las eine Ziffernfolge ab.

»5-7-8-4-1-0, Enter.« Eine pdf-Datei klappte auf.

»Mensch, es funktioniert. Darauf trinken wir.« Henne holte zwei Flaschen Bier aus dem Kühlschrank, öffnete sie und drückte Leonhardt eine Flasche in die Hand. Der schaute kaum vom Monitor auf.

»Guck mal, Königs Schweizer Konto. Hier sind die Einnahmen und Ausgaben.« Er klickte mit der Maus auf die Zeilen. »Und hier sind Aufträge und Stornierungen.«

Es gab keine Geheimnisse. Je länger sie in den Auszügen lasen, desto klarer wurde es, dass es keine Überweisungen auf fremde Konten gab, dafür umso mehr auf Königs eigenes.

»Scheiße, ich hatte so gehofft, dass wir eine Schmiergeld-Affäre finden«, sagte Henne.

»Sei doch froh, dass sich dein ewiger Pessimismus einmal nicht bewahrheitet hat.«

Kommering konnte sich freuen, dass sein Dezernat sauber war.

»Was kann ich dafür, dass es immer wieder Korruptions-Skandale gibt, in die Beamte verwickelt sind.«

»Diesmal gibt es offenbar keinen.«

»Moment, was ist das?« Henne zeigte auf eine Überweisung von knapp fünfzigtausend Euro.

Leonhardt verglich die Daten. »Transfer von einem Konto, das ihm und seiner Schwester gemeinsam gehörte.«

»Gibt es noch mehr davon?« Eigentlich hatte Henne ohne besonderen Grund gefragt.

»Ich frage Frank, was die Bankunterlagen aus Königs Büro hergeben.« Leonhardt hängte sich ans Telefon.

Während Leonhardt telefonierte, studierte Henne noch einmal die Kontoauszüge.

»Von dem Konto ist ungefähr eine Million geflossen«, stellte er fest und nahm einen Schluck aus der Bierflasche.

Leonhardt klappte sein Handy zu. »Das deckt sich mit dem Anfangsbestand auf dem Gemeinschaftskonto. König hat alles abgeräumt. Frank checkt aber noch die anderen Konten durch.«

Es dauerte die ganze Nacht. Am Morgen war klar, dass sich Dankwart König nicht nur an Fleurs, sondern auch an Alexas Konto bedient und alles in die Schweiz transferiert hatte. Endbestand dreieinhalb Millionen Schweizer Franken, mithin zwei Millionen und sechshunderttausend Euro.

»Fetter Brocken.« Henne tastete nach seiner Narbe. Sie fühlte sich heiß an.

»Davon hätte er locker Selling auszahlen können. Und seine anderen Gläubiger auch.«

»Wer weiß, was er vorhatte.«

Leonhardt rieb sich die müden Augen. »Ich könnte einen Kaffee gebrauchen.«

»Sag bloß, die Kanne ist schon wieder leer.«

»Wie sonst hätte ich die Nacht überstanden? Seit zwei Tagen schlafe ich kaum.«

Während Henne Kaffee kochte, trat Leonhardt auf die Terrasse. Die Straße erwachte zum Leben. Ein Mann kam aus dem gegenüberliegenden Hauseingang und ging zu einem Lkw. Ein zweiter folgte kurz darauf und fuhr ebenfalls weg. Miriam Jakob saß auf dem Geländer am Überweg und blies Rauchkringel in die Morgenluft.

»Erwartest du Besuch?«, fragte Leonhardt über die Schulter.

»Nee, warum?«

»Da unten hockt die Jakob und glotzt hoch.«

Henne trat neben ihn.

»Zum Teufel, was will die hier?«, fragte Henne.

»Das frage ich dich.«

»Ich habe keine Ahnung.«

Vielleicht wartete die Jakob, bis Henne allein in der Wohnung war. »Denke ich das Richtige?«

»Was weiß ich, was in deinem Hirn vor sich geht. Falls du annimmst, ich hätte etwas mit ihr, liegst du jedenfalls falsch. Es ist nichts, zumindest jetzt nicht mehr.«

»Da bin ich ja beruhigt«, sagte Leonhardt.

»Wie ist es nun, willst du einen Kaffee oder nicht?«

»Klar will ich.« Leonhardt schielte auf die Uhr. Es war halb acht. »Beeil dich, in einer halben Stunde muss ich zum Dienst.«

»Seit wann legst du auf feste Zeiten Wert?«

»Seit Pallauer es will.« Pallauer brachte es fertig, die ganze Truppe zu ruinieren.

Henne nickte. »Er wird sich freuen, von Königs Konto zu hören.«

»Genau das werde ich ihm nicht auf die Nase binden. Was glaubst du, würde er tun?«

»Die Witwe in die Mangel nehmen.«

»Nee, nee. Pallauer würde mich wegen unerlaubten Besitzes von Beweismitteln mit einem Verweis belohnen.«

»Dann rücke eben ich der Dame auf die Pelle.«

»Bloß nicht! Du bist nicht im Dienst.«

Henne schwieg.

»Was machst du mit der da?« Leonhardts Kopf ruckte in Richtung Fenster.

»Ignorieren.«

Henne nahm die Eierpackung aus dem Schrank. »Wenn du schon nicht mit frühstücken kannst, nimm wenigstens Pflaumenkuchen mit.« Er wickelte ein Stück in Alufolie.

Leonhardt steckte den Kuchen ein und verabschiedete sich. Als er das Haus verließ, schaute er auf die andere Straßenseite hinüber. Miriam Jakob lächelte ihn an. Am liebsten wäre er zu ihr gegangen und hätte ihr gesagt, dass sie Henne in Ruhe lassen sollte. Er ballte die Hände und lief stumm weiter.

Henne klingelte an der König-Villa. Eigentlich hatte er erwartet, dass die Frauen um diese Zeit zu Hause waren, doch niemand öffnete. Er schlenderte ein Weilchen die Straße auf und ab und genoss die morgendliche Sonne auf der Haut.

Dschingis schnüffelte an jedem Zaunpfosten, bis er mitten auf dem Fußweg einen Haufen Hundescheiße entdeckte. Ehe Henne ihn davon abhalten konnte, wälzte er sich darin herum.

Henne rümpfte angewidert die Nase. Er nahm sein Taschentuch und versuchte, die Scheiße abzuwischen, allerdings mit mangelhaftem Erfolg. Sie klebte hartnäckig im Fell, auch wenn das bei der Dogge kurz war.

Seine Laune verschlechterte sich zusehends, als auch noch sein Magen zu schmerzen begann. Der Pflaumenkuchen vom Frühstück schien etwas gegen die Eier zu haben oder umgekehrt. Es rumorte in ihm, als wäre er der Märchenwolf, dessen Bauch mit Wackersteinen gefüllt war.

In der feinen Gegend gab es kein stilles Örtchen in den Büschen, hinter die sich Henne hätte schnell verziehen können. Ob er wollte oder nicht, er musste schleunigst zurück nach Hause. Die letzten hundert Meter rannte er, als ginge es um sein Leben. Am Morgen hatte er den Hintereingang genommen, jetzt lief er zum Vordereingang. Ob ihn Miriam Jakob sah, war ihm egal.

Miriam war jedoch verschwunden. Vermutlich hatte sie nicht länger auf ihn warten wollen, dennoch war er sonderbar beunruhigt. Er stürmte die Treppen hinauf und fand gerade noch rechtzeitig zur Toilette. Miriam war vergessen.

Später stand er am Wohnzimmerfenster und schaute hinaus. Schräg gegenüber steckte der Bote Zeitungen in die Briefkästen. Zeit für seine Morgenlektüre.

Im Treppenhaus lief er Frau Strehle in die Arme. Die rüstige Dame, Eigentümerin des Hauses und seine Vermieterin, beklagte sich ausgiebig über den Lärm, den sie nachts aus seiner Wohnung gehört haben wollte.

Obschon er sich keiner Schuld bewusst war, versprach er Besserung. Auf keinen Fall wollte er es sich mit ihr verderben. Er schätzte die Wohnung, die hinsichtlich Ausstattung, Lage und Preis unschlagbar war.

Im Briefkasten wartete außer der Tageszeitung eine Überraschung auf ihn. Ein ganz normaler Briefumschlag wie unzählige andere, allerdings ohne Anschrift und Absender. Unschlüssig wendete er ihn hin und her. Ein schwach wahrnehmbarer Duft löste eine Welle des Unbehagens in ihm aus. Er erwog, den Brief umgehend in den Papiercontainer zu befördern, dann nahm er ihn doch mit hinauf in die Wohnung.

Im Wohnzimmer setzte Henne sich in seinen Lieblingssessel, riss den Umschlag auf und zog ein eng beschriebenes Blatt heraus. Er entzifferte die Unterschrift, der Brief war von Miriam.

Je länger er las, umso klarer wurde ihm, Miriam wollte einfach nicht verstehen, dass es aus zwischen ihnen war. Sie stellte sich regelmäßige Treffen vor, wollte für ihn kochen und ihn lieben. Noch bestürzter allerdings wurde er, als er las, dass sie vorhatte, noch am selben Abend gegen sechs zu ihm zu kommen.

Das hatte ihm gerade noch gefehlt! Zumal Erika jederzeit dazwischenplatzen konnte und Miriam und ihm eine Szene machen würde.

Er schaute auf die Uhr. Bis um sechs blieben ihm gute sieben Stunden. Ihm musste etwas einfallen, wie er die Katastrophe abwenden könnte. Aber was? Sollte er so tun, als wäre er nicht da? Sollte er?

Er stand auf und ging ins Badezimmer, um sich die Hände zu waschen.

Er überlegte, ob er Leonhardt anrufen sollte. Vielleicht wusste der ja einen Rat. Doch Leonhardt hatte schon genug mit Pallauer zu tun. Blieb noch Kienmann. Aber Henne rief auch Kienmann nicht an. Er redete sich ein, dass es Quatsch ist, trotzdem fürchtete er die Vorwürfe des Freundes. Wenn er zumindest wüsste, wie er Erika zurückgewinnen konnte.

Henne ging ins Wohnzimmer und schaltete den Fernseher ein. Er zappte durch die Programme. Eine Talkshow, die Wiederholung des Abendfilmes. Bei der Coaching-Soap eines bekannten Hundetrainers blieb er hängen. Der Profi erklärte einem Hundehalter, wie er seinem Vierbeiner Gehorsam beibringen sollte.

»Sieh dich vor«, sagte Henne zu Dschingis, der neben ihm auf der Couch lag. »Ich lerne dazu.«

Der Hund im Fernsehen schaute sein Herrchen an, als wolle er sagen, dass er auch morgen noch lernen könnte, wie man Platz oder Sitz macht.

»Genau wie du.« Henne kraulte Dschingis den Kopf.

Er zappte weiter. Eine amerikanische Krimiserie. Natürlich stellten die Ermittler den Täter ohne Probleme. Die reine Verarschung, als ob es so einfach wäre! Er stellte den Fernseher aus.

Er sollte einen Mittagsschlaf machen. Henne schaute zur Uhr. Die Zeiger waren nur wenig weitergerückt, es war kurz nach eins. Trotzdem hatte er auf einmal das Gefühl, als liefe ihm die Zeit davon. Achtzehn Uhr hatte in Miriams Brief gestanden. Ihm blieb nur noch eine Galgenfrist.

EINUNDZWANZIG

Miriam beobachtete die Frau mit dem blonden Pferdeschwanz, die an der Kasse des Supermarktes stand und ihren Einkauf bezahlte. Sie hatte sofort gewusst, dass es sich nur um Heinrichs Frau handeln konnte. Gleich in dem Moment, als die Frau schon den Finger auf dem Klingelknopf neben Hennes Briefkasten gehabt hatte, dann aber gezögert, sich schließlich umgedreht hatte und die Straße hinab zum Supermarkt gelaufen war.

Ohne nachzudenken, war sie ihr gefolgt. Nun wusste sie nicht mehr, was sie tun sollte. Panik stieg in ihr auf. Die Frau verstaute ihre Einkäufe in einer Tüte und strebte dem Ausgang zu. Ohne zu überlegen, rannte Miriam ihr nach. »Frau Heine?«

Die Frau drehte sich um. »Kennen wir uns?«

»Miriam Jakob«, stieß sie hervor.

Die dunklen Pupillen der Frau weiteten sich erschrocken. »Sie!«

»Wir sollten miteinander reden.«

»Ich wüsste nicht, worüber.«

Miriam verwünschte die verfahrene Situation, als sich Frau Heine abwandte und im Begriff war, sie stehen zu lassen. »Warten Sie!« Sie rannte ihr nach. »Es interessiert Sie also nicht, was mich mit Heinrich verbindet?« Doch die blöde Kuh schaute stur geradeaus und lief weiter. »Schön, dass Sie nichts dagegen haben, dass ich bei ihm einziehe.« Es war ein letzter Versuch.

Und es funktionierte. Die Heine fuhr zu ihr herum. »Was haben Sie gesagt?«

»Na ja … Ich … Wir lieben uns.«

»Vielleicht sollten wir uns doch aussprechen.« Die Heine fingerte am Kragen ihrer Strickjacke herum.

»Hier sind zu viele Menschen, aber wir könnten zu mir gehen.« Sie bemühte sich, freundlich zu gucken.

»Komisch, Sie sehen wie eine nette Frau aus«, sagte die Heine da auch schon. »Ich will nicht ungerecht sein, Sie haben schließlich nicht alleine Schuld.«

»Wir sollten reden.«

»Also gut.«

Auf dem Weg zu Miriams Wohnung waren beide schweigsam.

Dennoch war es kein ungemütliches Schweigen. Miriam hatte das Gefühl, dass sie Freundinnen sein könnten, wären sie sich unter anderen Umständen begegnet. Ihre Hände waren feucht, als sie den Schlüssel ins Schloss steckte.

»Da entlang, bitte.« Sie wies nach vorn.

Heinrichs Frau machte einen zögernden Schritt und wartete dann.

»Gehen Sie nur, ich komme gleich.«

Frau Heine lächelte verlegen und ging weiter.

Miriam ergriff den schmiedeeisernen Schirmständer. Der schmiedeeiserne Fuß kratzte auf dem Parkett.

Die Heine musste es gehört haben, sie drehte sich um, doch es war zu spät. Miriam knallte den Schirmständer mit aller Kraft auf ihren Kopf. Lautlos sackte die Heine zusammen.

Miriam ließ den Schirmständer fallen und beugte sich über sie. An ihrer Schläfe war ein großer roter Fleck zu sehen, der sich zusehends dunkel färbte. Aber sie atmete. Das war gut, denn noch brauchte sie sie.

Immer wieder schweifte Hennes Blick zu der massigen Uhr. Es war ein Regulator, der seit Generationen im Besitz von seiner Familie war. Seit ihrer Hochzeit verunstaltete das dunkel gebeizte Teil ihr Wohnzimmer. Es war ihm nicht gelungen, seine Mutter zu überreden, ihn zurückzunehmen und gegen eine moderne Funkuhr auszutauschen. Pauline Heinrich hatte sich nie vorstellen können, dass Möbel nicht dunkelbraun sein könnten. Erika hingegen liebte helles Holz. Es war ein ewig währender Streitpunkt zwischen ihnen beiden.

In den letzten Stunden hatte Henne unzählige Male die Zeiger angestarrt. Noch immer haderte er mit sich. Sollte er auf Miriam warten oder besser verschwinden? Die Zeit drängte, er musste eine Entscheidung treffen.

Er gab sich einen Ruck und stand auf. Im Hinausgehen nahm er die Lederjacke vom Haken. Der Wetterdienst hatte Regen angekündigt, doch noch war der Himmel wolkenlos und strahlend blau.

»Auf!«, befahl Henne.

Dschingis öffnete ein Auge, gähnte verschlafen, klappte das Auge wieder zu und vergrub den Kopf zwischen den Vorderpfoten.

»Schluss mit den Zicken.« Henne legte ihm das Halsband um und zog ihn von seinem Schlafplatz hoch.

Sie tauchten in die drückende Schwüle der Häuserschlucht ein. Augenblicklich bildeten sich unter Hennes Achseln feuchte Flecke. Dschingis blieb am erstbesten Laternenpfahl stehen.

»Komm schon!«

Die Dogge senkte den Kopf und schaute Henne von unten her an.

»Na los, mach.«

Dschingis rührte sich nicht von der Stelle. Henne zog und zerrte, doch er erreichte nur, dass sich der Hund noch mehr sträubte. Die Schweißtropfen auf seinem Rücken hatten sich mittlerweile zu einem Rinnsal vereinigt.

»Denkst du, ich schwitze nicht?«, fragte er.

Als Antwort hechelte Dschingis nur noch stärker und setzte sich auf sein Hinterteil.

Henne bückte sich, um seinen aufgegangenen Schnürsenkel zu binden.

»Gut, dass ich Sie treffe«, erklang eine Stimme in seinem Rücken.

Henne fuhr herum und richtete sich rasch auf. Hinter ihm stand das Walross und grinste schief.

»Herr Gordemitz, was wollen Sie von mir.«

Das Walross drehte verlegen ein Basecap zwischen den Händen. »Es ist wegen Manne.«

»Ach ja?«

»Ich habe einen neuen Job. Bei Zogstädt.«

»Hoffentlich haben Sie mit dem mehr Glück als mit König.«

»Manne könnte auch bei ihm anfangen, aber er muss es bald tun. Sonst ist die Stelle futsch. Wann kommt er denn zurück, der Manne?«

»Gute Frage. Leider kenne ich die Antwort nicht.«

»Aber Sie sind doch von der Polizei. Sie haben ihn doch eingebuchtet.«

»Wieso sollte ich ihn inhaftiert haben?«

Gordemitz schwieg und schlug die Augen nieder. Immer noch drehte er das Basecap in seinen dicken Händen.

Henne hatte plötzlich Mitleid. »Nun hören Sie mal gut zu. Soviel ich weiß, hat Oberkommissar Pallauer Herrn Heiligenbrand in U-Haft nehmen lassen. An den müssen Sie sich wenden. Ich gebe Ihnen die Nummer.« Er schrieb Pallauers Telefonnummer auf einen alten Fahrschein, den er zufällig noch in der Tasche hatte, und reichte ihn Gordemitz. »Sie müssen sehr laut sprechen, wenn Sie mit ihm reden. Er hört schwer.« Pallauer hasste es, wenn er angeschrien wurde.

Gordemitz bedankte sich und steckte den Fahrschein ein. Dann ging er. Er war noch keine hundert Meter weit gekommen, da teilte ein Blitz die Wolkendecke. Unmittelbar darauf donnerte es. Der Himmel öffnete sich zu einem sintflutartigen Regenguss. Ehe sich Henne versah, war er bis auf die Haut durchnässt.

Dschingis sprang auf und stürmte los. Henne stürzte ihm nach, die Leine um das Handgelenk geschlungen. Ein weiterer Blitz zuckte nieder, noch einer und noch einer. Der Himmel hatte sich verdunkelt, die Straße war schwarz vor Nässe. Nur die Blitzlichter erhellten Streifen des Asphalts und die Pfützen, in die Regentropfen prasselten. Die Donnerschläge kamen näher.

»Hier hinein«, keuchte Henne und zerrte Dschingis in den Eingang einer Eckkneipe.

»Hunde müssen draußen bleiben«, brüllte der Kneipier, der am Fenster stand und das Unwetter verfolgte.

»Bei dem Wetter?«

Der Kneipier überlegte. Es dauerte ein Weilchen, er war wohl keiner von den Hellen. »Na schön, aber halten Sie den Köter an der Leine.«

Henne zog Dschingis zu einem Ecktisch und schüttelte sich das Wasser aus den Haaren. Dschingis tat es ihm gleich. Wassertropfen klatschten an die hell gestrichene Wand. Zum Glück bemerkte es der Kneipier nicht.

»Ein Bier?«, rief er von der Theke her.

»Nur zu.«

Als er das Bier brachte, sagte der Kneipier: »Da draußen sieht es nach Weltuntergang aus.«

»Das liegt an der Hitze, dazu die Luftfeuchtigkeit. Die erwärmte Luft steigt auf und erzeugt elektrische Spannung.«

Ein Blick in die dümmlich glotzenden Augen des Kneipiers ließ Henne verstummen. Nein, besonders hell war der Mann wirklich nicht. Der winkte ab und trat zurück hinter die Theke. Ab und zu musterte er Henne, der an seinem Bier nippte. Bestimmt überschlug er bereits, wie viel er an Henne verdienen würde, bis das Unwetter vorbeigezogen war.

Der Asphalt trocknete allmählich. Als sie in die Straße bogen, sah Henne das Licht aus seinen Wohnungsfenstern den Abend erhellen. Erika! Sie war wieder da.

Er rannte die Straße entlang, stürmte immer zwei Stufen auf einmal nehmend die Treppen hinauf und öffnete die Wohnungstür.

Eine rundliche ältere Frau stand im Korridor und strahlte ihn an.

»Mutter, was machst du denn hier? Was ist passiert?«

»Was für eine nette Begrüßung.« Pauline Heine zog Hennes Kopf zu sich her und küsste ihn. »Guten Abend, mein Junge.«

Henne konnte sich nicht vorstellen, was seine Mutter veranlasst haben könnte, unverhofft und unter der Woche bei ihm in Leipzig aufzutauchen. So etwas hatte sie noch nie getan, es musste etwas furchtbar Schlimmes geschehen sein. Etwas, das sie ihm nicht am Telefon sagen konnte. Sonst wäre sie kaum die vierhundert Kilometer von der Ostseeküste, wo sie seit ihrer Pensionierung wohnte, nach Leipzig gefahren. Wenigstens hatte sie nicht im Treppenhaus auf ihn warten müssen. Sie hatte ihren eigenen Schlüssel.

Er musterte sie. Sie sah aus wie immer, keine rot geweinten Augen, keine ungewohnte Blässe.

»Was ist los?«, fragte er.

»Nichts, es ist alles in Ordnung.« Pauline strich ihre Locken glatt.

»Wirklich?«

»Ja doch.«

»Aber was machst du hier?«

»Was schon – euch besuchen will ich. Erika ist übrigens noch nicht da. Wo steckt sie denn?«

Henne würde einiges erklären müssen. »Warum hast du nicht angerufen?«

»Setz dich erst mal und iss.«

Pauline schob Henne in die Küche. Als er Platz genommen hatte, füllte sie die Teller. Grüne-Bohnen-Eintopf mit Hammelfleisch. Henne fühlte sich zurückversetzt in seine Kindheit. Es roch und schmeckte wie in der Küche, in der sie damals gegessen hatten. Wider Erwarten war es ein angenehmer Zustand.

»Du hättest wirklich anrufen sollen«, sagte er zwischen zwei Bissen.

»Du bist mein Sohn, Erika meine Schwiegertochter. Ihr seid meine Kinder, da werde ich euch doch wohl auch unangekündigt besuchen dürfen.« Pauline griff nach ihrem Löffel.

Henne kannte diesen Tonfall nur zu gut. Wenn seine Mutter so zu ihm sprach, war es nur eine Frage der Zeit, bis sie sich stritten. Schnell lenkte er ein. »Natürlich. Du bist jederzeit willkommen bei uns.«

»Ich höre ja sonst so wenig von dir. Ich weiß gar nicht, wie es dir geht.«

»Gut.« Henne schluckte an einem Stückchen Fleisch. Es war zart und saftig, genau wie er es liebte.

»Bitte?«

»Es geht mir gut.«

Sie taxierte sein Gesicht. »Du siehst müde aus.«

»Ich bin müde.«

»Lässt dich Erika nicht schlafen?«

Er nahm sich Nachschlag. Mit vollem Mund konnte er nicht reden.

»Warum antwortest du nicht?«

»Hm?« Von Hennes Löffel tropfte Brühe auf den Tisch. Schnell steckte er ihn in den Mund.

»Ich wollte wissen, ob dich Erika nicht schlafen lässt.«

»Doch, doch.«

»Wie du meinst.« Pauline stand auf und spülte ihren Teller ab. »Wo ist sie?«, fragte sie.

»Wer?«

»Deine Frau, Henne. Wo ist denn Erika?«

Henne schluckte den Bissen hinunter. »Sie ist bei einer Freundin und bleibt dort über Nacht«, sagte er dann. »Ich kann also durchaus in Ruhe schlafen.«

»Fein.«

»Wann … Ich meine, wie lange bleibst du?«

»Nur zwei, drei Tage.«

»Zwei oder drei Tage?« Er sprach lauter als beabsichtigt. Es gelang ihm nicht, das Entsetzen aus seiner Stimme zu verdrängen.

»Ich mache dir keine Umstände. Ich will nur ein bisschen Zeit mit dir und Erika verbringen. Das ist doch wohl nicht zu viel verlangt, schließlich bist du mein Kind.«

»Ich bin erwachsen, Mutter.«

»Papperlapapp, du wirst immer mein Junge sein.« Sie holte eine Schachtel aus dem Kühlschrank. »Eis?«

»Mit Nüssen und Sahne?«

»Selbstverständlich.«

Schon war Pauline dabei, die Walnüsse zu knacken, die in einer Schale auf dem Fensterbrett standen.

Henne erinnerten ihre raschen Bewegungen an längst vergangene Sonntage, an Besuche von Verwandten und Freunden zur Kaffeezeit, vor denen er sich regelmäßig gedrückt hatte, um mit den Nachbarjungen Tischtennis und Fußball auf dem heruntergekommenen Spielplatz am Ende der Vorstadtstraße zu spielen, in der sie damals gewohnt hatten.

»Hattest du einen guten Tag?«, fragte Pauline, während sie das Eis in eine Schale schichtete.

»Es ging so.«

Pauline wusch sich die Hände und trocknete sie an einem Wischtuch ab. Henne lächelte. Es war die gleiche Geste wie früher, nur dass sie zu Hause eine Schürze benutzt hatte. Soweit er wusste, besaß Erika keine Schürzen.

Er schaufelte das Eis in sich hinein. Das Bettzeug für das Gästebett würde er im Schlafzimmerschrank finden. Er musste es nur noch beziehen. Pauline blieb über Nacht, und morgen würde er weitersehen.

ZWEIUNDZWANZIG

Erika wusste nicht, wo sie sich befand. Es war duster, durch ein Fenster fiel nur ein schwacher Schein. In ihrem Kopf hämmerte es, als wäre sie gegen eine Wand gelaufen. Sie wollte sich an die Stirn fassen, doch sie konnte sich nicht bewegen. Eine dünne Schnur schnitt schmerzhaft in Arme und Beine. Sie ertastete mit den Fingern einen rauen Stoff, wahrscheinlich eine Decke. In ihren Fingern prickelte es, sie waren eingeschlafen. Als sie den Kopf zur Seite drehte, erkannte sie ein Regal, das mit Kisten und Tüten vollgestopft war. Ein muffiger Geruch stieg ihr in die Nase. Sie musste in einem Keller sein. Wieder bewegte sie die Finger. Das Prickeln wurde stärker.

Mühsam hob sie den Kopf.

Sogleich wurde ihr übel. Der Schmerz in ihrem Schädel steigerte sich zum Tuckern eines Presslufthammers. Fast wäre sie wieder in Ohnmacht gefallen. Sie wollte es nicht zulassen und zwang sich, tief Luft zu holen. Sie konzentrierte sich darauf, durch die Nase ein- und den Mund auszuatmen. Ihre Kehle war trocken. Das Schlucken fiel ihr schwer.

Hinter ihr raschelte es. Eine dunkle Gestalt schob sich in ihr Blickfeld.

»Sie sind also wach.«

Erika blinzelte. Als sich die Gestalt bewegte, traf der Lichtschein auf dunkle, kurze Haare und ein markantes Gesicht.

»Miriam Jakob.«

»Schön, Sie erkennen mich also.«

Erika spreizte vorsichtig ihre Finger. »Was wollen Sie?«

»Denken Sie nach, dann kommen Sie schon darauf, weshalb Sie hier sind.«

Das konnte nur mit Heinrich zusammenhängen. Erika fühlte, wie sich ihr Magen zusammenzog. Sie ballte die Hände zur Faust. »Ich habe Ihnen nichts getan.«

Miriam trat nah an sie heran und beugte sich zu ihr herunter. »Du willst mir Heinrich wegnehmen.«

Das diffuse Licht reflektierte sich in ihren geweiteten Pupillen. Erika atmete auf, als sich die Jakob wieder aufrichtete.

»Das kann ich nicht dulden. Das verstehst du, oder?«

»Als ob das eine Rolle spielt.« Sie würde sich nicht einfach in das Los, das ihr die Jakob zugedacht hatte, schicken.

»Natürlich nicht.«

»Ich habe Durst.«

»Durst! Ist das alles, was Ihnen einfällt? Heinrich hat weiß Gott eine bessere Frau als Sie verdient.«

»Sie haben keine Ahnung.«

»Halt's Maul.«

Eine Eisenstange knallte neben Erika auf den Boden. Sie fuhr zusammen. Wenige Zentimeter näher, und die Jakob hätte ihr den Kopf zertrümmert.

»Diesmal habe ich dich verschont. Aber an deiner Stelle würde ich mich nicht darauf verlassen, dass meine Geduld lange anhält.«

Erika schluckte. Ihre Zunge lag wie ein Holzklotz in ihrem Mund.

Die Jakob war aus ihrem Blickfeld verschwunden. Sie lief irgendwo hinter ihr umher. Es klackte, als ob sie eine Schnalle öffnen würde. Dann knackte der Drehverschluss einer Flasche, Kohlensäure zischte.

»Hier!«

Ein Wasserstrahl traf Erika mitten ins Gesicht. Sie riss den Mund auf, suchte den Strahl, verschluckte sich und hustete und spuckte alles wieder aus.

Miriam schüttelte den Kopf. »Schöne Sauerei.«

»Mehr«, krächzte Erika.

»Später vielleicht.«

»Nein, bitte, jetzt!«

Miriam Jakob beugte sich mit einem Klebeband in der Hand über sie.

»Nicht! Hilfe, zu Hilfe!«

Die Jakob presste Erika einen Klebestreifen auf die Wange und zog ihn über ihren Mund. Ihre Hilferufe gingen in ein gedämpftes Brummen über.

»Damit du mir keinen Ärger machst. Denn weißt du, was mit Frauen geschieht, die Ärger machen?« Die Jakob fuhr mit dem Zeigefinger in einer unmissverständlichen Geste quer über Erikas Hals. Dann setzte sie sich neben sie und begann zu sprechen.

Anfangs hörte Erika zu. Sie wollte wissen, warum ihr die Frau Derartiges antat. Wollte sie verstehen, eine Erklärung finden. Aber je länger Miriam Jakob redete, desto mehr verabscheute sie die Frau. Die Jakob hatte sich in eine Scheinwelt hineingesteigert, sie war nicht mehr zurechnungsfähig.

Erika begriff nur eines: Wenn es ihr nicht gelang zu entkommen, würde sie sterben.

Henne wartete auf dem Parkplatz vor der König-Villa auf Leonhardt, doch der verspätete sich. Sie wollten die Frauen mit den leer geräumten Konten konfrontieren.

Unruhig lief Henne auf und ab und atmete auf, als Leonhardt um die Ecke bog.

»Stress mit Pallauer«, entschuldigte er sich knapp.

Henne ging schon voran zur Villa.

Leonhardt schloss zu ihm auf. »Ich rechne es dir hoch an, dass du auf mich gewartet hast. Du allein mit Alexa und Fleur König – das hätte Ärger gegeben.«

Glücklichweise wusste Leonhardt nichts von seinem Besuch vom vergangenen Tage. Im Grunde war ja nichts passiert, niemand hatte ihm geöffnet. Diesmal versprach der Besuch besser zu enden. Die Fenster standen offen, zumindest eine der beiden Frauen musste daheim sein.

Sie hatten die Eingangstür erreicht. Henne drückte lange auf den Klingelknopf.

Nichts. Im Haus blieb alles still.

Wieder drückte er auf die Klingel.

Plötzlich vernahm er einen gedämpften Schrei, dann polterte etwas. Womöglich war eine der Frauen gestürzt. Im Haushalt passierten die meisten Unfälle.

Leonhardt trat aus dem Schatten der Eingangssäulen und schaute an der Fassade entlang nach oben. Ein zweiter Schrei ließ ihn zu Henne zurückhasten.

Henne warf sich gegen die Tür. Einmal, zweimal. Die Tür knirschte, doch sie hielt. Aus dem Innern der Villa war ein Kreischen zu hören.

Leonhardt zerrte Henne beiseite. »So wird das nichts.« Er fummelte eine ec-Karte hervor, ein schneller Griff, ein Ruck, dann war die Tür auf. Die Geräusche kamen aus dem oberen Stock. Scharren mischte sich mit Keuchen.

Plötzlich ein Schrei. »Lass mich los!«

»Schnell!« Henne sprintete die Treppe hinauf.

Direkt neben der Treppe befand sich Alexas Schlafgemach. Er stürzte hinein.

Im Zimmer herrschte Chaos. Kleidungsstücke waren über den Boden verstreut. Die Schranktüren standen offen, eine hing schief in der Angel, als ob sich jemand daran festgehalten hatte. Der Stuhl vor dem Schminktisch war umgekippt, die Schminkutensilien waren wild durcheinander geworfen.

Alexa lag vor dem Bett. Fleur hockte im Reitersitz auf ihrem Bauch und presste ein Kissen auf ihr Gesicht. Alexa ruderte mit Armen und Beinen durch die Luft, aber Fleur hielt sie fest. Ihre Brille war verrutscht, Haarsträhnen hingen in ihre verzerrten Züge.

»Lassen Sie sie los!«, schrie Henne. »Sie bringen sie noch um.«

Fleur reagierte nicht. Leonhardt rannte an Henne vorbei und versuchte, sie zurückzureißen.

Henne packte Fleur an den Haaren. Sie kreischte vor Schmerz, doch sie ließ nicht von Alexa ab. Deren Beine zuckten mittlerweile so stark, als wollten sie sich jeden Augenblick vom Körper lösen.

»Verdammt, hören Sie endlich auf«, brüllte Henne und umklammerte Fleurs dünnen Hals.

Fleur japste und rang nach Luft, doch noch immer drückte ihr ganzes Gewicht auf Alexas Kopf.

Leonhardt gelang es schließlich, sie von Alexa wegzustoßen. Er warf das Kissen beiseite und beugte sich über Alexa, deren Gesicht bereits blau angelaufen war. Sie hatte die Augen verdreht, sodass nur das Weiße zu sehen war, und schien nicht mehr zu atmen.

Leonhardt begann sofort mit der Herzdruckmassage.

Henne hielt nach wie vor Fleurs Hals zwischen den Händen. Ihre Augen quollen aus den Höhlen, da gab er sie frei.

Plötzlich hatte Fleur ein Messer in der Hand und stieß zu. Henne stockte, dann spürte er den Schmerz. Das Miststück hatte ihn doch tatsächlich verletzt.

Fleur holte erneut aus, doch diesmal war Henne schneller. Er packte ihr Handgelenk und verdrehte es, bis es mit einem harschen Knacken brach.

Fleur schrie auf. Sie ließ das Messer fallen und ging in die Knie. »Mein Arm, mein Arm! Was haben Sie gemacht?«

Eine Hand auf die blutende Stichwunde an seinem Bauch gepresst, fingerte Henne mit der anderen seine Handschellen vom Gürtel und ließ einen Ring um Fleurs linkes Gelenk schnappen. Er zerrte sie zur Fensterfront und befestigte den anderen Ring an einem Heizungsrohr.

Fleur hörte gar nicht mehr auf zu jammern. »Sie tun mir weh.«

Henne hockte sich neben Leonhardt, der mit den abwechselnden Herzdruckmassagen und der Mund-zu-Mund-Beatmung aufgehört hatte. Alexas Gesicht hatte etwas Farbe bekommen. »Wie geht es ihr?«

»Sie atmet wieder.«

»Gott sei Dank.«

»Wir brauchen einen Krankenwagen. Auch wegen dir.« Leonhardt zeigte auf das Blut, das zwischen Hennes Fingern hervorquoll.

»Das ist nichts weiter.«

»Überlass das den Ärzten.«

Unvermittelt wurde Henne übel. Er lehnte sich mit dem Rücken an das Bett und schloss die Augen. Pauline würde umsonst mit dem Essen auf ihn warten.

Erika war eingedöst.

Als die Tür aufschwang, schreckte sie hoch. Sie sah Miriam Jakob auf sich zukommen und schloss die Lider. Mit einem Ruck wurde der Klebestreifen von ihrem Mund gerissen. Der Schmerz trieb ihr Tränen in die Augen.

»Heinrich ignoriert mich«, sagte die Jakob. Sie hielt Erika ein Handy ans Ohr. »Melde dich mit deinem Namen und sag, er soll tun, was ich verlange. Sonst hat er dich auf dem Gewissen.« Sie kniff Erika in die Wange. »Keine Spielchen, klar?«

Das Rufzeichen tutete.

Geh ran, flehte Erika im Stillen. Sie wollte in den Hörer schreien, dass sie im Keller dieser schrecklichen Jakob steckte, dass Henne die Adresse herausfinden musste, dass er sie …

Der Anrufbeantworter schaltete sich ein. Erika brachte nur ein klägliches Schluchzen hervor.

Miriam Jakob rammte ihr den Hörer ans Ohr. »Melde dich!«

»Hier Erika, ich bin bei …«

Die Jakob riss das Telefon weg von Erikas Ohr. Gleichzeitig landete ihre Faust auf Erikas Nase. Diese konnte einen Schmerzensschrei nicht unterdrücken.

»Blödes Weib, verdammtes! Das wirst du noch bedauern.« Die Jakob zog ein Messer aus der Jackentasche.

»Wenn Sie mich töten, wird er Sie hassen«, sagte Erika.

Miriam ließ ihre Hand vorschnellen. Sie krallte sich in Erikas Haar und wickelte sich eine Strähne um die Finger. Mit der freien Hand holte sie aus.

Erika sah Stahl aufblitzen und schrie auf. Es ratschte, dann war ihr Kopf frei. Sie schluchzte, als sie erkannte, dass es die Jakob nicht auf ihr Leben, sondern auf ihre Haare abgesehen hatte. Die abgeschnittene Locke verschwand in einem Umschlag.

»Das schicke ich Heinrich als Beweis. Das nächste Mal könnte es eines deiner Augen oder eine Hand sein. Bete, dass er auf meine Wünsche eingeht.«

Dann war Erika allein.

Leonhardt fummelte den Schlüssel ins Schloss. Er hielt sich nicht damit auf, zu klingeln. Soweit er wusste, spielte Erika noch immer die Spröde und war bei Ulrike untergeschlüpft. Da wurde mit einem Mal die Tür aufgerissen.

Leonhardt sah sich einer kleinen, drallen Frau gegenüber, die ihn argwöhnisch von oben bis unten musterte.

»Sie kenne ich doch«, sagte sie. »Hagen Leonhardt, stimmt's?«

Leonhardt nickte verblüfft.

»Wir sind uns vor Jahren mal bei einer Feier begegnet. Heinrichs Geburtstag, wenn ich nicht irre. Ich bin seine Mutter, Pauline Heine.«

Leonhardt dämmerte es. Aus irgendeinem Grund hatte er die energische Frau Heine in die hintersten Winkel seines Gedächtnisses verdrängt.

»Heinrich ist nicht da.«

»Er liegt im Krankenhaus.«

Frau Heine öffnete ihren Mund, doch kein Ton kam heraus. Dann sagte sie so leise, dass Leonhardt sie kaum verstehen konnte: »Er ist doch nicht …?«

»Nein, nein, er lebt. Aber er wurde verletzt.«

»Ver...?«

»Eine Stichwunde.«

»Stich...?« Die Augen von Frau Heine wurden schmal. »Wenn ich den Kerl, der ihm das angetan hat, in die Finger bekomme, na, der kann was erleben!«

»Wir haben ihn schon. Besser gesagt, wir haben sie schon.«

»Sie?«

»Es war eine Frau.«

Leonhardt folgte der kopfschüttelnden Frau Heine in die Küche.

»Früher hat es so etwas nicht gegeben. Da hatten die Frauen noch Anstand«, sagte sie und griff nach ihrer Handtasche, die neben der Spüle stand. »Meine Schwiegertochter wird sich ja darum kümmern, dass der Junge mit allem versorgt wird, was er benötigt.«

»Henne braucht ein paar Sachen. Schlafanzug, Zahnputzzeug«, sagte Leonhardt.

»Ich fahre mit Ihnen in die Klinik. Alles andere kann warten.«

Leonhardt war anderer Meinung, doch er wagte nicht, Frau Heine zu widersprechen. »Hausschuhe und Bademantel wären schon gut.«

»Haben Sie was an den Ohren? Die Erika macht das schon.«

»Ich ... äh ... ich glaube nicht.«

»Wie bitte?«

Leonhardt konnte nicht lügen, wollte es auch nicht. »Erika ist ausgezogen.«

»Sie ist was?«

Leonhardt lächelte sanft und hoffentlich beruhigend. »Sie wohnt bei einer Freundin.«

»Aha! Das ist wohl diese Miriam, was?«

Frau Heine schien Miriam Jakob also zu kennen. »Wieso nehmen Sie das an?«

»Kommen Sie mit!«

Frau Heine führte ihn ins Wohnzimmer. Sie zeigte auf das Telefon. Der Anrufbeantworter blinkte.

»Diese Miriam hat ein paarmal angerufen. Ich hätte mit ihr gesprochen, aber dieses Teufelsding kann ich nicht bedienen.«

Leonhardt drückte auf die Lautsprechertaste und hörte die Anrufe ab. »Heinrich, hier ist Miriam. Ich muss dich sehen. Melde dich schnell, sonst ist es vielleicht zu spät. Du wirst es bereuen, wenn du dich nicht mit mir triffst.«

Am Anfang klang Miriams Stimme noch klar und fest, dann wurde sie von Anruf zu Anruf drängender, zuletzt klang sie ziemlich wütend. Ihm wurde fast schlecht vor Angst. Miriam hatte Erika in ihrer Gewalt, daran konnte es keinen Zweifel geben, obwohl sie es nicht ausdrücklich gesagt hatte. Er hatte es auch so begriffen. Diese Verrückte versuchte, Henne zu erpressen. Er hätte sich niemals mit ihr einlassen sollen.

»Wissen Sie, wann der letzte Anruf kam?«, fragte er.

Frau Heine überlegte. »Das muss etwa dreißig Minuten her sein. Ich war gerade in der Küche und wollte mir eine Tasse Kaffee kochen.«

»Gute Idee. Einen Kaffee könnte ich jetzt auch brauchen.«

»Aber, der Heinrich, ich muss zu ihm, und zwar schnell!«

»Später, Pauline. Ich darf Sie doch so nennen?« Leonhardt drückte ihre Hand.

Frau Heine – Pauline – nickte. »Wir müssen nachdenken. Ich will Ihnen nichts vormachen, aber ich glaube, Ihre Schwiegertochter ist in Gefahr. Weit mehr als Ihr Sohn.«

»Mein Gott!«

»Sie können mir helfen.«

»Ich? Aber Heinrich wartet doch.«

»Im Augenblick schläft er. Für ihn können Sie nichts tun. Für Erika hingegen kann Ihre Hilfe lebensnotwendig sein.«

»Was muss ich tun?« Pauline straffte sich.

»Kommen Sie einfach mit. Wir gehen zu Miriam Jakob. Unterwegs erzähle ich Ihnen, wie ich mir das vorstelle.«

Pauline streifte eine dünne Strickjacke über. Sie schloss sorgfältig die Wohnungstür ab und folgte Leonhardt die Treppe hinunter.

»Erzählen Sie mir doch schnell, wie das mit Heinrich passiert ist«, sagte sie.

Leonhardt ahnte, dass sie sich nicht würde auf Erikas Befreiung konzentrieren können, solange sie nicht wusste, was ihrem Jungen passiert war. Er berichtete, was sich in der König-Villa zugetragen hatte.

Pauline blieb auf dem Treppenabsatz im ersten Stock stehen. Sie schaute ganz starr. Es war wohl doch ein bisschen viel für sie. »Pauline?« Leonhardt legte ihr den Arm um die Schultern. »Alles in Ordnung?«

Pauline schüttelte ihre Benommenheit ab. »In Ordnung? Machen Sie Witze? Nichts ist in Ordnung. Mein Junge ist Polizist, damit habe ich mich abfinden müssen. Doch dass er derart gefährlich lebt – nein –, das lasse ich nicht länger zu.«

»Pauline!« Leonhardt suchte ihren Blick. Sie hat Hennes Augen, braun mit hellen Pünktchen, fiel ihm auf. »Henne ist ein erwachsener Mann. Er weiß, was er tut.«

Paulines Oberlippe begann zu beben, dann rollten die Tränen. »Er ist doch das Einzige, was ich habe«, schluchzte sie.

Was tat man in so einer Situation? Vermutlich trösten. Seine Drillinge kamen ihm in den Sinn. Wenn sich einer von ihnen wehgetan hatte, half es, dass er sie im Arm wiegte und leise sang.

Pauline weinte leise eine Weile, doch allmählich fing sie sich. »Sie müssen mich für eine sentimentale alte Schachtel halten«, sagte sie.

»Ach was, Sie sind eine Mutter. Ich bin Vater, ich verstehe das.«

»Wirklich?« Über Paulines Gesicht zuckte ein trauriges Lächeln.

»Lassen Sie uns gehen.« Leonhardt reichte ihr den Arm.

Pauline reckte ihr Kinn vor und hakte sich ein.

Miriam lauschte draußen an der Tür. Kein Laut drang heraus, sie war zufrieden damit, wie sie es dieser Erika Heine gezeigt hatte. Wenn es bloß mit Heinrich besser laufen würde!

Ob sie zu ihm nach Hause fahren sollte? Er war nicht ans Telefon gegangen. Vermutlich war er nicht da.

Sie könnte es in seinem Büro versuchen. Irgendjemand würde schon wissen, wo er sich aufhielt. Allerdings musste sie jede Aufmerksamkeit vermeiden. Die Bullen wollte sie auf keinen Fall im Haus haben.

Langsam ging sie die Treppe hoch. Fast hätte sie nicht aufgepasst und sich den Kopf an der niedrigen Decke des Kelleraufganges gestoßen. Im letzten Moment duckte sie sich.

»Guten Tag, Frau Jakob.« Frau Rabe, die ältere Frau mit den blassblau gefärbten Löckchen aus dem Erdgeschoss, stand auf der obersten Stufe und nickte ihr freundlich zu.

»T-tag … Tag auch«, stotterte Miriam.

»Ich wollte eben hinunter. Heute soll es Kirschen geben zum

Nachtisch, die eingeweckten vom vorigen Jahr. Ich habe sie im Kellerregal, das muss ja auch mal geleert werden.«

»Ich helfe Ihnen. Haben Sie den Schlüssel?«

»Wie freundlich von Ihnen.« Frau Rabe reichte Miriam ihren Schlüsselbund. »Der kleine, blanke ist es. Der Keller hinten links.«

Miriam drehte sich um und ging in den Kellergang zurück. Vor der Tür zu ihrem eigenen Keller hörte sie Erika wimmern. Sie ging zu der letzten Kellertür auf der linken Seite und öffnete sie. Frau Rabes Einmachgläser standen säuberlich aufgereiht in einem Regal. Miriam griff sich ein Kirschglas und brachte es nach oben.

»Das ging aber fix«, sagte Frau Rabe.

»Gern geschehen.«

Miriam wartete, bis Frau Rabe in ihrer Wohnung verschwunden war. Erst dann traute sie sich, das Treppenhaus zu verlassen.

Der Keller war kein sicheres Versteck. Die Alte konnte jederzeit wieder Appetit auf Eingemachtes bekommen. Diese Erika musste weg.

Henne war nicht überrascht, Pauline an seinem Bett zu sehen.

Sie strich ihm übers Haar. »Junge, du machst vielleicht Sachen.«

Henne bemühte sein Gedächtnis, doch es ließ ihn im Stich. Was meinte sie bloß damit? Sein Blick fiel auf die Nadel in seiner Vene. Er sah den Schlauch, der zu einem halb vollen Infusionsbeutel an einem Metallgestell führte. Hatte er einen Unfall gehabt? Er war in der König-Villa gewesen, jetzt erinnerte er sich. Fleur und Alexa, die Frauen hatten miteinander gekämpft. Fleur hatte Alexa ersticken wollen, er hatte sich auf sie gestürzt, und plötzlich hatte sie ein Messer gehabt.

Hoffentlich war es Leonhardt gelungen, diese Verrückte festzusetzen.

Er hob den Kopf. Pauline hatte saftig gelben Löwenzahn in der Hand. Nur sie wusste, wie sehr er die Hundeblumen liebte. Als Kind hatte er Stunden damit zugebracht, die gelben Blüten zu pflücken, damit sie Sirup daraus machen konnte. Waren sie verblüht, hatte er die Samen in die Luft gepustet. Während Pauline die Blumen in eine Vase stellte, schlief Henne mit einem Lächeln auf den Lippen ein.

Leonhardt hatte gründlich über Miriam Jakob recherchiert. Hätte Pallauer gewusst, womit er sich die Zeit vertrieb, hätte es sicher Ärger gegeben. Pallauer wusste es aber nicht, wie er überhaupt wenig davon wusste, wie die Kommissare der SoKo arbeiteten. Leonhardt hatte alles getan, um diesen Zustand aufrechtzuerhalten. Zwar hatte er Pallauer über Fleurs Verhaftung Bericht erstattet, Hennes Beteiligung jedoch verschwiegen.

Pallauer hatte ihn ohne merkliche Regung angehört und dann abgewunken. »Königs Schwester, na ja. Die ist eine verrückte alte Jungfer. Sie wird ihren Bruder kaum umgebracht haben. Wurde sie festgenommen?«

»Sie ist im Krankenhaus und wird bewacht.«

»Und Königs Frau? Hat sie Anzeige gegen Fleur König erstattet?«

Leonhardt hatte den Kopf geschüttelt. Er hatte mit dem Gedanken gespielt, Pallauer über die Kontenbewegungen, die Fleurs sauberer Bruder mit ihrem Geld vorgenommen hatte, in Kenntnis zu setzen. Pallauer aber hatte die Nase längst wieder in die Tageszeitung gesteckt.

Also war Leonhardt zurück an seinen PC gegangen und hatte in Sachen Miriam Jakob ermittelt. Er wunderte sich, dass sie die Frau bislang nicht eingehend durchleuchtet hatten. Es gab nur eine Entschuldigung für diese Nachlässigkeit: Es hatte keinen Hinweis darauf gegeben, dass in Miriam Jakobs Fall ein wenig mehr als die üblichen Routineuntersuchungen angebracht waren. Er mochte nicht daran denken, dass vielleicht Henne absichtlich die Frau aus den Ermittlungen herausgehalten haben könnte.

Miriam Jakob war im Laufe der letzten vier Jahre neunmal umgezogen. Ihre Spur zog sich durch ganz Deutschland. Hamburg, Hannover, Düsseldorf, Berlin, Magdeburg, Schwerin, München, Frankfurt, Stuttgart, Leipzig. Überall hatte sie als freie Architektin gearbeitet.

Leonhardt hatte eine Karte vor sich ausgebreitet und malte Kringel um die Städte. Dabei massierte er seine Schläfen. Die Jakob schien ziellos hin und her gezogen zu sein. Eines allerdings war auffällig: Bei jedem Umzug war sie in ein anderes Bundesland gewechselt.

Gab es dafür einen Grund? Wollte sie vielleicht vermeiden, dass die Polizei ihre Spur verfolgte? Die Zusammenarbeit der Behörden über die Landesgrenzen hinaus klappte nicht immer so, wie sie sollte.

Leonhardt griff zum Telefonhörer. Mal sehen, was die Kollegen vor Ort dazu zu sagen hatten.

DREIUNDZWANZIG

»Sie müssen ruhen.« Die Krankenschwester schob Henne zurück ins Bett.

Henne schüttelte den Kopf, doch gegen Schwester Moni war er machtlos. Moni erinnerte ihn an seine Englischlehrerin. Sie trug den gleichen Pagenschnitt und hatte ein herzförmiges Gesicht mit einem meist strengen Ausdruck. Er konnte ihr nichts entgegensetzen, als sie ihn energisch auf die Matratze drückte und den Tropf in seine alte Stellung brachte. »Das Ding können Sie wegnehmen«, sagte er.

Schwester Monis schmallippiges Lächeln machte ihm Mut.

»Überhaupt – wann komme ich endlich hier raus?«

»Darüber entscheidet der Doktor.«

»Dann mal her mit ihm.«

»Visite ist vormittags um zehn.«

»Und?«

»Wir haben Abend.«

»Ich sterbe vor Hunger. Einen Kaffee könnte ich auch gebrauchen.«

»Klar, wir sind ein starker Häuptling, was?« Schwester Moni wandte sich zur Tür.

»Bei Ihnen bin ich mir da nicht sicher«, rief ihr Henne nach. »Bei mir schon.«

Kaum war die Schwester verschwunden, schwang er die Beine aus dem Bett. Beim Aufsetzen schwindelte es ihn ein wenig, doch es war nicht genug, um ihn aufzuhalten. Langsam tappte er zur Tür und lugte auf den Gang. Der Tropf quietschte leise, als er ihn am Arm nachzog. Hoffentlich hörte Schwester Moni ihn nicht. Henne schaute in den Gang, und da sah er, wie sie in einem Zimmer am anderen Ende verschwand.

Er schlurfte zurück zum Schrank. Irgendwo mussten seine Sachen sein.

Der Schrank war in drei Segmente geteilt. Eines für jedes Bett. Henne war der einzige Patient in diesem Zimmer. Hinter der dritten Schranktür wurde er fündig: Jeans, Unterwäsche, Socken, ein frisches Hemd. Das musste Pauline ihm mitgebracht haben.

Er tastete die Sachen ab. Ganz hinten fand er, was er suchte. Sein Handy, er zog es hervor. Das Display war schwarz, der Akku war leer. Henne warf das Handy in das Schubfach seines Nachttisches.

Er entdeckte den Rufknopf an der Kopfseite seines Bettes und drückte drauf. Dann kroch er in das Bett zurück.

Als Schwester Moni kam, lag er da, als hätte er sich die ganze Zeit über nicht gerührt.

»Also doch Indianerschmerz?«, fragte sie.

»Ich brauche ein Telefon.«

»Aber sicher. Und ich brauche Patienten, die mich mit unnötigen Privatgesprächen von der Versorgung wirklicher Notfälle abhalten.«

»Es ist wirklich dringend.«

Ein prüfender Blick traf ihn. »In Ordnung, morgen lasse ich Ihnen eine Prepaidkarte bringen. Dann können Sie das Telefon benutzen.«

»Zum Teufel, warum nicht jetzt?«

»Weil kein Mensch da ist, der es freischalten kann, klar? Und nun lassen Sie mich endlich meine Arbeit machen.« Schwester Moni schickte sich an, das Zimmer zu verlassen.

»Ich könnte von Ihrem Anschluss aus telefonieren. Sie haben doch einen?«, sagte Henne.

Die Schwester wandte sich zu ihm um. »Der ist für das medizinische Personal.«

»Schon klar, aber wenn Sie eine Ausnahme machen würden? Mir zuliebe?« Henne versuchte, treuherzig zu gucken. Ein Flirtversuch würde sie vielleicht überreden.

»Aber nur ganz kurz.« Mit einem geübten Griff um seine Taille half sie Henne auf die Beine.

Erst jetzt bemerkte er, dass das Hemd, das er trug, ziemlich kurz war und noch dazu auf der Rückseite auseinanderklaffte. Er zog es über seinen Hintern.

»Geben Sie sich keine Mühe.« Schwester Moni grinste. »Ich habe schon alles gesehen, was Sie zu bieten haben.«

»Ich nehme an, Sie sind beeindruckt.« Henne grinste ebenfalls und griff nach seinem Bademantel, den Pauline ordentlich an einen Haken neben dem Schrank gehängt hatte.

Von Schwester Moni geführt, schob er sich mit dem Tropf die

Station entlang zum Schwesternzimmer. »Haben Sie viele solche Fälle wie mich?«

»Workaholics? Dauertelefonierer? Nein, die meisten Kranken sind geduldig.«

»Ich meinte, Stichverletzungen.«

»Keine Bange, man hat Sie ordentlich zusammengeflickt. Sie sehen aus wie neu.«

Henne seufzte. Die Narbe in seinem Gesicht machte ihm schon genug Schwierigkeiten. Wer weiß, was die Narbe auf dem Bauch mit sich bringen würde? Bis jetzt hatte er die Naht noch nicht gesehen.

»Da wären wir.« Sie hatten das Schwesternzimmer erreicht. »Sie setzen sich mal hübsch auf den Stuhl, während Sie telefonieren. Ein umkippender Riese würde mir gerade noch fehlen.«

Henne tat wie geheißen und wählte.

Leonhardt nahm beim ersten Klingeln ab. »Mensch, dass du schon wieder auf den Beinen bist …«

»Was ist mit Fleur König? Und der schönen Alexa?«, fragte Henne.

Leonhardt berichtete knapp von Fleur. »Derzeit ist sie im Krankenhaus. Du hast ihr den Arm gebrochen.«

»Wenn ich Zeit habe, entschuldige ich mich bei ihr.«

»Das sollte dir leichtfallen. Sie liegt eine Etage unter dir.« Leonhardt klang nicht begeistert.

»Was, hier?«

»Im Haftkrankenhaus war kein Einzelzimmer frei. Fleur König ist eine gefährliche Irre, sie kann unmöglich mit anderen zusammengelegt werden. Also wurde sie in die öffentliche Klinik gebracht, in die geschlossene Abteilung. Mir wäre lieber, sie wäre hinter Gittern.«

»Wann kommst du?«

»Morgen, so Gott will.«

»Pallauer ist nicht Gott.«

»Also morgen, fest versprochen.«

Ehe Henne weiterfragen konnte, hatte Leonhardt aufgelegt.

Henne blickte Schwester Moni an. »Wissen Sie, wie es Fleur König geht? Sie ist in der geschlossenen Abteilung.«

Schwester Moni machte ein strenges Gesicht. »Wir kümmern uns gut um unsere Patienten. Mehr darf ich Ihnen nicht sagen.«

Dämlicher Datenschutz, alles musste man selber machen. Morgen würde er Fleur König einen Besuch abstatten.

Das Krankenhaus hatte sein eigenes Leben. Henne gewöhnte sich allmählich an die Geräusche, die vom Gang in sein Zimmer drangen. Kurz nach sechs Uhr morgens ging die Schwester von der Frühschicht herum, brachte die Fieberthermometer und maß den Puls. Sieben Uhr dreißig begann die Frühstückszeit. Rollwagen klapperten über den Flur, die hergerichteten Teller wurden verteilt. War das Geschirr wieder eingesammelt, kam der Reinigungsdienst und wischte die Böden.

Um zehn war Visite. Henne hörte die Ärzte schon draußen miteinander debattieren, doch ihm konnten sie nichts Neues sagen. Immerhin befreiten sie ihn von dem leidigen Infusionsgerät.

Kaum war der weißbekittelte Trupp verschwunden, steckte Henne seinen Polizeiausweis ein und stiefelte ein Stockwerk tiefer. Dort, so hatte Leonhardt gesagt, musste die geschlossene Abteilung sein.

Die Etagentür war verschlossen, doch links daneben befand sich eine Klingel. Henne drückte den Knopf und eine Krankenschwester erschien. Zunächst wollte sie ihn an der Tür abfertigen. Wie hätte sie auch vermuten können, dass er ein Kriminalkommissar war.

»Ich will zu Fleur König«, erklärte Henne und zeigte ihr seinen Dienstausweis.

»Sie hat ein Einzelzimmer.« Die Schwester wies auf die dritte Tür rechts. »Es ist gleich hier vorn, Nummer 13.«

Henne klopfte kurz und trat ein.

Fleur König hockte mit angezogenen Beinen auf einem Stuhl am Fenster und starrte hinaus. Sie wandte kaum den Kopf.

»Sieh da, der Herr Oberkommissar. Nicht einmal hier habe ich vor Ihnen Ruhe.« Sie hielt ihm ihren Arm entgegen. »Ergötzen Sie sich ruhig an dem, was Sie angerichtet haben.«

Henne hatte einen Anflug von schlechtem Gewissen, als er die martialische Vorrichtung sah, die an ihrem Unterarm angebracht war. Unwillkürlich erinnerten ihn die Stangen und Klemmen an ein Baugerüst. Auf Dankwart Königs Baustellen hatte es jede Menge Gerüste gegeben. Falls die Selling gehörten, hatte König sie bestimmt nicht bezahlt, sondern das Geld dafür auf sein Schweizer Konto geschoben.

»Ihr Bruder hat Sie ruiniert«, sagte er leise. »Wissen Sie das?«

Fleur hob die mageren Schultern, sagte aber kein Wort.

»So wie es aussieht, hat Ihr Bruder eine ganze Menge Geld von Ihrem Konto abgeräumt.«

Noch immer keine Antwort. Henne lehnte sich mit dem Rücken an den Rahmen der Tür. Seine Beine zitterten leicht, lange konnte er nicht mehr stehen. »Was sagen Sie dazu?«, fragte er.

»Nichts.«

»Wie – nichts?«

»Nichts eben.«

Fleur König glich einem Vogel in der Mauser. Zerrupft und spitz. Eine bedauernswerte Kreatur. Auf einmal verspürte Henne keine Lust mehr, sich mit dieser Frau herumzuplagen. Sie hatte ihre Schwägerin angegriffen und ihn selbst, einen Polizisten, verletzt. Dafür würde sie zur Verantwortung gezogen werden. Alles andere war ihm egal.

Er löste sich vom Türrahmen und wartete kurz, ob Fleur König noch etwas hinzufügen würde. Als sie stumm blieb, wandte er sich um und öffnete die Tür. Im Hinausgehen schaute er zurück. Fleur König hatte sich nicht bewegt. Sie stierte auf den Tisch. Mit dem Zeigefinger der gesunden Hand fuhr sie die Linien des Musters auf der hellgrünen Tischdecke nach, als gäbe es nichts Wichtigeres.

Leise schloss er hinter sich die Tür.

Im Treppenhaus kam ihm Schwester Moni entgegen. Sie hatte einen Stapel Krankenakten auf dem Arm, vielleicht wollte sie ins Archiv.

»Na, großer Häuptling, sind Sie zufrieden, wie Ihre Bekannte behandelt wird?«, fragte sie.

Henne nickte.

»Da kommt übrigens eine Verwandte.« Schwester Moni wies auf Alexa König, die die Treppe herunterkam, besser gesagt, schwebte. Pure Schönheit, Fleurs Angriff hatte keine Spuren an ihr hinterlassen. Das gelbe Kleid, das sie trug, ließ ihre blonden Locken wie Gold schimmern.

Die Schönheit gönnte Henne ein gnädiges Nicken und verschwand in Richtung geschlossener Abteilung.

Alexa König besuchte ihre Schwägerin, obwohl die sie umbringen wollte. Die Frau musste ein großes Herz haben. Er an ihrer Stelle hätte Fleur aus seinem Leben gestrichen. Aber vielleicht verfolgte die schöne Alexa ein Ziel.

Der weiße Knopf mit dem K fiel ihm ein. In seinem Kopf reifte ein Plan. Er musste dringend mit Leonhardt sprechen.

Pauline sah die Frau mit den kurzen braunen Haaren schon von Weitem die Straße entlangkommen. Sie trug zwei Taschen, die bis oben mit Einkäufen gefüllt waren. Als die Frau die Haustür aufgeschlossen und im Gebäude verschwunden war, folgte ihr Pauline rasch und konnte sich gerade noch in die zufallende Tür quetschen.

»Hallo«, sagte Pauline und schob sich in den Flur.

Die Frau schenkte ihr nur einen flüchtigen Blick und machte sich daran, den Briefkasten zu leeren. Als sie den Kasten verschloss, klaffte ihre Bluse auseinander.

Pauline konnte die Ansätze ihrer Brüste sehen. Kein Wunder, dass Heinrich auf die hereingefallen ist. Erika hätte sich niemals derart freizügig gekleidet. Erika hatte Stil.

Unauffällig klemmte Pauline ihren Minischirm in die Tür, sodass der Schließmechanismus blockierte. So hatte sie es mit Leonhardt vereinbart, damit der ihr schnell zu Hilfe eilen konnte, wenn es brenzlig wurde.

Die Frau stieg die Treppen empor.

Pauline folgte ihr. »Sind Sie Frau Jakob?«, fragte sie.

Die Jakob drehte sich um und blickte Pauline an. »Was geht das Sie an, wer ich bin?«

»Heine ist mein Name. Ich bin Heinrichs Mutter.«

Die Jakob versteifte sich. Auf ihrer Stirn zeigte sich eine tiefe Falte.

Hoffentlich dachte die Frau nicht, sie als Heinrichs Mutter wollte ihr wegen ihrer Beziehung Vorwürfe machen. Sie musste sie unbedingt davon überzeugen, dass sie harmlos war.

»Ich bin bei meinem Sohn zu Besuch und habe Ihre Anrufe gehört. Er liegt im Krankenhaus, wissen Sie?«

Frau Jakob wurde blass. »Um Himmels willen, was ist passiert?«

»Er wurde niedergestochen. Es war ein feiger Anschlag, sonst hätte er sich rechtzeitig gewehrt. Aber so hatte er keine Chance.«

Die Augen der Jakob weiteten sich. Sie ließ die Hand sinken. Die

Briefe, die sie eben noch gehalten hatte, fielen auf die Treppenstufen.

Heinrichs Schicksal ging ihr nahe, aber womöglich spielte sie ihr auch bloß eine Komödie vor. Pauline bückte sich und sammelte die Briefe ein.

»Ich will alles wissen. Kommen Sie herein, kommen Sie doch.«

Mit fahrigen Händen öffnete die Jakob ihre Wohnungstür und bat Pauline in die Küche. Der Raum war groß, fast so groß wie Paulines Wohnzimmer. Die zwei Fenster ließen viel Licht herein. Die Sonne spiegelte sich auf den Fußbodenfliesen und in den weißen Möbelfronten. Auf dem Tisch stand ein Strauß roter Gerberas.

»Hübsch haben Sie es.« Anerkennend musterte Pauline die peinlich saubere Küchenablage. Der Ausguss war auf Hochglanz poliert. Wenn nur Erika ein klein wenig mehr Interesse für Hausarbeit hätte. Wie diese Frau Jakob zum Beispiel. Pauline rief sich zur Ordnung. Die Frau hatte Erika in ihrer Gewalt, sie war eine Verbrecherin.

»Erzählen Sie schon. Was ist mit Heinrich?« Miriam stellte den Einkauf ab.

Pauline legte die Briefe auf den Tisch und setzte sich. »Sie erwarten wohl Besuch?«, fragte sie und zeigte auf die prall gefüllten Einkaufstaschen.

»Ich habe gern Vorräte im Haus.«

»Tja nun …«

»Was ist denn nun mit Heinrich?« Die Jakob setzte sich Pauline gegenüber, stand aber gleich darauf wieder auf.

Zu gern hätte Pauline sie noch ein wenig hingehalten, doch sie musste Erika finden, das allein zählte. »Heinrich wurde mit einem Messer verletzt. Mittlerweile wurde er operiert, die Wunde wächst gut zusammen. Aber er ist natürlich noch schwach«, sagte sie.

»Ich würde ihn gern besuchen.«

»Das halte ich für keine gute Idee. Erika wird sich um ihn kümmern, meine Schwiegertochter. Sie mag es nicht, wenn andere Frauen um ihn herumscharwenzeln.«

Die Jakob nahm eine der Taschen hoch und begann, sie auszuräumen. Sie stellte Konservendosen in den Schrank. Als sie die Tür zuschmiss, schepperte es.

»Aber wenn Sie mit Erika befreundet sind, ist das natürlich etwas anderes.«

»Befreundet?« Frau Jakob befeuchtete mit der Zungenspitze die Lippen.

Sie hatte diese Kidnapperin durcheinandergebracht. Hagen Leonhardt wäre gewiss stolz auf sie. Heinrich vielleicht auch.

»Darf ich mal Ihre Toilette benutzen?«, fragte sie und stand auf, ohne die Antwort abzuwarten.

Die Jakob nickte.

Im Korridor entschied Pauline sich für die erste Tür neben der Küche. An einer Seite stand ein Schreibtisch, davor ein großes Zeichenbrett. Offensichtlich war es ein Arbeitszimmer. Sie trat an den Tisch. Da lagen Blätter, auf denen sie Grundrisse von Gebäuden erkannte, Baupläne vermutlich. Pauline schaute sich um, doch sie konnte nichts Ungewöhnliches entdecken.

Leise verließ sie das Zimmer und ging über den Gang zur nächsten Tür. Der zweite Raum entpuppte sich als das Schlafzimmer. Auf dem Bett lag eine hellblaue Strickjacke. Pauline hatte sie Erika zu Weihnachten geschenkt.

Da stand Miriam hinter ihr. »Was machen Sie hier?«

»Diese Jacke da. Wo haben Sie die denn her?«, fragte sie und versuchte, sich ihre Aufregung nicht anmerken zu lassen.

»Wovon reden Sie?«

»Lügen Sie mich nicht an, Frau Jakob. Das ist Erikas Jacke.« Pauline ging zum Bett und hob die Strickjacke auf.

»Seien Sie still!« Die Jakob machte einen Schritt auf Pauline zu.

Pauline wich nicht zurück. »Ich will auf der Stelle wissen, wo meine Schwiegertochter ist.«

»Wollen Sie das wirklich wissen? Na, dann kommen Sie mal mit.«

Pauline atmete auf. Sie würde Erika sehen, mit ihr reden können. Vielleicht konnten sie zusammen fliehen. Diese Jakob konnte ihr keine Angst einjagen.

Sie presste die Strickjacke an ihre Brust. Die Jakob schubste sie in den Flur. Ein zweiter Schubs beförderte Pauline zur Wohnungstür. Während Frau Jakob nach dem Schlüssel angelte, der an der Türklinke hing, ließ sie Pauline nicht aus den Augen. Pauline erwiderte ihren Blick. Sie gab sich Mühe, nicht zu zwinkern.

»Gehen wir.« Die Jakob packte sie am Arm. Sie öffnete die Tür und lauschte ins Treppenhaus. Es schien leer zu sein, denn gleich darauf zog sie Pauline hinter sich her aus der Tür.

Im Haus herrschte Stille. Nur eine verirrte Fliege summte gegen die Scheibe des Fensters, das vom Treppenabsatz aus in einen Innenhof zeigte.

Pauline reckte den Hals. Sie sah den Wipfel eines Baumes, dann wurde sie auch schon weitergezerrt.

»Ein Mucks, und Sie sehen Ihre liebe Erika nie wieder«, zischte die Jakob und dirigierte sie die Treppe hinab.

Im Erdgeschoss blieben sie vor einer grau gestrichenen Holztür stehen. Die Kellertür, sie war nur angelehnt. Das Schloss war kaputt, die Eisenklinke zeigte schräg nach unten.

Die Jakob stieß die Türe auf. Die dahinterliegenden steinernen Treppenstufen waren ausgetreten. Sie führten durch einen Rundbogen in einen dunklen Gang.

Pauline setzte den ersten Schritt auf die oberste Treppenstufe. Sie vertraute voll und ganz auf Hagen Leonhardt.

Plötzlich bekam sie einen Stoß in den Rücken und stolperte die Stufen hinab.

Die Stadt stöhnte unter der Mittagssonne. Hagen Leonhardt befand sich am Hauptbahnhof und verfolgte im Höchsttempo und mit Blaulicht einen Kerl, der einen elfjährigen Jungen in sein Auto gezerrt hatte. Er schnappte ihn nach einer rasanten Fahrt durch die Stadt in einer Sackgasse. Die herbeigerufenen Kollegen übernahmen schnell, trotzdem dauerte es mehr als drei Stunden, ehe er vor Miriams Wohnhaus eintraf.

Die helle Sandsteinfassade und die Haustür aus der Gründerzeit wirkten gutbürgerlich und gediegen. Hier wohnte die Mittelschicht, gutverdienende Angestellte oder Senioren, die eine hohe Rente bezogen.

Die Sonne brannte, als wollte sie die vielen Regentage des letzten Monats wettmachen. Von Pauline keine Spur. Auch ihr Minischirm, mit dem sie die Tür für ihn offen halten sollte, war nicht zu sehen. Vielleicht war sie gar nicht ins Haus gekommen.

Auf gut Glück schellte er bei Miriam Jakob, doch es meldete sich niemand.

Er klingelte bei den anderen Hausbewohnern. Nirgends reagierte jemand, waren wohl alle ausgeflogen. Verständlich, bei dem schönen Wetter.

Er fuhr die kurze Strecke zu Hennes Wohnung. Auch dort öffnete niemand auf sein Klingeln hin. Wo, zum Teufel, war Pauline abgeblieben? Bei der Jakob war sie nicht, bei Henne aber auch nicht.

Leonhardt zog sein Handy aus der Tasche und wählte Hennes Nummer. Nach dem fünften Klingeln ging die Mailbox ran. Er versuchte es mit dem Festnetzanschluss in Hennes Krankenzimmer. Auch da meldete Henne sich nicht. Also setzte er sich in ein nah gelegenes Café und wartete.

Die Zeit quälte sich dahin. Er wurde immer unruhiger. Nach einer Stunde hielt er es nicht länger aus, zahlte und ging. Wieder schellte er an Hennes Wohnungstür. Keine Antwort. Leonhardt hatte noch immer Hennes Schlüssel in der Tasche, den der ihm gegeben hatte, damit er ihm Sachen ins Krankenhaus bringen konnte. Er betrachtete Hennes Schlüsselbund. Die Schlüssel sahen gleich aus, er hatte sich nicht gemerkt, welcher bei seinem letzten Besuch der Wohnungsschlüssel gewesen war. Ihm blieb nichts übrig, als sie auszuprobieren. Der dritte passte.

Ausgenommen von Dschingis, der ihn mit einem freudigen Bellen begrüßte, war die Wohnung leer. In der Küche sank Leonhardt auf einen Stuhl. Es war an der Zeit, Henne reinen Wein einzuschenken.

Im Krankenhaus fing ihn Schwester Moni auf dem Gang vor Hennes Zimmer ab.

»Herr Heine ist nicht allein«, sagte sie. »Eine Frau ist bei ihm.«

Leonhardt fiel ein Stein vom Herzen. Das konnte nur Pauline sein. Eigentlich hatte sie vor dem Haus der Jakob auf ihn warten sollen. Bestimmt hatte es ihr zu lange gedauert.

Er ging, um sich vor Fleurs Zimmer zu positionieren. Die Besucher hatten feste Termine, Alexa Königs Termin war vom Oberarzt auf achtzehn Uhr festgesetzt. Sie hatte die Zeit bei der Oberschwester bestätigt, und die wiederum hatte Henne und Leonhardt informiert. So war es mit der Klinikleitung abgesprochen. Alexa musste bald eintreffen, da wollte zumindest er zur Stelle sein. Hoffentlich klappte wenigstens dieser Teil des Plans.

Keine zehn Minuten später kam Alexa auf ihn zu.

»Schön, dass ich Sie hier treffe«, sagte Leonhardt und schob sich vor die Tür, sodass sie nicht an ihm vorbeikonnte.

Hinter ihrem Rücken öffnete die Stationsschwester erneut die

Etagentür. Henne drängte sich an ihr vorbei. In Jogginghose, Hemd und Badelatschen schlappte er heran. Er war blass, Schweißperlen standen auf seiner Stirn. Neben Leonhardt baute er sich auf.

»Hast du den Knopf?«, fragte er.

Alexa war stehen geblieben und schaute zwischen ihnen hin und her.

Leonhardt nickte und holte die Tüte mit dem Knopf aus der Hosentasche.

»Wenn Sie mich bitte zu meiner Schwägerin lassen würden«, sagte Alexa.

»Gleich«, sagte Henne. »Wir haben etwas für Sie.«

»Ich verstehe nicht, was das soll.«

»Alles deutet darauf hin, dass Ihr Mann ermordet wurde, Frau König. Es gibt mehrere Verdächtige, Sie eingeschlossen.«

»Ich?«

Henne nickte. »Sie haben einen Geliebten. Das macht Sie verdächtig. Sie sind die Alleinerbin des Vermögens. Das macht sie noch verdächtiger.« Henne machte eine Pause, doch Alexa reagierte nicht. »Dankwart stand Ihrem Glück im Wege.«

»Das ist das Dümmste, was ich je gehört habe.« Alexa stemmte die Arme in die Seiten.

»Außerdem ist Ihr Geliebter ausgerechnet der Sohn des Baudezernenten Kommering. Der wiederum hat mit Ihrem Mann Geschäfte abgeschlossen, die ihn erpressbar machten.«

Henne ging ein Risiko ein. Seine Anschuldigungen gegen Kommering waren gewagt. Sie hatten keine Beweise dafür. Noch nicht.

»Auch das ist doch absurd.«

»Vorsicht, der Oberkommissar ist nicht zu Späßen aufgelegt«, sagte Leonhardt. Henne wirkte nervös, sein linkes Augenlid zuckte.

»Ich meine es ebenfalls ernst«, sagte Alexa König. »Ihre Verdächtigungen entbehren jeder Grundlage. Ich kann es Ihnen sogar beweisen.«

»Nur zu, klären Sie uns auf.«

Alexa holte eine Schachtel Zigaretten aus ihrer Handtasche. »Wenn es Ihnen nichts ausmacht, würde ich dabei rauchen.« Sie deutete auf den Ausgang.

Leonhardt und Henne folgten ihr ins Freie. Als Henne schwer atmend stehen blieb, wartete Leonhardt auf ihn.

»Tut es sehr weh?«, fragte er und schaute auf Hennes Bauch.

»Es geht. Bringen wir es hinter uns, denk an den Plan.«

Vor dem Haus war eine Raucherinsel eingerichtet. Die Vielzahl der Stummel zeugte davon, dass sie gern genutzt wurde.

Daneben waren ein paar Bänke aufgereiht. Auf die erstbeste ließ sich Henne fallen.

Alexa zündete eine Zigarette an und schickte ein Wölkchen in den Himmel. »Dankwart wollte mich ohnehin verlassen.«

»Ein Grund mehr, ihn umzubringen«, sagte Henne.

Alexa schüttelte energisch den Kopf. »Da liegen Sie ganz falsch, Herr Oberkommissar. Dankwart wollte einfach ein anderes Leben beginnen. Neu anfangen, irgendwo weit weg. Ich hätte es ihm nicht verwehrt.«

»Das sagen Sie jetzt, aber ohne sein Geld wären Sie aufgeschmissen gewesen.«

»Vor Jahren hat uns eine große Liebe verbunden. Die Flitterwochen sind vergangen, dennoch haben wir uns noch gemocht. Ich wollte, dass es ihm gut geht, er wollte das Gleiche für mich. Deshalb hat er mir Geld gegeben.«

»Viel?«

»Einen sechsstelligen Betrag.« Alexa inhalierte tief und stieß eine weitere Wolke aus.

»Das ist eine Menge Geld. Wir haben keine Überweisung gefunden. Im Gegenteil, er hat sich an Ihrem Konto bedient.«

Alexa nickte. »Davon wusste ich. Wie sonst hätte er Fleur zufriedenstellen können?« Sie deutete mit dem Kinn hoch zur Fassade des Krankenhauses.

Leonhardt folgte ihrem Blick. Oben im zweiten Stock musste sich das Zimmer von Fleur König befinden. Er meinte einen Schatten hinter der Scheibe erkennen zu können.

»Das müssen Sie uns genauer erklären.« Henne presste die Hand auf den Bauch. Die Schmerzen mussten stärker sein, als er zugeben wollte.

»Vom ersten Tag unserer Ehe an hat sie ihn gedrängt, mir alle Mittel zu entziehen«, sagte Alexa.

»Er hätte sich doch einfach weigern können.«

»Das hat er ja. Aber Sie kennen Fleur nicht. Sie ist krank, seit ihrer Kindheit. Im Laufe der Jahre ist es immer schlimmer geworden.

Ständig hat sie ihm in den Ohren gelegen, er solle das Familienerbe schützen.«

»Was ist daran falsch?«

»Alles, was Dankwart besaß, hatte er sich selbst erarbeitet. Das sogenannte Familienvermögen war längst aufgebraucht. Fleur musste schließlich von irgendetwas leben.«

»Da täuschen Sie sich. Ihre Schwägerin war reich, doch Ihr Mann hat ihr Geld ins Ausland gebracht.«

Alexa sah Henne einen Augenblick lang verblüfft an, dann brach sie in Lachen aus.

»Ich hätte es ihm gegönnt. Es wäre eine gerechte Entschädigung gewesen für all die Jahre, die er sie und ihre Launen ertragen musste.« Sie winkte ab. »Im Grunde gehört Fleur längst in ein Heim. Ihr Angriff auf mich und Sie zeigt das ja deutlich. Aber dazu konnte Dankwart sich nicht durchringen.«

»Es gibt andere Möglichkeiten«, sagte Henne.

Alexa warf die Zigarettenkippe auf die Erde und trat sie mit der Schuhspitze aus. »Wir haben alles versucht. Pflegepersonal, persönliche Betreuung. Sie lässt niemanden an sich heran.«

»Kennen Sie das?« Leonhardt zeigte Alexa den weißen Knopf, den sie unweit von Königs Leiche gefunden hatten.

Sie schaute ihn sich genau an. »Sehen Sie das eingravierte K?« Alexa deutete mit der Fingerspitze auf den Rand des Knopfes.

»Ja, das ist uns auch aufgefallen. Der Knopf gehört Herrn Kommering, nicht wahr?«, fragte Leonhardt.

»Nein, das K bedeutet König«, sagte Alexa. »Es ist Fleur. Sie glaubt, jemand könnte ihre Kleidungsstücke stehlen, deshalb lässt sie alle markieren, am Größenschild und an den Knöpfen. Sie können das leicht an ihrer Kleidung nachprüfen.«

»Das werden wir.« Leonhardt steckte den Knopf in die Tüte zurück und ließ ihn in seiner Tasche verschwinden.

»Kann ich jetzt zu ihr?«

»Fünf Minuten, dann nehmen wir uns Ihre Schwägerin vor.«

»Ich wollte ohnehin nicht lange bleiben.« Sie drehte sich um und wollte zurück zum Krankenhaus gehen.

Henne stand auf und hielt sie zurück.

»Einen Moment noch. Das Geld, das Ihr Mann Ihnen gegeben hat, wo ist es?«

Alexa holte ihre Brieftasche aus der Handtasche und entnahm ihr einen Kontoauszug. »Ich war gerade bei meiner Bank.«

Sie reichte Henne das längliche Blatt Papier.

Henne warf einen Blick darauf und trat beiseite. »Alles klar, gehen Sie zu ihr.«

»Es dauert nur kurz. Ich will mich bloß von ihr verabschieden.«

Sie schritt davon, und Leonhardt schaute ihr nach. Ihr gelbes Kleid leuchtete wie zum Abschied durch die Scheiben der Drehtür im Eingangsbereich. Er meinte, es noch einmal im Innern der Halle aufblitzen zu sehen, dann war auch das verschwunden.

VIERUNDZWANZIG

Henne und Leonhardt betraten Fleurs Zimmer. Wie beim letzten Mal, als Henne sie besucht hatte, hockte sie auf dem Stuhl und starrte aus dem Fenster ins Nirgendwo.

»Sind Sie gekommen, um mich ins Gefängnis zu bringen?«, fragte sie.

Der Haftbefehl lag längst vor, doch solange sie in ärztlicher Behandlung war, musste sie in keine Zelle. Im Haftkrankenhaus war endlich ein Einzelzimmer frei geworden. Dorthin sollte sie überführt werden.

Henne wechselte einen Blick mit Leonhardt. »Ich schätze, das stimmt«, sagte er dann nicht ganz wahrheitsgemäß.

Fleur drehte sich zu ihnen um. »Er war ein Schwein. Meine dumme Schwägerin denkt, ich wüsste nicht Bescheid. Aber da liegt sie falsch. Ich weiß alles.« Unvermittelt brüllte sie: »Alles weiß ich!«

»Das Geld?«

Sie hämmerte mit dem Gestell an ihrem Arm auf den Tisch. »Er – hat – mich – bestohlen.« Jedes Wort ein Schlag. In der plötzlich eintretenden Stille klang ihr Atmen überlaut.

Henne und Leonhardt schwiegen.

»Dankwart wollte uns verlassen«, flüsterte Fleur dann. »Alexa, mich, das Haus. Ich wäre arm und allein, schon die Vorstellung kann ich nicht ertragen.«

»Wie …?«

»Wie ich es angestellt habe, wollen Sie wissen?« Fleur kicherte wie irre. »Es war kinderleicht. Ich habe ihn zur Baustelle gelockt.« Sie senkte die Stimme. »Dankwart, habe ich gesagt, ich muss mit dir reden. Komm in deine Baugrube, dort erfährst du, was ich tun werde, um mein Geld zurückzubekommen.«

»Und darauf ist er hereingefallen?«, fragte Henne.

Fleur richtete sich auf und sagte in normalem Ton: »Mein Bruder ist auf vieles hereingefallen.«

»Was ist an der Baustelle passiert?« Leonhardt machte einen Schritt nach vorn.

»Wie ich es erwartet habe, ist er gekommen. Direkt von seiner Freundin, diesem Flittchen, mit dem er sich ständig getroffen hat.

Auch in dieser Nacht. Wie immer hat sie ihn ausgesaugt, regelrecht erpresst. Ich habe ihre Briefe gelesen …«

»In dieser Nacht hat Frau Jakob Ihrem Bruder einen Brief geschickt?«, fragte Leonhardt.

»Unsinn, es verging kaum eine Woche, in der sie keine ihrer unverschämten Forderungen gestellt hat. Wenn ich ihre Briefe vor ihm im Kasten gefunden habe, habe ich sie selbstverständlich vernichtet.«

»Bis auf einen«, sagte Leonhardt.

»Einer – keiner.« Fleur hob den gebrochenen Arm und betrachtete ihn mit schief gelegtem Kopf.

»Zurück zum Geschehen«, sagte Henne. »Ihr Bruder fand sich also auf der Baustelle ein.«

Fleur ließ den Arm sinken, blickte kurz zum Fenster, zurück in den Raum und starrte dann Henne an. »Er hatte Durst. Ich habe es vorausgesehen, er hat nie genug getrunken. Alles war vorbereitet. Die Thermoskanne mit dem Tee, genau wie er ihn mochte. Die Tabletten, eine ganze Packung. Weiße, unschuldige Dinger.« Wieder kicherte sie.

Die Abendsonne fiel schräg durch die Scheiben. Vor dem hellen Ausschnitt des Fensters wirkte Fleurs Gestalt duster. Ihr Gesicht lag im Schatten, nur das Kichern ließ erahnen, dass sie den Mund bewegte. Das Gestell an ihrem Arm klapperte, als sie ihre Position veränderte.

Schemkeler hatte gesagt, Dankwart König war durch Morphin gestorben, durch ein Schmerzmittel. Seine Schwester hatte sicher keine Probleme gehabt, sich solche verschreiben zu lassen.

»Sie haben ihm also Tabletten gegeben. Welche denn?«

»Ich habe alles gesagt. Das war's.« Fleur kniff die Lippen zusammen.

»So einfach?«

»Einfach – zweifach.« Sie klopfte mit dem Gestell auf die Tischplatte.

»Antworten Sie, verdammt noch mal.«

Fleur änderte erneut ihre Stellung. Jetzt konnte Henne ihre Augen erkennen. Sie waren ganz schmal.

»Nachdem er den Tee getrunken hatte, habe ich ihm gesagt, dass er daran sterben wird«, flüsterte Fleur. »Wie eine Bestie hat er mich umklammert. Wir haben gerungen, wir sind gestürzt.« Ihr Blick verlor sich in der Ferne.

»Und dabei hat er Ihnen den Knopf abgerissen?«, fragte Leonhardt.

»Knopf – Topf – Tropf.«

Fleur sackte in die altvertraute Stellung auf ihrem Stuhl zurück. Sie war ein kranker, gebrochener Mensch, der alles verloren hatte. Henne hatte ihren Anblick gründlich satt und gab es auf, sie weiter zu vernehmen.

Henne und Leonhardt warteten draußen auf die Kollegen, die Fleur ins Haftkrankenhaus überstellen sollten. Mittlerweile war es zwanzig Uhr. Noch immer war es warm, Henne hatte Durst, und Leonhardt holte ihm ein Wasser aus der Verkaufsstelle in der Eingangshalle.

Als er zurückkam, sagte er: »Pallauer wird sich wie ein Pfau gebärden.«

»Meinetwegen. Hauptsache, der Fall ist gelöst«, brummte Henne, nahm ihm die Flasche ab und trank in tiefen Zügen. Er rülpste leise.

»Was hat dir deine Mutter eigentlich erzählt?«

»Was?« Henne schaute Leonhardt fragend an.

»Sie war doch vorhin bei dir.«

»Quatsch, das war die Jakob.«

»Meine Güte.« Leonhardt wurde kreideweiß.

»Was ist? Ist dir schlecht?« Ihm war es während des Gespräches mit Miriam nicht anders gegangen. Aber er war es ja auch, der sich mit ihr eingelassen hatte. Er musste es jetzt ausbaden, nicht Leonhardt.

»Die Jakob …«

Die Jakob konnte ihm gestohlen bleiben. Er würde sie nicht wiedersehen, mochte sie auch noch sosehr drängen.

»Zum Teufel mit dem Weibsbild. Die wollte mich doch tatsächlich erpressen. Sie hat gedroht, Erika umzubringen, dabei kennt sie sie nicht einmal. Auch Pauline wollte sie erledigen, meine ganze Familie ausrotten. Die ist total übergeschnappt.«

»Henne, wir müssen sofort zu ihr.«

»Warum?« Wer weiß, was der Jakob einfiel, wenn sie ihn sah. Ihr Besuch hatte ihm gereicht.

»Frag nicht so viel, wirf dich in deine Klamotten. Ich warte unten.«

»Ich habe genug an.« Henne deutete auf seine Jogginghose, Hemd und Badelatschen.

Seine Bauchdecke spannte, die Wunde brannte und puckerte wie ein Biest.

»Ich sage der Schwester Bescheid, dass ich dich brauche.«

»Untersteh dich.« Schwester Moni würde ihn sofort ins Bett stecken. An eine offizielle Entlassung war nicht zu denken.

»Dann komm.«

Leonhardt wollte Henne unterfassen, doch der wehrte ab. Sie nahmen den Fahrstuhl. Er hielt direkt neben dem Eingangsbereich, so bestand kaum Gefahr, dass Henne bei seinem unerlaubten Ausgang erwischt wurde. Ein paar verspätete Besucher waren auf dem Parkplatz zu sehen, doch keiner nahm Notiz von ihnen.

Sie stiegen in Leonhardts Auto, und Leonhardt gab Gas.

»Was wollen wir ausgerechnet bei Miriam Jakob«, fragte Henne.

Leonhardt schaltete das Blaulicht an und raste über die Kreuzung an der Johannisallee.

»Sie hat Pauline in ihrer Gewalt. Und Erika auch.« Leonhardt blickte angestrengt nach vorn.

»Das ist doch Blödsinn.«

Er hatte die Jakob enttäuscht, aber deshalb würde sie sich doch nicht an seiner Familie vergreifen. Er dachte an ihren Besuch am Nachmittag, an ihre Drohungen. In seinem Magen bildete sich ein harter Klumpen.

»Erzähl«, sagte er knapp.

»Sie hat dich angerufen, viermal. Pauline und ich haben den Anrufbeantworter abgehört. Die Jakob wollte dich treffen. Damit du auch wirklich zu ihr kommst, hat sie sich ein Pfand verschafft. Erika.«

»Oh Gott.« Hennes fühlte seinen Puls rasen. Seine Handflächen wurden feucht.

»Pauline sollte versuchen, in die Wohnung der Jakob zu kommen. Als Mutter, die um ihren verletzten Sohn besorgt ist, wirkte das am unverfänglichsten. Wir hatten gehofft, sie würde einen Hinweis auf Erika finden und die Jakob zum Reden bringen. Oder sie zumindest zum Handeln zwingen. Dann wollte ich zur Stelle sein und die Jakob festnehmen.«

»Du hast meine Mutter auf diese Verrückte gehetzt?«, fragte Henne. »Sag mal, spinnst du?«

»Ich konnte doch nicht ahnen, dass ich zu spät kommen würde. Ausgerechnet auf dem Weg zu ihr habe ich gesehen, wie ein Kerl ein Kind entführt. Ich musste den Jungen befreien. Was hättest du denn an meiner Stelle getan?«, schrie Leonhardt.

Henne riss ihm das Handy aus der Jackentasche und gab Gitta in der Polizeidirektion durch, dass sie auf dem Weg zu Miriam Jakob waren. Mit ein bisschen Glück waren die Kollegen in Kürze zur Stelle.

Leonhardt trat das Gaspedal bis zum Anschlag durch. Er fegte über den Bayrischen Platz, bog in die Kohlenstraße ein, querte die Paul-Gruner-Straße, dann die Shakespearestraße. Vor dem Haus der Jakob legte er eine Vollbremsung hin.

Henne war nicht angeschnallt und knallte ans Armaturenbrett. Die Wunde brach auf, Blut sickerte durch den Verband und bildete auf seinem weißen Hemd einen Fleck, der sich schnell vergrößerte.

Leonhardt sprang aus dem Wagen und läutete an allen Klingeln gleichzeitig Sturm.

Eine alte Frau mit bläulich schillernden Locken steckte ihren Kopf aus dem Fenster.

»Schnell, machen Sie auf! Es geht um Leben und Tod.«

»Ich rufe die Polizei.«

Leonhardt zerrte seinen Ausweis aus der Tasche und hielt ihn hoch. »Schon zur Stelle. Machen Sie endlich, schnell.«

Die Frau starrte auf den Ausweis und zog sich dann ins Innere ihrer Wohnung zurück.

Der Summer ertönte, und Leonhardt stürmte ins Haus.

Henne humpelte ihm nach.

Leonhardt war schon auf dem ersten Treppenabsatz, da kam die Frau mit den blau gefärbten Locken ins Treppenhaus. »Wenn Sie Frau Jakob suchen, die ist im Keller«, rief sie ihm nach.

Augenblicklich machte Leonhardt kehrt und sprang über das Geländer nach unten.

Henne hatte die Kellertür erreicht. Leonhardt war schon neben ihm. Er rannte als Erster die Stufen hinab.

Die Jakob musste etwas mitbekommen haben. Sie stand in der Tür zu ihrem Kellerraum. Als Leonhardt auf sie zustürmte, stieß sie einen Schrei aus und versperrte mit ausgebreiteten Armen die Öffnung.

Henne hatte Leonhardt eingeholt und packte sie an den Schultern.

»Wo ist meine Frau? Meine Mutter?«, brüllte er.

»Du tust mir weh.«

»Ich breche dir die Knochen, wenn du nicht sofort sagst, was du mit ihnen gemacht hast.« Henne schüttelte sie.

Leonhardt schaute in den Kellerraum. »Ich hab sie gefunden.«

Die Jakob wand sich unter Hennes Griff. Sie bekam den rechten Arm frei und hieb die Faust in Hennes Seite.

Henne stöhnte.

Wieder holte die Jakob aus, doch Henne bekam ihr Handgelenk zu fassen. Er umklammerte es und riss sie zu Boden.

Ihr Rock war verrutscht. Sie presste die Schenkel zusammen, während sie sich unter Hennes Griff krümmte.

»Ich sterbe.«

»Hör auf zu heulen.« Henne keuchte. Von seinem Hemd tropfte Blut. Lange konnte er das Weib nicht mehr festhalten.

Die Jakob trat nach ihm. »Du Schwein hast mich verletzt.«

Henne wich aus. »Schnell, Hagen, die Handschellen.«

Leonhardt kam aus dem Kellerraum gerannt und zerrte die Handschellen vom Gürtel. Henne riss die Jakob hoch, und Leonhardt fesselte ihre Hände auf dem Rücken.

Die Jakob wand sich wie eine Schlange, doch Leonhardt hielt sie fest. Plötzlich hielt sie inne. Sie schien zu begreifen, dass es vorbei war. Ehe Henne reagieren konnte, spuckte sie ihm ins Gesicht. Wortlos wischte er sich die Spucke mit dem Handrücken ab.

Aus dem Keller kam ein schwacher Laut. Erika, sie war da drin! Henne stolperte durch die Tür.

Erika lag auf einer dicken Decke. Ihr Gesicht war verschmiert, auf dem Mund hatte sie ein breites Klebeband, Arme und Beine waren mit zahlreichen Schnüren umschlungen. Neben ihr lag Pauline, auch sie geknebelt und gefesselt, aber mit nur einem Strick. Leonhardt hatte schon begonnen, die Strippen zu durchtrennen.

Mit fliegenden Händen löste Henne erst Erikas, dann Paulines Fesseln.

Während er noch Pauline vom Klebeband auf dem Mund befreite, hatte Erika ihres bereits heruntergerissen und sich aufgerappelt. Sie schwankte und stützte sich an der Ziegelwand ab. Ein weher Ruf ließ Henne herumfahren. Erika sackte zusammen, er konnte sie gerade noch auffangen.

»Endlich«, stöhnte sie.

Henne hielt sie fest umklammert und streichelte ihren Kopf. In seiner Wunde tobte ein wild gewordenes Tier. Einen Augenblick lang glaubte er, sich nicht länger auf den Beinen halten zu können. Er atmete tief ein und aus, doch es gelang ihm nicht, den Schmerz zu ignorieren. Er biss die Zähne zusammen. Hauptsache, Erika und Pauline war nichts geschehen.

»Es t-tut mir so … so leid«, stammelte er. »Ich wollte dich niemals in Gefahr bringen.«

»Schon gut, Henne, schon gut. Ich bin okay.«

»Kümmert sich auch jemand um mich?«, fragte Pauline, doch ihre helle Stimme klang nicht wirklich beleidigt.

»Gleich, Mutter.« Henne half Erika, sich hinzusetzen, dann drehte er sich zu Pauline um.

Sie grinste ihn an.

»Wie konntest du dich bloß von Leonhardt überreden lassen?«, fuhr er sie an.

»Hör auf, Junge, es war meine Schuld. Wie siehst du eigentlich aus?« Sie starrte auf Hennes blutverschmierten Bauch, dann glitt ihr Blick zu seinen nackten Füßen in den Badelatschen.

»Du musst sofort ins Krankenhaus zurück.« Energisch zog sie Erika hoch und dirigierte sie samt Henne ins Freie.

Henne drehte sich noch hilfesuchend nach Leonhardt um, doch der telefonierte, wahrscheinlich mit Frank Diener.

Miriam Jakob hockte auf dem Boden. Bei Erikas Anblick hob sie den Kopf. Ihr hasserfüllter Blick jagte Henne einen Schauer über den Rücken. Schnell schob er Erika vor sich her die Kellertreppe hinauf.

Im Treppenhaus hörte Henne eine Polizeisirene. Der Ton kam näher, dann brach er abrupt ab. Mehrere Polizisten drängten in das Haus. Henne wies ihnen den Weg. Endlich konnte er aufatmen.

FÜNFUNDZWANZIG

Zwei Wochen später saß Henne zu Hause in seinem Sessel bei einer Tasse frisch gekochtem Kaffee und las die Zeitung, da klingelte es an der Tür. Der Polizeidirektor höchstpersönlich gab sich die Ehre. Er war in Jeans und Poloshirt. Offensichtlich kam er privat.

Erika lächelte, nahm ihm den Blumenstrauß ab und führte ihn in die Stube. Dann ließ sie die Männer allein.

»Gute Arbeit, Heine«, sagte Schuster. »Die Suspendierung ist natürlich aufgehoben.« Er lehnte sich im Sessel zurück und schlug die Beine übereinander.

»Was ist mit Pallauer?«

»Glauben Sie wirklich, ich wüsste nicht, dass Sie es waren, der den Fall gelöst hat?«

Schuster blieb wohl nichts verborgen. »Warum haben Sie ihm die SoKo dann erst übergeben?«

»Politik, Heine, reine Politik. Manchmal muss auch ich Dinge tun, die mir nicht passen, um meine Ziele zu erreichen.«

»Hat es wenigstens funktioniert?«

»Bestens. Der Oberbürgermeister hat sich persönlich bedankt. Kommering übrigens auch. Sein Dezernat wurde überprüft. Es konnte ihm und seinen Mitarbeitern keine Korruption nachgewiesen werden. Kommering ist sauber.«

Wenn das mal stimmte.

»Glückwunsch, dann hat sich in seinem Fall der Ruf der bestechlichen Beamten mal nicht bewahrheitet.«

»Immer noch der alte Biss, was?«

»Ich bin bloß skeptisch.«

Schuster schmunzelte. »Das sind nicht nur Sie.«

Na bitte, Schuster teilte seine Meinung. Vielleicht wusste er mehr, als er sagen wollte. Falls der Baudezernent doch Dreck am Stecken hatte, würde er es irgendwann herausfinden.

»Ich habe gehört, Frank Diener hat sich bewährt«, sagte Schuster.

»Der Junge ist klasse. Er gäbe einen guten Oberkommissar ab.«

Schuster wiegte den Kopf. »Sie wissen doch, wie das ist. Die derzeitige Personalstruktur lässt mir kaum Spielraum.«

Eine höherwertige Stelle wurde nur besetzt, wenn der derzeitige Inhaber ausschied. Typische Bürokratenverordnung.

»Sie riskieren, dass er sich anderweitig orientiert. Er ist wirklich ein Glücksgriff, den wir nicht so einfach abwerben lassen sollten. Die Leipziger Polizeidirektion braucht pfiffige Leute, die Erfolge bringen. Leute wie Frank.«

Wenn der Ruf der Direktion ins Spiel kam, legte Schuster sich stärker ins Zeug.

»Ich werde sehen, was sich machen lässt«, sagte er und stand auf. »Werden Sie erst einmal richtig gesund. Ich erwarte Sie dann wieder zum Dienst.«

Erika geleitete Schuster hinaus. Als sie zurückkam, setzte sie sich zu Henne. »Wie geht es dir?«, fragte sie.

»Gut. Und dir?«

Erika kuschelte sich in seinen Arm. »Hauptsache, wir sind zusammen.«

Henne vergrub die Nase in ihrem Haar. Er atmete den Duft ein, es roch ganz leicht nach Vanille. Wie hatte er sie vermisst.

»Mir tut das alles so leid. Wenn ich mich nicht wie ein Esel benommen hätte, wäre das nie passiert.«

Erika schaute zu ihm auf. »Man kann viel über dich sagen, Heinrich Heine, aber du bist durchaus lernfähig.«

»Ich möchte nie wieder diese Angst um dich ausstehen müssen. Ich wäre fast verrückt geworden.« Henne küsste sie auf die Nasenspitze. Noch einmal würde er ein Leben ohne sie nicht aushalten.

»Gott sei Dank bist du nicht durchgedreht. Das hätte mir gar nichts gebracht. Als ich in diesem Keller eingesperrt war, ist mir vieles durch den Kopf gegangen. Ich …« Erika erschauerte.

»Schsch, lass doch diese alte Geschichte ruhen. Ich lasse nicht zu, dass dir etwas geschieht. Du bist bei mir sicher.«

»Ich bin froh, wieder da zu sein.«

»Also ist alles wieder im Lot?«

»Natürlich.«

»Pauline hat es besser verkraftet, als ich dachte«, sagte Henne.

»Sie lässt dich grüßen. Sie ist wieder gut zu Hause angekommen.«

Henne seufzte. »Du kannst dir nicht vorstellen, welchen Schreck ich bekommen habe, als sie urplötzlich hier in unserer Wohnung aufgetaucht ist.«

»Sie hat sich Sorgen gemacht.«

»Nee, sie hatte Langeweile.«

»Was ist daran falsch, wenn sie ihren Sohn besuchen will?«

Henne zuckte mit den Schultern. »Sie gibt mir das Gefühl, dass ich immer noch ein kleiner Junge bin, und weißt du was? Früher habe ich das gehasst, auf einmal aber gefällt es mir. Nicht, dass ich ein kleiner Junge bin, so meine ich das nicht. Aber … also, ich kann mir vorstellen … ich habe auch über uns nachgedacht im Krankenhaus. Vielleicht ist es wirklich an der Zeit, dass wir eine richtige Familie werden.«

»Du meinst, wir sollten doch ein Kind bekommen?« Erikas Wangen färbten sich rot.

Henne nickte. Er sah sich schon mit dem Kleinen auf dem Fußboden herumtollen. Bei schönem Wetter konnte er mit ihm in den Park gehen. Sein Sohn sollte lernen, wie man mit einem großen Hund wie Dschingis umging. Und er würde ihm das Fahrradfahren beibringen, damit er mit Dschingis Schritt halten konnte, wenn der losrannte.

Henne zog Erika an sich. Die Bewegung schmerzte, er stöhnte leise.

Sogleich machte Erika sich frei. Sie setzte sich auf, und Henne fuhr ihr durch die langen Haare. In diesem Moment war sie für ihn die schönste Frau der Welt.

»Wir müssen nichts überstürzen«, flüsterte Erika. »Wir haben alle Zeit der Welt.«

ENDE